TOM WOLF

KREIDEWEISS

Letzte Schreie

Preußen-Krimi

berlin.krimi.verlag
be.bra verlag

Die Personen und Handlungen dieses Romans sind frei erfunden.
Ähnlichkeiten mit tatsächlichem Geschehen
sind zufällig und nicht beabsichtigt.

Bibliografische Information der Deutschen Nationalbibliothek

Die Deutsche Nationalbibliothek verzeichnet diese Publikation in der Deutschen Nationalbibliografie; detaillierte bibliografische Daten sind im Internet über http://dnb.d-nb.de abrufbar.

2. Auflage

KulturBrauerei Haus 2, Schönhauser Allee 37, 10435 Berlin
post@bebraverlag.de
Lektorat: Gabriele Dietz, Berlin
Umschlag: Hauke Sturm, Berlin, unter Verwendung eines Gemäldes von Adolph Menzel, »Flötenkonzert«, bpk/Nationalgalerie, SMB
Satz: psb, Berlin
Schrift: Stempel Garamond 10/13,5
Druck und Bindung: GGP Media GmbH, Pößneck
ISBN 978-3-89809-512-9

www.bebraverlag.de

Für O.

Historische Personen und *fiktive Hauptakteure*

Albino, Federico di – Puppenspieler
Amalie, Schwester Friedrichs II.
Bergé, Hermès de – Couturier
Bianchini, Antonia di – Hofdame Amalies
Bromberg, Luise Cornelie von – Hofmeisterin Ulrikes
Burney, Robert – Komponist
Calau, Benjamin – Wachsmaler
Daschkowa, Jekaterina Fürstin – Herausgeberin des »Courrier des Modes«
Elisabeth Christine, Königin – Gemahlin von Friedrich II.
Falk, Anselm – Prediger an der Reformierten Parochialkirche
Friedrich II. – König von Preußen
Friedrich Wilhelm, Prinz von Preußen – Neffe Friedrichs II.
Huber, Carlotte Adelheid – Leibköchin Elisabeth Christines
Huberty, Serge de – Couturier
Kannenberg, Amalie Gräfin von – Hofmeisterin Elisabeth Christines
Karsch, Anna Luise – Dichterin
Kellner, Dietrich Baron von – ehemaliger Generalfeldstabsprediger
Lakefield, Charles – Couturier
Langustier, Honoré – Zweiter Hofküchenmeister Friedrichs II.
Lehndorff, Graf Heinrich von – Kammerherr Elisabeth Christines
Léonard, Jean – Couturier
Luise Ulrike – Königin von Schweden, Schwester von Friedrich II.

Philippi, Karl Johann von – Berliner Polizeipräsident
Quandt, Marie von – Tochter Honoré Langustiers
Rahn, Ewald von – Potsdamer Polizeipräsident
Roche, Hortense de la – Hofdame Luise Ulrikes
Roedern, Nathalie von – Hofdame Elisabeth Christines
Seeacker, Karl – Journalist
Seelig, Johann Georg Friedrich – Hofglockenist (Hofcarillonneur)
Silkstedt, Johan Jonatan – Hofgarderobenmeister Luise Ulrikes
Theden, Johann – Generalchirurg, Charité-Chef
Valencia, Cristobal – Couturier

Das schönste Kleid einer Frau sind die Arme ihres Liebhabers.
Yves Saint Laurent

Ich sterbe lieber im Domino als im Büßerhemd.
Friedrich II.

Schönheit vergeht, der Putz bleibt.
Jekaterina Daschkowa

Montag, 29. Juni 1772

Sanft knisterte die Seide zwischen ihren Fingern. In allen Nöten half ihr die Berührung dieses edlen Stoffes. Warum konnte Gott die Dinge nicht einfacher gestalten? Sie wollte keine *ménage à trois*, aber es hatte sich so ergeben … Und genauso gering war ihr Verlangen nach einer *ménage à quatre* … Aber jetzt liebte sie die beiden und *ihn* dazu!
Wie sollte sie ihn bei sich nennen? *Le Constant* nannte er sich selbst. Sie liebte die Art, wie er sich gab, wie er sie behandelte. Er hofierte sie seit Magdeburg, wo sie seiner Gattin ein Kleid angemessen hatte. Er verwöhnte sie, trug sie auf Händen, o ja, er war stark! Und wenn er auch eigentlich nicht schön war, so besaß er doch mehr als alle Männer, die sie kannte … Er hatte Humor und Geist, war reich an Gefühl, mit- und einfühlend … Er konnte so warm und zärtlich sein … Sie glaubte, ihn schon immer zu kennen, dabei waren es erst ein paar Wochen …
Die Geschenke, die ihr die beiden machten, waren kurioserweise viel teurer als *seine* … Und seit die beiden mitbekommen hatten, dass es ihn gab, empfanden sie eine geheime Lust daran, es zu übertreiben. Aber wenn sie ihr beilagen, hatten alle drei das gleiche elementare Feuer. Jeder von ihnen behauptete, es störe ihn nicht, dass es sich so verhalte und er nicht der Einzige wäre …
In Paris würde all dies niemanden aufregen. Doch hier, in diesem puritanischen Land, wo das Leben sich abspulte wie ein Soldatenmarsch auf einer Drehorgel, könnte es einen unsäglichen Skandal machen … spaßig sicher, zu hören, was die Amtmannsgattinnen X und Y darüber reden würden! Eigentlich, so hatte man ihr er-

zählt, seien die Berlinerinnen genauso freizügig in ihren Amouren wie die Pariserinnen. Manche ihrer Freundinnen glaubten sogar gehört zu haben, dass es an der Spree noch lustiger zuginge als an der Seine. Jetzt konnte sie es besser beurteilen. Das waren Gerüchte, die von einflussreichen Berliner Pietisten in die Welt gesetzt wurden. Er hatte ihr die entsprechenden Stellen in der Schrift des ehemaligen Generalfeldstabspredigers vorgelesen, und sie hatten sich köstlich darüber amüsiert. Der alte frivole Spruch, demzufolge eine Dame nur vor dem Schminkspiegel errötete – in Berlin stimmte er ganz bieder.

Die Nacht ummäntelte sie sanft, doch die Gedanken waren noch zu rege. Der Schlaf wich zurück. Warum kehrte sie nicht einfach den beiden den Rücken und widmete sich ganz ihm? Nun ... erstens mochte sie die beiden zu sehr, und zweitens ... so ganz traute sie ihm nicht ... Zu wetterwendig konnten Männer seines Schlages sein ... Oder sie wünschte die Männer generell zum Teufel und ginge in ein Kloster! Das wäre vielleicht ihre Rettung.

Sie dachte an Prinzessin Amalie, die Äbtissin von Quedlinburg, bei der sie den Nachmittag mit Kaffee und Plausch zugebracht hatte – entspannte Stunden auf hohen, aufgequollenen Plumeaus. Diese Schwester des Königs von Preußen hatte wohl eine Grabesstimme und sah ein wenig zerknittert aus, doch was sie sagte, war geradeheraus. Sie wollte unbedingt die erste Berlinerin mit einer *robe à la polonaise* nach neuestem Pariser Zuschnitt sein ... Eigentlich, dachte sie amüsiert, sollte man es hintertreiben, damit eine solch schöne Novität nicht in schlechtem Licht herauskäme, unter einem so missmutigen Gesicht. Und erst Amalies Hofdamen! Die Hofmeisterin Blaspiel war siebzig und hatte schluchtentiefe Falten. Alle hatten sie dieses Verlorene, das an kleinen Höfen so typisch war ... Nur Antonia di Bianchini aus Neapel nicht, die besaß echten *chic*, war sichtlich weiter herumgekommen als die anderen. Die Bianchini hatte das Fräulein von Krähl vom Hof der Regierenden Königin boshafterweise dazu überredet, ein neues Kleid anzulegen. Es hatte an ihr geschlottert wie ein bunter Sack. Sie musste jetzt noch lachen, wenn sie daran dachte. Die Bianchini hatte freilich nicht gezögert, sich über den schlechten Sitz lustig zu machen. Das Fräulein von Roedern, das mit der Bianchini befreundet war, und eine Bäurin namens de Laroche aus der schwedischen Hofgesellschaft hatten sich gleichfalls sehr amüsiert. Die beiden passten äußerlich gut zueinander – grau-schwarze Betschwestern dieses neuen, empfindsamen Typs.

Wie hatten die Augen der Krähl geleuchtet, die sich vorher scheint's auch eher in gedeckten Farben gekleidet hatte, als dank ihres kundigen Blickes und drei Dutzend Stecknadeln aus dem bunten Segel eine schnittige Robe geworden war, die ihre Schönheit ausstellte wie ein gläserner Spind ... Das Fräulein Krähl hatte ihre Zofe sofort ihr altes Kleid holen lassen, das sich als feine, indes irgendwie traurige Robe des unseligen Lakefield herausstellte. Als Gegenleistung fürs Anpassen war es akzeptabel. Das neue Kleid, verkündete Demoiselle Krähl, wolle sie, sobald es geändert sei, nie mehr ausziehen. Sie hatte der Zofe gezeigt, wie sie es zu nähen hätte. Das Ding war flink, wenngleich ungeübt. Doch am Ende des Kaffeekränzchens war schon alles getan.

Ob *er* wohl andere hatte? Ihr gegenüber machte er ein Geheimnis daraus, wie er sich scheinbar oft darin gefiel, in Verkleidung herumzulaufen ... Doch sicher wussten es alle. Wenn sie nur Deutsch verstünde, dann könnte sie sicher in der nächsten *boulangerie* danach fragen ... Aber es gab ja keinen Anlass für solche Fragen! Nur eine Törin fragte so etwas. Oder eine schamhafte Berlinerin. Sie musste aufhören, darüber nachzudenken, sonst würde sie selbst noch eine! Auch bei den beiden hätte sie nie nach derlei gefragt. Sie schwebte, wie auf einem Hochgefühl. Die laue Sommerluft kam durchs offene Fenster. Eine Nachtigall sang. Berlin lag im Dunkel des Neumonds. Abertausend Sterne funkelten. Das Leben, es pulste in ihr.

Der Schlaf kam nahe heran. Sie wurde zur *marquise*, zur *reine* … drehte sich wohlig. Die Bilder fluteten … alles wurde weich und leicht …

Doch da: Hatte es nicht eben geklopft?

Oder hatte sie es geträumt?

Nein, jetzt hörte sie es deutlich.

Es klopfte wieder. Wer konnte das sein?

Sie war wieder wach.

»Ja? Wer ist das?«

Wer war da draußen? War es ein Diener des Hotels? Dazu war es zu spät. Wer aber sollte sonst zu dieser Zeit bei ihr klopfen? Sie fragte noch einmal.

»Qui est là?«

Erneutes Klopfen. Auch ihr Herz stimmte jetzt darin ein. Wenn es gar einer von beiden wäre? Nein, das konnte nicht sein, sie waren in Potsdam. Doch hatte vielleicht die Sehnsucht einen zu ihr getrieben?

Viel wahrscheinlicher aber war *er* es!

Sie atmete heftig, hüpfte heraus aus dem Bett und sprang zur Tür, versuchte, durch das Holz etwas zu hören.

»Wer ist draußen?«, fragte sie lächelnd. Es musste *er* sein!

Sie war direkt hinter der Tür. Wer auch immer davor stand, musste sie gehört haben. Sie drehte den Schlüssel, trat dann erwartungsvoll zur Seite. Mit einem Ruck flog die Tür auf. Sie konnte nichts erkennen. Kein Licht, alles dunkel … nur diese Hand auf ihrem Mund … nur diese brennende Schlinge um den Hals … nur diese eiserne Klammer um den Brustkorb, die sie an jeder Bewegung hinderte … nur noch diese Wiese, über die sie lief, über der ein blauer Himmel stand … All ihre Bänder und Borten und Schnittmuster flatterten durch die Luft … Weiße Quellwolken über dem ersten Maiengrün … Hitze … klares Wasser … Nebel … Schnee … Dunkelheit … am Ende nichts mehr … So war das also … und ihr letztes Gefühl war grenzenloses Erstaunen …

Dienstag, 30. Juni 1772

»Mein Vater ist ebenfalls Koch gewesen«, verkündete Honoré Langustier, Zweiter Hofküchenmeister des Preußenkönigs Friedrich. »Der Sonnenkönig aß eine seiner Pasteten und machte Alphonse René Langustier zum Ersten Bratenmeister und Zweiten Pastetenbäcker in Versailles! Ich wurde Küchengehilfe am sonnigsten Hof der Welt, eine prägende Erfahrung für einen Zwölfjährigen. 1740 kam ich nach Berlin.«

Sie lächelten einander wissend an. Jekaterina Fürstin Daschkowa lebte abwechselnd in Paris und Sankt Petersburg, war Chefredakteurin des *Courrier des Modes* und immer unterwegs im Dienste des guten Geschmacks. *Das ist groß!* war ihre Lieblingswendung. Sie beriet die französische Königin in Fragen der Mode; derzeit war sie auf der Suche nach einem Liebhaber, den sie durch eigene Schuld verloren hatte, aber um alles auf der Welt wiederhaben wollte.

Ach, wenn sie wüsste, dachte Honoré Langustier und schmunzelte. Gerade mal 29 Lenze zählte sie, doch es lag etwas Verwegenes in ihrem Gesicht, das sie viel älter erscheinen ließ und ihn unglaublich anzog: sinnliche Lippen, braune Augen, hohe Stirn und dunkelbraune Haare, zu einem einfachen Knoten hochgeschlungen. Sie war nicht völlig schlank, aber eisern geschnürt. Ihr Reise-Négligé bestand aus einer dunkelblauen Schoßjacke mit großrapportigem gelbem Früchtedekor und einem hellblauen Rock mit Blütenmuster. Sie reiste unfürstlich-journalistisch, ohne Zofe, mit kleinem Gepäck – von zwei riesigen Schrankkoffern abgesehen –, und ihr Lachen war ein kleines Geläut.

»Und ich war fünfzehn, als ich an den Kaiserhof kam und Katharinas Freundin wurde!«
Sie meinte die große Katharina, die sich gerade mit seinem König Polen geteilt hatte. Friedrich, der seit Jahren aller Welt Theater vorspielte, liebte es, zu überraschen. Marie Antoinettes Lieblingscouturiers mit 40 Kleiderentwürfen nach Charlottenburg zu holen, war wie ein Angriff auf Frankreich – kaum dass ihm kampflos sein Stück vom polnischen Kuchen in den Schoß gefallen war. Preußen lag trotz des entbehrungsreichen siebenjährigen Krieges nicht am Boden. Mochte es seinen Untertanen auch dreckig gehen – der König tat, was er konnte, um die gewaltige Fassade aufrechtzuhalten. Das Neue Palais stand symbolisch für diese Anstrengungen. Der König war ein Finanzgenie, denn trotz des immensen Aufwands, den er trieb, lagen fünf Millionen Friedrichsdor in den Schatzkammern im Untergeschoss des Berliner Schlosses.
Langustier sehnte sich zu Rahel, seiner Frau, zurück und verfluchte sich selbst, dass er dem König in Antwort auf den letzten Express-Brief versprochen hatte, die Daschkowa erst sicher in Berlin abzuliefern. Der Regent hatte sie nicht direkt eingeladen, doch er wusste um ihre einflussreiche Stellung als Herausgeberin des führenden europäischen Modemagazins. Die Vorankündigung im *Journal de Berlin*, die Langustier ihr in London gezeigt hatte, hatte sie magisch angelockt. Jetzt gedachte sie das kleine Berlin einer weltstädtischen Beurteilung zu unterziehen – anlässlich der geplanten Mode-Revue.
»Werden meine geliebten Pariser Couturiers denn wirklich alle da sein und den Königinnen und reichen Damen ihre neuesten polnischen Roben vorführen?«, fragte sie. »Valencia, Huberty, Léonard und Bergé? Das ist groß! Die schönste Geschichte für sämtliche Gazetten! Die Teilung Polens in der Mode! Der Vorstoß Preußens in der Mode!«
»Fürstin – sicher werden alle da sein. Alle!« Er hatte das *alle* besonders betont. »Ich kenne doch meine Termine. Einer wird so-

gar bei dieser hübschen Gelegenheit eine der ersten Töchter Preußens ehelichen. Hermès de Bergé ....«

»Hermès wird heiraten? Ach, was Sie nicht sagen ... Wen? Ich habe mich in London, so sieht es wohl aus, viel zu weit vom Weltgeschehen entfernt und trotz aller Bemühungen doch nicht herausgefunden, wo Lakefield geblieben ist ... Die Mode in England ist übrigens wirklich das Allerletzte. Was sagen Sie dazu? Weshalb waren Sie noch mal da?«

Langustier griente.

»Wegen des englischen Botschafters, wegen des großen James Cook – und einer alten Freundin namens Gloria.«

»Cook, natürlich. Das hätte ich mir ja denken können! Und die Suche nach alten Freunden ... oder Geliebten ... kenne ich aus eigener Erfahrung nur zu gut. Was meinen Charles, ich meine: Lakefield betrifft – ich glaube, er hat mich in die Irre geführt, indem er behauptete, zwanzig Jahre in London gewesen zu sein. In ganz Britannien schien man von ihm nie etwas gehört zu haben.«

Sie lachte sarkastisch, wohingegen er lächelte, gedanklich scheinbar noch ganz bei den bevorstehenden Festterminen. Er hatte sein kleines schwarzes Notizbuch gezückt und las:

»*12. Juli, Charlottenburg: Moden-Fest. Mittags Bankett für 150 Personen, darunter auch die Regierende Königin Elisabeth Christine. Abends Büfett nach Aufführung der königlichen Puppen-Comedie ›Die Maulaffen‹ und Präsentation der Entwürfe der Pariser Couturiers. Nachher Ball en domino und Illumination des Schlossgartens ...*«

»Wenn ich nur wüsste, was ich für eine Audienz bei Ihrem König tun muss ...«

»Fürstin, jetzt verspotten Sie aber mich armen alten dicken Koch! Für ein *tête-à-tête* mit dem König von Preußen benötigt eine einstige Kampfgenossin Katharinas wahrlich meine Hilfe nicht. Mir kommt da gerade ein Einfall, Fürstin, der Ihre Zustimmung finden wird!«

Sein Gesicht spannte sich vor Freude.
»Lassen Sie uns eine Rast in Meyenburg einlegen, wo ihr geliebter Bergé gerade Verlobung mit Adelheid von Rohr feiert! Auf meinem Weg nach Hamburg vor drei Wochen landete ich zufällig in Wolfshagen, wo ich eine Kutsche sah, die ich mir zu kaufen in den Kopf gesetzt. Unser Tolpatsch von Kutscher hat etwas gutzumachen – er wird uns nach Wolfshagen bringen, ich werde die schnelle Kutsche kaufen, Pferde leihen, eigenhändig lenken und Sie entführen …«
Die Daschkowa kam ihm einen halben Meter entgegen vor Aufregung, bevor sie sich wieder langsam in die entspannte Sitzposition zurückgleiten ließ.
»Nein! Ich dachte, er sei … Das dachte ich eigentlich von allen meinen Couturiers. Sie schwergewichtiger Engel – ich wäre die glücklichste Frau der Welt, wenn ich so ein Abenteuer mit Ihnen erleben dürfte. Indessen vergessen Sie eine Kleinigkeit …«
Langustiers überbordender Eifer zerschmolz wie Eis an der Sonne. Er folgte dem Blick der Daschkowa, deren Augen plötzlich den Platz neben ihm fixierten. Zugleich hörte er das Hüsteln jenes spindeldürren jungen Mannes, der in seinem schwarzen Rock, den gleichfarbenen *culottes* und Strümpfen und dunkelschwärzesten Schuhen vorm abgeschabten schwarzen Leder der Sitze vollends unsichtbar gewesen wäre, wenn ihn nicht die vornehme Blässe seines schmalen Gesichts und die filigranen Klavierspielerhände als menschliches – englisches – Wesen verraten hätten.
»Oh … Mister Burney!«, sagte Langustier und war die Zerknirschung selbst. »Verzeihen Sie mir mein ungestümes Gemüt …«
Robert Burney, der junge Komponist, der in Berlin seinen Bruder Charles zu treffen beabsichtigte, sagte mit fast unhörbarer Stimme:
»*Marvellous!* Das klingt so verführerisch, dass ich ein Esel wäre, nicht darauf einzugehen.«

Hausherr Ludwig von Rohr strahlte die späten Gäste mit von Wein und Tanz geröteten Wangen an. Noch ehe Langustier seiner Freude über das Wiedersehen Ausdruck verleihen konnte, hörte man bereits den Sopran der Daschkowa, die mit gespieltem Erstaunen verkündete:
»Nein! Die Welt ist klein! Wie wunderbar! – Hermès! Das ist ja nicht zu glauben – wir wähnten Sie längst in Berlin! Und sagen Sie: Wiieeeso wusste ich nichts ... *davon*? Wie konnten Sie mir dieses – hm – Wunder – verbergen?«
Adelheid von Rohrs Bräutigam indes flötete, als er die Dame zu Gesicht bekam, die ihm mehr als bekannt zu sein schien:
»Sürpriiise!«
Die Fürstin klatschte ihm mit ihrem hübsch watteauisch bemalten Fächer leicht auf die beseidete Schulter.
»Meine Pariser! Sie sind überall! Sagen Sie, wie haben Sie einander kennengelernt? Nein, das ist fast zu viel ...« Zu Adelheid: »In Paris hält man ihn für einen ewigen Einzelgänger ...«
Ihr Lachen war glockig, tremolierend, und legte sich allen wie ein klingender Schal um die Ohren.
Bergé lächelte süß und fragte:
»Wenn ich für meine Zukünftige antworten darf?« Dabei fasste er seine Braut an der Hand und zog sie sanft an seine Seite.
Adelheid von Rohr, eine vornehme, hochgewachsene Brünette, die am kurpfälzischen Hof durch ihre Schönheit Furore gemacht hatte, konnte und wollte durchaus selbst das Wort ergreifen:
»Von wem ist dieser hübsche Fächer? Von Ricci? Sie sehen umwerfend aus, liebste Fürstin! Wir lernten uns am kurpfälzischen Hof in Schwetzingen kennen, schon vor einem Jahr, beim Ball nach *Le Misanthrope* von Molière. Ein entfernter Onkel von mir ist Jagdaufseher beim Kurfürsten Carl-Theodor.«
Langustier betrachtete Bergé, ein Paradiesvogel inmitten der Prignitzer Ländler. Seine Haartracht zeigte sich ganz *à la mode*: stark gepudert und karottenförmig aufgezwirbelt. Er trug einen

Samtanzug in zwei Farben – *mauve* die Jacke und bourgognerrot die Culottes –, mit weißem Seidenbesatz paspeliert. Aus weißer Seide waren auch die Strümpfe und bestickten Gamaschen. An den Füßen prangten Mariguin-Pumps mit roten Absätzen (ein absolut geschmackloses Vorrecht des Adels, wie Langustier fand) und Schnallen mit Steinen, die wie Diamanten glänzten. Auch an den Knien waren ein paar dieser Schnallen … Ein Degen mit Goldgriff zierte seine Seite, Brüsseler Spitze seine Brust und seine Hände, ein Band mit einem Solitär seinen Hals.
»*Incroyable!* Unglaublich!«, sagte Bergé, als er erfuhr, wer da an der Seite der Fürstin vor ihm stand.
»In der Tat, sehr erfreut, Monsieur Bergé«, sagte Langustier. »Sollten Sie nicht wirklich schon in Potsdam sein? Wenn mich nicht alles täuscht, steht ein *déjeuner* für die Artisten auf dem Programm …«
Er zog das kleine Schwarze hervor.
»Ja genau, aber – ach so – erst übermorgen. Aber ob Sie das schaffen bei unseren Wegen?«
»Ich fahre morgen. Was soll das übrigens heißen? Für die Artisten? Ich sehe mich nicht als Trapezkünstler …«
»Die Neapolitaner Opernsängerinnen und -sänger, die im Neuen Palais gastieren, werden ebenfalls … äh … abgespeist. Aber – Sie und ihre werten Mit-Couturiers sitzen selbstredend an der Tafel des Königs, während alle anderen an der Beitafel platziert sind, nicht einmal im gleichen Raum, wenn der Plan nicht geändert wurde.«
Er klappte sein Notizbuch zu. Bergé lebte noch ganz in seiner Paris-Versailler Welt. Er hatte die Unterarme angewinkelt und wendete nun die feinen Handflächen entzückt himmelswärts:
»Wunderbar! So soll es sein! Wir bei König und Königin, alle anderen draußen!«
Die von Rohrs, das Brautpaar und die späten Gäste begaben sich in die gute Stube des winzigen Schlösschens, einen etwas größeren

Raum im Parterre, an die winzige Vorhalle anschließend, der mit breiten Sandsteinplatten gepflastert war. Das Fest draußen ging ohne ihr Beisein weiter. Ein Kachelofen strahlte wohlige Wärme ab, was trotz des heißen Monats im kühlen Schlosskern mitten in der Nacht sehr nötig war. Langustier und Burney weideten sich an der Eleganz der Damen, die alles daran setzten, vor den Augen des Fachmannes Bergé zu bestehen. Adelheid von Rohr kontrastierte farblich in einer roten *robe à l'anglaise* aus leichtem Baumwollstoff mit der grün gekleideten Herrin des Hauses, Ilsabe von Rohr. Die Mutter hatte ihr Haar zu einem kleinen Bollwerk aufmodelliert. Das der Tochter dagegen war zu einem flachen Chignon aufgeschlagen und fiel im Rücken lose *à la conseillère* herab.

»Es ist ein unglaubliches Glück, den Mann zum Schwäger zu bekommen, der den modischen Puls des Kontinents mitbestimmt!«, sagte Ilsabe von Rohr.

Bergé war selbstredend geschmeichelt.

»Ich tue, was in meinen Kräften steht – doch Sie glauben nicht, wie schwer es ist, Marie Antoinette für etwas zu begeistern. Sie ist äußerst wählerisch, restlos eitel und völlig unberechenbar im Interesse. Hat sie sich etwa gerade für einen grün-goldenen *redingote à l'amazone* – einen Reitmantel – oder für gelb-violett gemusterte Schuhe begeistert, stopft sie im nächsten Moment Konfekt in sich hinein und will nichts mehr hören und sehen als Hüte. Sie kann nach etwas verlangen und es schon vergessen haben, wenn sie den Raum verlässt. Glauben Sie mir – so jemanden als Kundin zu haben, ist ein Kreuz! Allerdings – jemand der mit einem Wort eine Farbe zum neuen Modetrend machen kann, ist nicht zu verachten. Wie schade, dass meine Kleider so billig sind – sie hat einmal für Schmuck 150 Millionen Livres ausgegeben, in einer Viertelstunde ... Ich bin auf die Berliner und Potsdamer Damen gespannt, die uns ein ganz hübsches Geschäft versprechen. Jede Menge kleine Salons. Hoffentlich geht es dort etwas weniger oberflächlich zu. Auch Couture ist in gewisser Weise Kunst. Ich verstehe mich eher als Porträtmaler, ich zeichne Charaktere oder bin Skulpteur: Ich arbeite etwas heraus, das ohne mich nicht sichtbar wäre ... Ich bin kein Dekorateur, wie viele Menschen glauben. Viele sagen, die Kleider verhüllen nur, und man könnte einer Bohnenstange Chic verleihen, indem man sie mit edlen Stoffen drapiert. Cristobal Valencia etwa sagte einmal zur Gräfin von Bismarck-Crevese, an der wirklich Hopfen und Malz verloren schien: ›Sie brauchen nicht schön zu sein, Madame – das übernehmen meine Kleider für Sie!‹ Ein wenig mehr steckt aber schon dahinter, denn man muss die Trägerin eines Kleides inspirieren. Das ist, glaube ich, das Geheimnis bei aller Kunst: Natur, gesehen durch ein Temperament, aber zugleich: ein Temperament, erleuchtet und erhoben durch Kunst. Der Betrachter muss verzaubert sein, muss ein Lächeln im Gesicht tragen. Wir müssen mit einem Kleid die Trägerin und ihre Verehrer zum Leben erwecken. Erst dann ist wirklich gut, was wir gemacht haben.«

»Diese Philosophie gefällt mir«, sagte die Daschkowa, und Langustier erhob sein Glas gegen Bergé.

Der tat ein Gleiches und fragte:

»Glauben Sie nicht, man könnte den König einmal neu einkleiden?«

Alle lachten, denn die Vorstellung war mehr als spaßig.

»Nun ja, er ist kein großer Freund neuer Gewänder, und seine Beine sind nicht danach, ohne Stiefel gut auszusehen, die Strümpfe hängen an seinen Waden wie kleine faltige Schläuche. Aber er gleicht der Königin Antoinette im *laisser faire, laisser passer*. Er umgibt sich mit den schönsten und kostbarsten Dingen. Ich glaube aber nicht, dass er in der Straße der *boutiqiers des modes* auftauchen würde, um einzukaufen ... *tout la boutique* ist ihm gleichgültig.«

»Solch majestätisches Qualitätsbewusstsein ist beispiellos. Umso mehr schmerzt es doch zu sehen, wie wenig Wert er auf Verände-

rung legt. Ihr König wird nie wanken, was Mode betrifft, und er wird sie verachtenswert finden, wenn sie sich ändert.«
Das stimmte, musste Langustier zugeben. Die schiefe Schlachtordnung, vom Thebaner Epaminondas 371 vor Christus erfunden, galt ihm noch immer für den *dernier crie* der Kriegskunst. Er dankte dem Himmel dafür, dass er als Einziger dem König behutsam Neues beibringen konnte – über die Kochkunst.
»Vielleicht bringt ihn die Aufführung zu einer neuen Sichtweise. Ich glaube, der Anblick meiner Kreationen ...«, hob Bergé an, doch Langustier lachte.
»Oh, das soll nicht despektierlich sein, Monsieur, und Sie in Ihrem Eifer nicht stören. Ich will Sie durchaus nicht entmutigen.«
Er fragte Adelheid von Rohr:
»Werden Sie Ihren Bräutigam nach Charlottenburg begleiten? Wann soll denn überhaupt Hochzeit sein?«
»Unmittelbar vor dem Fest – in der Berliner Reformierten Parochialkirche! Der Hofprediger Falk wird uns trauen!«, entgegnete sie und schmachtete Hermès an, der hinzusetzte:
»Adelheid wird anschließend in Charlottenburg meinen schönsten Entwurf vorführen – ihr eigenes Brautkleid!«
»Dort steht ein, wie mir scheint, höchst modisches Klavier, Mister Burney!«, sagte die Daschkowa. »Möchten Sie uns nicht, zur Krönung des wunderbaren Abends, ein paar Stücke von sich spielen?«
Burneys Herz hüpfte. Das Tafelklavier von J. A. Stein lockte mit neuester Wiener Mechanik. Er wärmte die Finger am Kamin, ging zum Instrument, verbeugte sich lächelnd und setzte sich. Dann spielte er etwas, das er *Summerville* nannte, und alle entschwebten – der trefflichen Formulierung der Fürstin entsprechend – »auf den leichten Kähnen des Wohllauts«.

Mittwoch, 1. Juli 1772

Amalie Gräfin von Kannenberg betrat das Schlafzimmer im ersten Obergeschoss des Schlosses Schönhausen. Elisabeth Christine, Königin von Preußen, blinzelte benommen ins funzelige Licht einer Handlaterne und seufzte erleichtert, als sie ihre Hofmeisterin erkannte.

»Ach, Ihr seid es, welch ein Glück! Ich glaube, mir träumte schlecht. Mir war, als hätte ich einen Schrei gehört.«

»Majestät, es ist etwas Schlimmes passiert: ein Unglück! Ich war es, die geschrien hat, denn Demoiselle Krähl ...«

Elisabeth Christine setzte sich auf. Wenn *tout Berlin* sie so sähe ... Mit der weißen Nachthaube sah sie jetzt sicher aus wie eine griesgrämige alte Matrone. Sie hüstelte und fragte:

»Nun, was ist denn mit dem Fräulein von Krähl?« Ihre Stimme kräftigte sich. »Sicher, auch an sich ist sie ein Unglück ... Aber deswegen seid Ihr wohl nicht hier, nehme ich an ...«

Sie starrte erst auf das Papier, das die Gräfin in der Hand hielt, dann auf die schwach in der Düsternis erkennbare Standuhr. Es war drei Uhr früh.

»Majestät, ich bin untröstlich, aber es ist ... ich glaube ...«

Gräfin Kannenberg kämpfte schwer mit dem, was sie zu sagen hatte.

»Nun kommt schon, so schwer kann es ja wohl nicht sein. Ist sie schwanger? Das würde mich nicht wundern. So wie sie aussieht, ist das wohl nur eine Frage der Zeit. Wissen Sie noch, Gräfin, was die französischen Offiziere, die mein Gatte anno 63 festhielt, für einen Zettel angeschlagen haben in Berlin? Da war für jede meiner Hofdamen der Preis aufgeführt!«

Sie lachte hell auf.
»Ich erinnere mich und ich begreife, was Majestät meinen, doch, wenn ich ehrlich sein soll: Von etwas Derartigem weiß ich nichts, ich denke es nicht, denn sie ist, ich meine war …«
Jetzt war es ihr schon entschlüpft. Die Königin runzelte die Stirn und fragte:
»War? Wieso war?«
»Es ist so, kurzum: Christiane von Krähl liegt … am Boden! Ohne Anzeichen von Leben, leblos … Ist, scheint's … wie es aussieht, und es sieht ganz danach aus … tot!«
Die Königin stöhnte auf.
»Ach du meine Güte!« Die Stimme der Königin klang weinerlich wie ein undichter Blasebalg.
»Ich will sofort hinaufgehen«, sagte sie dann gebieterisch und rief:
»Frau von Vennwitz!«
Sie ruckte im Bett, als könnte sie dadurch das Kommen der Kammerzofe beschleunigen, die sie in der angrenzenden Garderobe wähnte, wo sie für gewöhnlich nächtigte. Gräfin Kannenberg indes sagte:
»Frau von Vennwitz wird gleich hier sein – und Frau von Weyer ebenfalls. Wir liefen gleichzeitig los. Die beiden sind aber erst ins Kastellanhaus hinüber, um die Kammerherren und deren Diener zu alarmieren …«
»So? Hm, gut. Sehr umsichtig … aber …?« Sie stutzte. »Wieso haben Sie Frau von Weyer geweckt? Weshalb ist meine Zofe nicht nebenan? Und von wo liefen sie beide los?«
Die Königin versuchte verzweifelt, sich zu sammeln und aus all diesen seltsamen Mitteilungen der Gräfin Klarheit zu gewinnen, aber irgendwie ging das alles über ihren Verstand.
»Sagt mir, Gräfin, wache ich oder träume ich? Das dünkt mich nach wie vor ein übler Traum zu sein. Was ist das? Der Abschiedsbrief?«

Die Königin hatte das Papier nicht aus den Augen gelassen, das die Hofmeisterin wie einen Marschallstab schwenkte. Die Gräfin nickte.
»Bitte lest mir vor, meine Augen sind völlig schläfrig ...«
Der Briefbogen wurde knisternd geglättet und aufgefaltet.
»*Verzeiht – ich kann nicht mehr! C.*«
Die Vorleserin ließ das Papier sinken.
»Na, na – jetzt strengt Euch mal ein bisschen an!«, verlangte die Monarchin.
»Pardon, Majestät, aber das ist eben das, was auf dem Blatt steht«, erwiderte die Gräfin, »*Verzeiht – ich kann nicht mehr! C.*«
Elisabeth Christine brauchte einen Augenblick, um zu begreifen.
»Etwas ausführlicher hätte es schon sein können, wo sie doch sonst so sehr auf die Form bedacht ... Wie habt Ihr überhaupt bemerkt, dass etwas mit ihr ist? Dass sie ...«
»Demoiselle Platen und ich waren gerade auf dem Weg ... Also, wir kamen zufällig vorbei, weil ... Und dann schauten wir in die Garderobe und fanden sie regungslos am Boden liegen. Es wirkte ganz so, als sei es gerade geschehen. Das Papier lag auf dem Tisch. Sie muss es geschrieben haben, bevor sie das Gift genommen hat. Ich glaube, es war Gift! Denn man sieht gar nichts an ihr ... äußerlich, meine ich.«
»Gift?«, fuhr die Königin auf. »Was denn für ein Gift?«
In diesem Moment flogen Eva von Vennwitz, die Kammerzofe der Königin, sowie Gertrude von Weyer, die Hofgarderobenmeisterin, herein, beide in großer Abendtoilette. Sie knicksten vor dem Bett. Elisabeth Christine riss die Augen auf.
»Du liebe Güte – wieso sind denn hier alle so vollständig angekleidet? Und das um drei Uhr nachts? Man sollte meinen, dass die Damen ihren Schlaf nutzen angesichts der Mode-Revue, die uns bevorsteht ...«
Madame von Weyer, eine sehr zu oberflächlichem, grundlosem Lachen neigende üppige Blondine, ergriff das Wort:

»Majestät mögen Nachsicht walten lassen, aber gerade die Revue …«

»Wir würden die Nacht nicht zum Tage machen, wenn nicht die neuesten Pariser Schnittmuster und die Puppen …«, spann Frau von Vennwitz, die königliche Kammerzofe, den Faden weiter. Ihre Schnürbrust hob und senkte sich vor Aufregung, aber auch wegen des Dauerlaufs. Dann schwang sie sich zu einer narrativen Falbel auf: »Die Puppen mit den schönsten Kleiderentwürfen von Marie Antoinettes Lieblingscouturiers … Jeder von ihnen hat eines der Puppenkleider entworfen.«

»Die beiden großen?«, fragte die Königin, und ihre Augen wurden hellwach.

»Nein, die verlassen Versailles schon lange nicht mehr, seit man ihnen an der Grenze Schwierigkeiten macht … aber vier kleine! Wir haben sie ganz inoffiziell, unter sekretesten Bedingungen, höchst confidentiell … nur für ein paar abgezählte Stunden bekommen!«, warf nun selbst die Gräfin Kannenberg mit glühenden Wangen ein. »Sie müssen am Morgen wieder in Berlin sein, als seien sie nicht weggewesen!«

»Ach, was Sie nicht sagen: vier große Künstler und vier kleine Puppen …«

»… und um sie zu leihen, mussten wir förmlich auf Knien vor dem Baron Silkstedt, dem Garderobenmeister der schwedischen Königin, und ihrer Hofmeisterin herumrutschen!«, fältelte Frau von Weyer, die Hofgarderobenmeisterin, lächelnd und nähte als Bündchen unter das bisher Gesagte: »Die schwedische Königin hat die Muster und die Puppen überdies und ihrerseits bloß leihweise vom Hofgarderobenmeister des Königs, Baron von Strauß … Selbstredend hat jede kleine Puppe einen Schrankkoffer voll Kleider dabei – diese Sachen stehen im Berliner Hotel, wo auch die Couture-Näherin der Königin wohnt. Alle vier Puppen tragen in Verkleinerung je einen der vielen Entwürfe – die, welche die großen Vier für ihre besten halten.«

Die Gräfin Kannenberg ergänzte nun:
»Euer werter Gatte, Majestät, hat den Puppenspieler Albino kommen lassen, um mit den Modepüppchen aus Paris vor der großen Schau ein eigenes neues Theaterstück aufzuführen. Baron Silkstedt sagt übrigens, Majestät, dass am 12. der ganze Hofstaat der Königin von Schweden in neuen polnischen Roben erscheinen wird.«
Die Königin erblasste. Das wäre eine Depravation, noch größer als die *vieille vache* … Sie hatte den neuen Faden aufgenommen und den anderen fast verloren – den des leblosen Fräuleins. Sie wiegte langsam das Haupt:
»So viel diplomatische Verwicklungen wegen ein paar Schnittmustern und einer Handvoll Schneiderpuppen – aber ins Hintertreffen geraten wollen wir auf keinen Fall! Ich freue mich daher wohl ihres Mode-Eifers, Mesdames! Puppentheater, sagt Ihr? O je. Er findet noch immer Wege, uns zu überraschen, stets im herbsten Sinne …«
Sie konnte nicht verhindern, dass seine schlimmsten Worte wie Blitze in ihrer Erinnerung aufleuchteten: ›Ich sehe, Madame sind in die Breite gegangen‹, war die Bemerkung beim Wiedersehen gewesen, nach sieben Kriegsjahren, in denen sie freilich gut bekocht worden war. Das Einzige, was ihr blieb, war das, was er ihr zu einer Zeit in Rheinsberg anvertraut hatte, als sie noch miteinander sprachen und schliefen: »Trotz des Wunschs, weise zu werden, begehe ich Grausamkeiten, die mich nachher gereuen. Ich habe mir geschworen, nichts je zurückzunehmen. Auch Sie, Madame werden derlei zu beklagen haben, denken Sie dann daran, was ich jetzt gesagt habe …«
Madame von Weyer strickte an der notwendigen Eröffnung fort, um die sich Gräfin Kannenberg durch helfende Handreichungen drückte, die eigentlich Sache der Kammerzofe waren. Sie wusste, dass ihre Herrin sie im Grunde ihres leicht zu rührenden Herzens vollkommen verstehen würde. Man würde all die anderen Dinge ja spätestens dann nicht mehr verbergen können, wenn

erst heraus war, wo das leblose Fräulein lag: nicht etwa in der dritten Etage, also im zweiten Stockwerk, wo alle acht Hofdamen ihre winzigen Kammern und gleich großen Garderoben hatten – deren Beengtheit nur noch von den Löchern ihrer Zofen und Toilettenjungfern unterm Dach übertroffen wurden –, sondern unten, im Toilettenzimmer bei den Garderoben im Erdgeschoss.
»Majetät werden allerdings erstaunt sein, dass noch einige andere Personen im Schloss sind – wir wollten alle so sehr, dass Majestät nach dem fürchterlichen Erlebnis ... Majestät wissen schon, welches ich meine ... eine Freude empfänden. Wir wollen Majestät eine vollständige Kopie des schönsten Kleides unter den neuen Pariser Entwürfen herstellen lassen, mit allem, was dazugehört! Ein Schuhmacher kopiert die Chaussüre und eine Haarkünstlerin die Perücke.«
Elisabeth Christine gab ihrer Sprachlosigkeit beredten Ausdruck, indem sie sagte:
»Nein, Mesdames – ich bin gerührt ... welch zaubervolle Idee, wie empfindsam von Ihnen, mir mein verschattetes Gemüt durch etwas so ... so ... so Zaubervolles aufhellen zu wollen!«
Da ihr partout kein anderes Prädikat einfallen wollte, wiederholte sie noch einmal:
»Zaubervoll!«
Ohne es hindern zu können, rannen ihr einige Glückstränen über die Wangen.
»Ihr vergesst die Putzmacherin, die exakt die richtigen Litzen und Borten, Bänder, Schnüre, Spitzen, Stickereien, Pailetten, Flitter und Schmuckfedern liefern soll und daher auch diesen einmaligen Blick auf die streng geheimen Puppen werfen musste ...«, ergänzte die Hofmeisterin strahlend. »Um die Puppen herzubringen, ist sogar der Baron Silkstedt im Haus. Er garantiert höchstpersönlich gegenüber Baron von Strauß für ihre Sicherheit. Außerdem sind der Maler Calau, der Puppenfachmann Albino und ... ein Journalist anwesend.«

Jetzt war es heraus. Die Hofmeisterin schluckte. Die Königin wurde leichenblass.
»Herrje, so viele? Stehen die alle droben vor dem Zimmer des armen Fräuleins von Krähl und warten, dass ich komme?«
»Nein, Majestät,« sagte Frau von Weyer. »Das Fräulein liegt unten, in der Garderobe neben der kleinen Toilettenkammer. Die Helfer sind im Saal. Majestät werden ihnen nicht begegnen, wenn Majestät es nicht wünschen.«
Elisabeth Christine wirkte unschlüssig.
»Den Baron Silkstedt müsste man eigentlich ... begrüßen, oder? Sollten wir nicht etwas Tee oder Kaffee, vielleicht ein Frühstück ... Ach, ich weiß auch nicht, was denkt Ihr, Gräfin?«
Herrgott, wie war diese Nacht plötzlich kompliziert geworden.
Nach einer Viertelstunde fand sich Elisabeth Christine in aller Notdurft bekleidet und abmarschbereit. Rasch nur war ihr etwas altmodisch zu cannelonigroßen Rollen onduliertes Grauhaar in Form gebracht worden. Sie fühlte sich keineswegs völlig wohl, als sie mit den Adjutantinnen durch die Garderobe und das kleine Treppenhaus ins Foyer trat, um über einen Arm von Boumanns großer neuer Treppe mit dem herrlichen Schnitzwerk hinunterzuschreiten. Sie hatte schon sonst auf dieser Treppe ein mulmiges Gefühl – als würde sie aus großer Höhe herabstürzen –, doch in dieser Nacht verließen sie beinahe die Kräfte. Unten erwarteten sie ihre Schwester Viktoria von Preußen, geborene Prinzessin von Braunschweig-Wolfenbüttel – die verwitwete Prinzessin August Wilhelm, die in Elisabeth Christines früherem Schlafzimmer im Erdgeschoss nächtigte –, sowie die übrigen Hofdamen. Sie hatten offensichtlich die Puppen tanzen lassen und ihre Mode-Verlustigung auch für sich selbst gehörig in Szene gesetzt. Das Auge wurde betört von der Farbenpracht ihrer Kleider, auch wenn das Licht schummrig war, da die Beleuchtung nur durch ein paar Kerzen in Wandhaltern und kleinen Leuchtern auf Konsoltischchen erfolgte.

Antonia di Bianchini, Nathalie von Roedern, Louise de la Fressange und Cecilie von Platen bezeugten der Königin ihre Ehrerbietung.
Dass sie jetzt so plötzlich auftauchte, überdies in einem eher bürgerlichen Kleid, war ein protokollarisches Unglück. Die Damen lasteten es umstandslos, wie alles, was in dieser Nacht fehlschlug, der leblos daliegenden Christiane von Krähl an.
Die Monarchin befand, dass es nicht sehr passend wäre, einen guten Morgen zu wünschen, daher beließ sie es bei einem angedeuteten Nicken, begrüßte die Prinzessinwitwe Viktoria mit einem Lächeln und sagte:
»Liebe Schwester, meine verehrten Damen – Sie beschämen mich mit Ihren Galakleidern auf das Vollständigste. Indes kein Wort darüber, ich bin schon in Kenntnis über die Hintergründe Ihres regen Nachtlebens. Ich bin gerührt, zutiefst, doch jetzt fehlen mir aus einem so unsäglich traurigen anderen Grund die Worte ... Wo ist mein Lehndorff?«, fragte sie dann und sah sich suchend um.
Der Kammerherr war noch nicht da.
Ein Schrei wollte sich der Brust Elisabeth Christines entringen, als sie nun in eine der unteren Garderoben trat, aber sie erstickte ihn mit ihrem Spitzentaschentuch, das sie waffengleich in der Rechten bereitgehalten hatte.
Die am Boden Liegende war höchst gefällig von Statur, mittelgroß und schlank. Sie hatte ein feengleich zartes, ebenmäßiges Gesicht mit einem makellosen Teint. Ihr Kleid war von einer solchen Schönheit, dass die Königin erneut aufseufzte. Wie konnte das geschehen? Wenn man ein solches Kleid trug, dann brachte man sich doch nicht um! Es war eine *robe à l'anglaise*, aus lachsfarbener Seide, mit weißen und silbernen Blumen bestickt. Eine weiße Schleife saß der Leblosen am Hals. An den Handgelenken dagegen erblühten zwei Kaskaden aus Battist. Das Fräulein wirkte gar nicht tot, nur ohnmächtig oder schlafend. Die Augen waren geschlossen.

Elisabeth Christine indes kannte eine Methode, die Ohnmacht von weit Schlimmerem zu unterscheiden. Sie forderte Frau von Vennwitz auf, einen Frisierspiegel über den Mund der Krähl zu halten. Kein Anhauch auf der Glasoberfläche …
Die Königin ließ sich auf einen eilig herbeigeschobenen Stuhl fallen. Was musste passiert sein, dass sich eine junge Frau, begabt vom Herrgott mit allem, was andere ihr Leben lang vergeblich erstrebten: Schönheit, Geschmack und – die Königin setzte es im Geiste ohne Umschweif hinzu, denn sie war sehr davon überzeugt, ihren Damen dies zu bieten: – höfischer Geborgenheit, sich freiwillig von ihrem Schöpfer abwendete? Christiane von Krähl war keine lebensverachtende Natur gewesen, bibelfest, nicht auf übertriebenen Putz bedacht und somit ganz das Gegenteil etwa der Bianchini, soweit die Königin dies beurteilen konnte. Sie fühlte, dass sie zu wenig Kontakt mit ihren Damen pflegte.
»Wer ist das?«, fragte sie die Gräfin Kannenberg, als sie das Mädchen sah, das scheu dastand und knickste.
»Demoiselle Krähls Zofe. Sie war nicht im Raum, als es geschah, ich habe sie schon gefragt.«
Die König winkte das Mädchen heran.
»Hat sie irgendetwas an ihrer Herrin bemerkt in der letzten Zeit? War sie in gedrückter Laune? Hat sie viel geseufzt?«
»Nein, Majestät, gar nicht. Viel gelacht hat sie und sich sogar auf die Moden-Parade gefreut, seit sie das neue Kleid trug.«
»Wer hat ihr das Kleid verschafft?«
»Das weiß ich leider nicht, Majestät – eine Couture-Näherin namens d'Arnault, die für die Königin von Frankreich arbeitet, hat ihr die Robe enger gesteckt.«
»Es ist gut, sie kann gehen. Aber halte sie sich zur Verfügung. Sie wird wohl ihrer Herrin noch traurige letzte Dienste erweisen müssen. Die Hofmeisterin wird das später mit Ihr besprechen.«
Elisabeth Christine blickte in das schmale, ein wenig verhärmt

wirkende Gesicht Nathalie von Roederns und lächelte kurz. Die von Roedern, Tochter des Gestütsbesitzers in Neustadt, naturliebend, stand ihr von allen Hofdamen am nächsten.

Graf Ernst Ahasverus Heinrich von Lehndorff trat ein. Er hinkte zum Gotterbarmen.

»Majestät, wie fürchterlich! Nein – es ist eine Tragödie! Ich habe es gar nicht glauben können, als Gräfin Kannenberg es mir sagte. Sie müssen die schrecklichsten Minuten durchlebt haben ... oh, ich wage es mir nicht vorzustellen, Majestät! ... Wie grauenhaft! Ist sie wirklich ...? Ich meine, es sieht vielleicht nur so aus, das kann doch nicht wahr sein? Oder doch? Majestät sehen mich in der allergrößten Verwirrung und voll der Bewunderung für Majestät wahrhaft königliche Haltung. Wie bewundernswert. Es ist gar nicht zu sagen. Erlauben Majestät, dass ich meiner Bewunderung den allergefühltesten Ausdruck verleihe ...«

Die Königin winkte ab. Obersüßholzraspler war wirklich ein trefflicher Name für den Grafen.

»Ach, es war nicht leicht, fürwahr, lieber Lehndorff ... Wir haben getan, was wir konnten. Wir glauben, dass sie sich ... Es scheint fast so, als hätte sie uns absichtlich den Spaß verderben wollen, denn denkt Euch ...«

Es folgte eine so vollständige Vereinnahmung ihrer Überraschungs-Idee, dass die Damen sich erstaunt ansahen. Waren sie nur die Ausführenden einer königlichen Anweisung gewesen? Verwunderlich, wie sich in der Wortmühle der Königin alles drehen konnte ... Die Monarchin hatte Lehndorff unterdessen gebeten, den Baron Silkstedt und die übrigen erwähnten Helferinnen und Helfer aus dem Saal, wo sie mit den Modepuppen gearbeitet hatten, in die Audienzkammer zu führen. Auf diese Weise war es ihr nun möglich, den Ort der Arbeit ohne die Arbeiter in Augenschein zu nehmen, auch die Puppen und das ausgewählte Kleid, bevor sie sich mit ihrem ganzen Tross ebenfalls ins Audienzzimmer begab.

»Ausgezeichnete Wahl, meine Liebe«, sagte die Königin zu Madame von Weyer, denn das Kleid, das die Damen ausgesucht hatten, gefiel ihr ausgesprochen gut. Die Garderobiere indes sagte: »Ich muss gestehen, dass ich anders entschieden hätte – aber wir haben abgestimmt. Jede hat ihre Stimme abgegeben, dann haben wir ausgezählt. Der Entwurf, der die meisten Stimmen erhielt und somit gewonnen hat, ist von Hermès de Bergé.«
Im Audienzzimmer, wo nun alle beisammen standen, blickte die Königin auf die Damen von auswärts, die dem Hilferuf ihres kleinen Hofstaats Folge geleistet hatten: Die bei allen beliebte Vera von Ärenswärd, Hofdame der Königin Ulrike, stets schüchtern bis zur Selbstverleugnung, aber herzensgut und empfindsam, war als Gast ihrer Schwester Viktoria anwesend, mit der sie eine innige Freundschaft verband. Sie hatte ihrerseits eine Freundin mitgebracht: Hortense de Laroche – ebenfalls Hofdame Luise Ulrikes –, deren Äußeres eine im Gegensatz zu ihrem blümeranten Namen und ihren stets floral gemusterten Roben in Fliedertönen große Herb- und Derbheit zeigte. Als sei sie, die Hacke fortlegend, direkt vom Acker in die düstere Pietisten-Gala geschlüpft ... Sie war groß, breit, bäurisch und konnte einem auch ohne ihre Turmfrisur Angst einflößen. Das Gesicht wirkte streng und wie von zahllosen kleinen Flüssen zerfurcht, obwohl sie gerade einmal zwanzig sein mochte. Ob es vom pausenlosen Arrak-Trinken kam, das man ihr nachsagte? Die Königin erkannte zu ihrer Überraschung auch Charlotte von Blaspiel – die alte, hagere, in Maßen hässliche, stets gut gelaunte Hofmeisterin Amalies, sehr dunkel und grottig drapiert. Und da, unübersehbar in kontrastierender, Haut zeigender Drallheit und körperlicher Wucht, stand Antonia di Bianchini, die stolze Neapolitanerin – augenblicklich ganz in Rot – und blickte fast spöttisch auf die Selbstmörderin herab. Sie schien das alles nur als eine lästige Verzögerung zu betrachten. Ihr schwarzes, volles Haar war zu einem beeindruckenden Kegel aufgesteckt, wie aufgespannte Bögen lagen die gebieterischen Brauen über den schwar-

zen Spiegeln der etwas zu kleinen, zu eng stehenden Augen. Das Decolleté verschleierte ein Crepon aus Seidenchiffon, der sich bei jeder Regung des geschmeidigen Körpers unheildräuend aufbäumte ... Diese todesverachtende Hoffahrt ließ Elisabeth Christine erschauern. Längst hatte die Prinzessin Amalie der Dame den Abschied geben wollen, indes ... Sie war die Favoritin des Prinzen von Preußen. Wenn man so sagen mochte – der Prinz fand noch in jedem schönen Rock eine Favoritin ...
Die Blaspiel drückte der Königin jetzt als Erste ihr Mitgefühl aus. Hortense de Laroche schloss sich an. Als offizieller schwedischer Vertreter gab Baron von Silkstedt, ein unproportionierter großer Mann, seinem Bedauern Ausdruck. Seine Gesichtsfarbe spielte von einem blassrosa Grundteint zu einem kräftigen Viol an Ohren und Nase. Seine laute Stimme klang mehr blechern als voll und hatte im Audienzzimmer einen unangenehmen Nachhall.
»Der Herr hat es gegeben, der Herr hat's genommen, Jesu komm herab und führe ihre Seele alsbald hinauf aus den dunklen Vorkammern ins Himmelreich – was immer sie getan, sie tat es aus Verblendung. Die Lehren der Dämonen haben sie getäuscht, wie schon der Apostel an Timotheus schrieb: Wahrhaftig, das Geheimnis unsres Glaubens ist groß!«
Die Königin nahm die Knickse und Verbeugungen des Berliner Modehandwerks entgegen. Die Putzmacherin Carola Schröder hatte nicht nur ein wunderschönes Gesicht, junge braune Haut – von der durchs Hochschnüren nach Elisabeth Christines Geschmack zu viel ins Dékolleté gedrückt wurde –, sondern auch einen prall gefüllten Laden. Der Herr an ihrer Seite war der Schuhmacher Ludwig Leyse, sein Geschäft befand sich unmittelbar neben dem Schröder'schen in der Friedrichstraße. Beide hatten schon für die Königin gearbeitet, desgleichen die Haarkünstlerin und Perückenmacherin Anna Livia Bellmann, in deren Studio am Gendarmenmarkt die Reichen der Stadt sich ein Stelldichein gaben. Sie hatte – als das berühmte Schiff *Belle crapule* im

Haar der Parisierinnen erschien und einige Wochen zur größten Freude durch die Metropole segelte – diese Geschmacksverirrung auch in Berlin aufkreuzen lassen.

»Eine neue Frisur möchte ich von Ihnen! Aber bitte wieder ohne *pouf* …« Elisabeth Christine sah demonstrativ zur Pyramide auf dem Kopf der Bianchini und ergänzte: »Zum Glück tragen nicht alle Damen, die sich ohne *poufs* zu klein wähnen, auch *poufs aux sentiments* … denn da würde mancher der Kopf zu schwer, vom drangebundenen Liebsten …«

Totenstille. Die Bianchini wurde dunkel im Gesicht und ihr Brustkorb schien das Schnürmieder sprengen zu wollen. Einige der Damen versteckten sich hinter Fächern, damit man nicht sah, dass sie krampfhaft versuchten, sich das Herauslachen zu verbeißen. Die Bellmann rettete die Situation, indem sie fortfuhr, ohne eine Reaktion zu zeigen:

»Mit dem allergrößten Vergnügen, Eure Majestät! Majestät haben so schönes volles Haar! Da braucht es keine falschen Haarteile. Und auch kein Kisschen. Ich freue mich bereits, Majestät wieder frisieren zu dürfen!«, sagte die kleine Frau, deren eigene Frisur eine sprudelnde Fontäne zu imitieren schien.

Die Bianchini stürzte davon. Man konnte die Schläge hören, die sie ihrem Panier mit dem Fächer verabreichte. Das Fräulein von Roedern lief ihr nach. In einigen Momenten Abstand folgten die Ärenswärd und die Blaspiel, und vorsichtig stahl sich auch Hortense de Laroche hinterher.

»Sie arbeiten für Seine Majestät? An einem Porträt?«, fragte die Königin, äußerlich unbeeindruckt von dem Treffer, den sie – halb unbewusst, halb in Trance – gelandet hatte, den Maler Benjamin Calau.

»In der Tat, Eure Majestät! Ein Bild in Wachs.«

Die Königin sah generös über seine schäbige Handwerkermontierung hinweg und fragte den kleinen, schmächtigen, braunhaarigen Mann ganz direkt:

»Und was haben *Sie* hier zu schaffen gehabt?«

Er sah jetzt doch etwas verlegen auf seine schmutzigen Hände und die großen Augen zuckten. Unsicher trat er von einem Fuß auf den anderen.

»Ich möchte Majestät nicht die Überraschung verderben, doch die Damen trugen mir an ...«

»So tun Sie es auch nicht, wenn Sie es nicht möchten«, sagte die Königin rasch und lächelnd, denn inzwischen erkannte sie: Ihre Damen hatten ihn für ihr Porträt im neuen Kleid engagiert! Und der Maler schien alles bis zu dem Einfügen ihres Gesichts und ihrer Hände im Vorhinein anzufertigen.

Sie wandte sich an Federico di Albino. Das königliche Puppenstück, das er in Charlottenburg aufführen sollte, beunruhigte sie – zu allem, was sie in dieser Nacht beunruhigte und entsetzte.

»Ah, der Beherrscher der Puppen ... Sie sehen sehr hübsch aus, diese kleinen Dinger. Aus welchem Stoff sind sie zuinnerst gefertigt?«

»Aus Wachs, Majestät. Ich war sehr überrascht, sie nicht gebacken zu finden, wie man sich oft erzählt, oder aus Porcellain, auch nicht von Holz. Durch das Wachs wirken sie sehr lebendig, und die Modelleure haben sie schön mit sanften Schwüngen versehen, die Gesichter sind allerliebst.«

Der schlanke Mann – angeblich aus Bari gebürtig und im Piemont groß geworden, der doch eher wie ein als Spanier verkleideter Engländer aussah – strich sich selbstverliebt über seinen dunkelvioletten Überwurf, aus dem ein weißes Hemd mit Spitzenkragen blühte. Er trug – ganz nach Art des 17. Jahrhunderts, wie alles an ihm – einen spanischen Bart: eine Spitze vom Kinn nach unten, zwei Spitzen über den Lippen zu den Seiten. Sein dichtes Haar war schwarz nachgefärbt, vielleicht war es eine Perücke.

»Sagen Sie mir, Signor – was ist das für ein Theater, das mich in Charlottenburg erwartet? Ist es schlimm ... hat es gar ... Ironie?«

»Es ist lustig, aber nicht ironisch. Es ist sehr geradeheraus, direkt.

Majestät werden es genießen. Es ist nicht *inconvenant* und auch nicht *ridicule*. Es hat Stil und Esprit, wie alles, was Ihr Gatte von sich gibt!«

»Ah! Na, dann ist es ja gut. Dann bin ich aber froh.«

Die Königin schluckte, sie war überhaupt nicht froh. Und in vielerlei Hinsicht beunruhigt, denn jetzt kam sie an den Gazetten-Schreiber ... Seit der Affäre Barbera, in deren Verlauf ihr sämtliche Journals der Welt Hörner aufgesetzt hatten, indem sie behaupteten, der König habe die Tänzerin zur Mätresse, hatte die Königin ein festes Bild von Journalisten: schmierig, in speckigen Röcken, unterwürfig, käferartig. Der Herr vor ihr indes war unverkennbar ein Mann mit Geschmack. Der breite Rückenschnitt seines Habits *à la française* aus apfelgrüner Ripsseide indes, deren besonderer Reiz in einer aparten Kombination von eingewebten, glänzenden Blütenköpfen mit den geprägten, hell schimmernden Adern der Moirierung lag, entsprach ganz dem *justeaucorps* – doch der Stehkragen, die abgerundeten Vorderbahnen sowie die unter Verwendung der vormaligen Aufschläge gearbeitete Verlängerung der Ärmel waren eine augenfällige neuartige Veränderung ... Die Knöpfe nun gar waren mit einem Seidengewebe bezogen, das so auffallend mit gewelltem und rot gelacktem Silberlahn gemustert war, dass man vermuten musste, es sei eigens für diese Zierknöpfe gewebt worden.

»Eurer Majestät untertänigster Diener!«, sagte der blonde, große Mann.

»Wie heißt er?«, fragte die Königin, von ihrer vorgefassten Meinung über die Journaille nicht so einfach abweichend.

»Karl Seeacker, Eure Majestät!«

»Was hat er denn in meinem Schloss verloren? Für welches Blatt schreibt er? Und will er gar etwas über meinen Hof schreiben? Ich sage es ihm gleich, dass ich es nicht gestatten werde, dass schlecht über mich geschrieben wird, weder von ihm noch von einem anderen!«

Seeackers kantiges Gesicht vereinte Entschlossenheit und Beherrschtheit.

»Majestät – nie würde ich schlecht über Eure Majestät schreiben! Ich schreibe hin und wieder allerdings über die Mode, im *Journal de Berlin*, und da jetzt alles den bevorstehenden *revues des modes* entgegenlebt, ist es natürlich von elementarem Interesse für *tout Berlin*, dass Majestät nun eine so herausragende Rolle dabei spielen werden … Alle Berlinerinnen sollen wissen, dass Eure Majestät eins der neuen Modelle tragen wird. Sie sollen es durch mich erfahren, und wenn es Majestät nach dem so betrüblichen Vorfall noch für geraten halten, sich überhaupt an exponierter Stelle auf dem Modeparkett zu zeigen, würde ich mich glücklich schätzen, wenn Majestät sich zu einer Freigabe meines Artikels entschließen könnten, den ich Eurer Majestät selbstredend hierzu über die Gräfin Kannenberg werde einreichen lassen, Änderungswünschen oder Streichungen, respektive Hinzufügungen seitens Eurer Majestät dankbar entgegensehend.«

Die Königin konnte es nicht verhindern, sich geschmeichelt zu fühlen. Auch wenn der Mann ein Journalist war.

»Woher hat er diesen schönen Anzug? Kennt sich tatsächlich aus in diesen Materien …«

»Eure Majestät, halten zu Gnaden: Ich habe das gute Stück selbst genäht. Ich freue mich, dass es Majestät gefällt!«

»Warum arbeitet er als Kritiker der Mode und nicht als Schöpfer der Mode? Er hat doch alles Talent dazu?«

»Majestät müssen verzeihen: Ich habe es einmal versucht, doch ich bin an einem hohen Urteil gescheitert. Danach wollte ich mich nicht mehr der Kritik aussetzen, sondern nur noch selbst beurteilen …«

»Ein singuläres Urteil kann wohl vernichten, aber es kommt nicht immer darauf an, was einer sagt – gerade in der Mode, scheint mir, sind es die vielen Augen, die etwas sehen und schätzen, die das wahrhafte Urteil abgeben. Eine Sache kann wohl von einem

Kritikus zerrissen werden und doch von allen gefragt und wohlgelitten sein!«

»Kommt mit, Freundin!«, sagte das Fräulein von Platen leise zur Demoiselle de la Fressange. »Nach dem genialen Bonmot über den dicken Liebsten der Bianchini hat jetzt Madame von Quassel das Regiment übernommen und fängt an, Stilblüten zu züchten ... *zerrissen und wohlgelitten* ... Ich will lieber zu den Puppen gehen. Die sind mir lieber als dieses Theater hier!«

Die Königin hatte ihren tiefgreifenden Gedanken gerade gewendet wie ein Umstülp-Manteau, da stürmten Cecilie von Platen und Louise de la Fressange schon wieder herein. Sie nahmen den kurzen Weg vom Saal durchs Vorzimmer ins Audienzzimmer wie zwei kleine knisternde Gewitterwolken und schrien im Duett:

»Die Puppen sind weg! Und die Schnittkopien!«

Donnerstag, 2. Juli 1772

Die Kutsche rumpelte über den Ökonomieweg hinterm Park von Sans Souci. Die großen Couturiers Cristobal Valencia, Hermès Bergé, Serge de Huberty und Jean Léonard schwankten sanft hin und her und dösten in Vorfreude auf die Begegnung mit ihrem Gönner, dem preußischen König. Wenigstens einen Tag hatten sie von den Strapazen der Anreise im Gasthof *Stadt Mailand* ausruhen können. Bergé war der oberflächliche Welt- und Geschäftsmann, Huberty der streng-furchtsame Abt, der im Formalen zum Inquisitor wurde, insgeheim aber Amulette trug, um das Glück zu halten. Valencia war der schwer durchschaubare Fürst, wankelmütig, mal mutig im Hier und Jetzt, mal furchtsam, weltfremd. Und schließlich Léonard – ein schüchterner Prinz, der sich dennoch bisweilen in auffahrende Arroganz rettete, wenn ihm die Erdenwelt unerträglich zu werden drohte. Valencia und Léonard passten gut zusammen. Bergé und Huberty auch; vielleicht erklärte das die Sitzordnung, zu der sie zwanglos gefunden hatten.
Am nächsten Tag sollte Monteverdis *L'incoronazione di Poppea* im Neuen Schloss aufgeführt werden, dazu war eine Truppe von 22 Opern-Acteurs und -Actricen aus Neapel da, die auch im *Stadt Mailand* wohnten und nun ebenfalls zum *déjeuner pour les artistes* ins Schloss gefahren wurden – in den vier Kutschen hinter den Couturiers.
Léonard, ein bis zur Auszehrung schmaler Hüne mit ausladendem schwarzem Brillengestell auf der fein geschwungenen Nase, stieß dem neben ihm sitzenden Valencia mit der Faust spielerisch in die seidene Seite und lächelte.

»Hören Sie, Monsieur – Sie, den ich so gern *Freund* nennen möchte, wenn Sie nichts dawider haben ... Es ist unzweifelhaft eine seltsame Situation zwischen uns, höchst eigentümlich, *drôle et bizarre*, und grotesk – doch finde ich es auch amüsant und reizvoll. Ich müsste mich in Ihnen schon arg täuschen, wenn es Ihnen nicht ähnlich ginge ... Oder irre ich?«

Valencias schmales braunes Gesicht belebte sich.

»So nennen Sie mich *Freund*, und ich werde es ebenfalls tun. Ja – es dünkt mich auf eine merkwürdige Weise schön und zugleich verworfen, wiewohl nicht verwerflich. Nein, es ist kein Falsch darin, umso beglückender, wenn Sie es auch so sehen können! Ich glaube nur, dass Philippine ... nun ... dass sie von der sprudelnden Jugend selbst in eine heillose Verzweiflung gestürzt wird. So scheint sie sich gar noch einen Liebhaber genommen zu haben. Denkt Euch, sie phantasierte davon, ins Kloster gehen zu wollen, um sich zu retten!«

»Was? Davon hat sie mir nichts gesagt! Das kann ja nur ein Scherz sein ... Sie ist sicher schon in Berlin. Gestern wollte ich kurz zu ihr fahren, aber ich war zu erschöpft. Ich hoffe, es gibt dort kein Kloster?«

Valencia schüttelte den Kopf.

»Ich glaube nicht. Ein Kloster soll es nur hier geben – Sans Souci, mit dem König als Abt. Er erträgt nur Männer um sich.«

Sie lachten, und Léonard sagte:

»Wir sollten einmal zu dritt und in aller Offenheit darüber sprechen, denke ich ... eine *causerie* sozusagen, eine Plauderei unter Liebenden ... Dieser Dritte in unserem Bunde soll ihr in Magdeburg förmlich aufgelauert haben. Es soll ein hoher Herr sein.«

»Vielleicht der Baron Silkstedt?«, mutmaßte Valencia im Scherz.

»Wer weiß? Diese fanatischen Christen sind schwer einzuschätzen ...«

Beim Wort *schwer* mussten sie wieder lachen, denn es traf auf den Hofgarderobier der schwedischen Königin sehr genau zu. Das Eis schien gebrochen, endlich, nachdem sie sich nun schon seit Wochen mit dem Umkreisen des heißen Breies abquälten. Sie liebten beide dieselbe Frau, die sehr zugänglich war für Amouren. *Libertinage à la Paris* … Und überall, wo sie waren, war Paris. Sie waren, mit ihrem kleinen, erlesenen Hofstaat aus Zuarbeiterinnen, die Apostel der Modegöttin Marie Antoinette …

»*D'accord!*«, sagte Valencia seufzend und sah Léonard in die Augen. »Monsieur – ob ich Sie nun gar gleich mit*lieben* kann, weiß ich nicht, doch meinen Hass werden Sie gewiss nicht zu fürchten haben.«

Huberty und Bergé plauderten, durch das Geflüster belebt, über das verheerende Kriegshandwerk der Modekritiker.

»Ich will nicht wieder von der Daschkowa der Tötung durch Langeweile bezichtigt werden«, sagte Bergé.

»Was der eine bejubelt, findet der zweite *ennuyeux, embôtant* und *assomant*. Dagegen gibt es kein Kraut.«

»Ein hoffnungsloser Fall ist dagegen einer, bei dem sich alle einig sind. Ihr zum Beispiel, Huberty! Ihr seid so fest im Sattel, dass selbst die Daschkowa Euch mit ihren Krallen verschont. Es wäre vergebliche Mühe, denn sie fände mit einem etwaigen negativen Urteil das Ohr der Königin nicht.«

Huberty lächelte.

»Sie übertreiben. Ich bin sterblich wie wir alle.« Er dachte einen Augenblick nach, dann fügte er an: »Nur Lakefield nicht. Der ist bereits tot.«

Die Daschkowa hatte beim Anblick der letzten Kreationen des besagten Herrn ihr gefürchtetes Lippenkräuseln gezeigt, und Lakefield war ins Bodenlose gestürzt. Dabei waren alle davon überzeugt gewesen, dass zwischen Lakefield und der Daschkowa …

»O ja, mausetot!«, pflichtete ihm Bergé bei.

Zur Linken erstreckte sich ein Sumpf mit wucherndem Weidengestrüpp und Schilfbulten. Grün schillernde Libellen eskortierten die Kutsche, in der sich die Herrn nun einen kleinen Wettstreit

lieferten, bestrebt, die Parfüms der Kontrahenten zu erkennen.
Der kleine beleibte Huberty, dessen Perücke den Größenunterschied zu seinem Nebenmann Bergé kaum wettzumachen vermochte, verströmte einen dunklen, zitronig-fauligen Anhauch nach Kölnisch Wasser, das ja bekannterweise zu zwei Dritteln aus dem Öl von *citrus bergamia* bestand.
Der Duft des schlanken, schwarz bebrillten Jean Léonard war beißend und schmetternd und stach in die Nase wie ein Trompetenstoß.
Die Essenz, die der eisenblau gekleidete Bergé favorisierte, nannte sich *Bath*, ironisch die Tatsache beduftend, dass all diese Öle und Wässerchen die Notwendigkeit eines nicht zu leistenden täglichen Bades vergessen machen sollten.
Valencias dezentes Parfüm war von ihm selbst hergestellt und trug schlicht seinen Vornamen: *Cristobal.* Das wusste jeder, daher schied er aus.
Bergés *Bath* wurde von Léonard zielsicher als eine Kreation des Engländers Wall dechiffriert, sodass für den Endkampf nur noch er und Huberty übrig blieben.
»Von wem ist das?«, fragte Huberty und gab damit auf.
»Von Rido! Es heißt *Fanfaronnade* ...«, antwortete Léonard und war schon versucht, sich demonstrativ mit zwei vollendet manikürten Fingern die Nasenflügel zusammenzuklammern, so stank dieser Huberty. Wie eine ganze verfluchte faulende Zitronenkiste.
Er zwang sich aber zur Ruhe und fragte ganz en passant:
»Und das Eure? Von Lairent Santes-Sevy ...?«
Im Geiste setzte er hinzu: ... Lairent Santes-Sevy, welcher bekanntermaßen die schwersten und übelsten Moschusdüfte von ganz Paris herstellt und seit Jahrzehnten am Hof aus der Mode ist.
»Aber Monsieur, wie schwer, ja fast *bourgeois* daneben«, sagte Huberty gedehnt. »Es ist selbstredend das neue *Cythera* von Christian!«

»Ach wirklich? Superbe, superbe!«, schob Léonard noch nach. So einen Duft nach einer Watteau'schen Insel zu nennen, kam der Schiffstaufe eines soeben untergegangenen Kahns gleich.
Plötzlich bog der Wagen schwankend nach rechts ab, sodass sie beinahe synchron nach links in die rote Lederpolsterung der Berline kippten.
Wo selbst kleinste architektonische Überschreitungen des Gewöhnlichen ganz von allein ins Unwahrscheinliche verstärkt wurden und die architektonisch sehr gemäßigt-exzentrische Garnisonsstadt Potsdam mit ihren vom Königsgeschmack vorgezeichneten Bürgerhausfassaden schon für eine Ausgeburt Palladios galt, hätte auch ein kleines Schlösschen hier vor ihnen gestanden, als sei es von einer Fee hingezaubert. Dieses Gebirge des Neuen Palais dagegen, das so plötzlich aus der märkischen Steppe erwachsen war, wirkte hingeklotzt wie von einem Riesen. Durch die Communs und den Kolonnadenbogen auf der gegenüberliegenden Seite des Platzes entstand das Trugbild eines gewaltigen Boulevards. Geschickt wurden Moorebene und Sümpfe versteckt. Man hatte den Eindruck, dass dort, hinter diesem Triumphbogentor, das im Augenblick wegen Bauarbeiten gesperrt zu sein schien, eine Weltstadt begänne. Dabei stand dieser Fanfarenstoß der Baukunst gleichsam wie ein Schilderhäuschen am Rande der Zivilisation vor Moor, Sumpf, Brache und Ödland …
Die Kutschen kamen vor der Treppe im umgitterten Ehrenhof zum Stehen, an dessen Tor alle kontrolliert wurden. Man könnte etwas mit diesen Jacken machen, dachte Bergé, als sie ausstiegen. Er trug seinen Haarknoten diesmal mit Schleife und setzte sich kurz eine Brille mit tiefblauen Gläsern auf, die seine empfindlichen Augen gegen die plötzliche Helligkeit schützen sollte. Er betrachtete die Uniformen der Wache aus nächster Nähe und befühlte sogar eine … Der befühlte Soldat streckte sich zornigerschrocken, dass die Wirbel knackten.

Der Grottensaal, den sie betraten, nachdem sie das vielbesäulte Vestibül durchmessen hatten, reizte die hinter ihnen einströmenden Opernartisten zu allerlei Stimmproben. Hier schien des Monarchen Mineraliensammlung an den Wänden zu kleben! Die Couturiers wurden von den sie begleitenden Offizieren darauf hingewiesen, dass die königliche Beitafel für die Hofdamen der Königin Ulrike und der Prinzessin Amalie, für die singenden Neapolitaner und für die übrigen Artisten im großen Saal eine Etage höher aufgeschlagen sei, sie indes an der Haupttafel unten säßen. Die Neapolitaner entschwanden nach oben, wie auch der Puppenspieler Albino, der Wachsmaler Benjamin Calau, die Hutmacherin Jaqueline de Chevalier, die freudig zu Huberty herüberwinkte, die Berliner Starfriseuse Bellmann, der Schuhmacher Leyse, die Putzmacherin Schröder.
Bergé, Léonard, Valencia und Huberty wurden in die Marmorgalerie geführt. Sie war dem Versailler Spiegelsaal nachempfunden, viel kleiner ausgefallen, aber … um wie vieles feiner gearbeitet, mit welch edlen Materialien! Braunweißer Rosso Corallino und weißer Carrara-Marmor bestimmten das Bild. Das marmorne Schachbrett am Boden glänzte wie poliertes Eis. Marmorplatten saßen in den Rotunden an den Wänden, weiß eingefasst, und eine wundervolle Spiegelrahmung umspielte die Türnischen. Drei Gemälde öffneten die Decke in einen darüberliegenden Raum der Phantasie, die Tageszeiten darstellend, wie selbst ein ungeübter Betrachter sofort sehen konnte. Sie waren von einem vergoldeten Stuckwerk eingerahmt, das Weinranken darstellte.
»Sans pareil! Extraordinaire! Exigeante!«, entfuhr es den Eintretenden unwillkürlich.
Der offizielle Korridor, der zur Wohnung des Monarchen führte, wurde bei größeren Essen zum Speisesaal umgewidmet. Eine lange Tafel für zwei Dutzend Gäste war aufgebaut und eingedeckt. Alle zur Mittagstafel Geladenen – ausgenommen die Mitglieder der königlichen Familie – standen verloren in der riesi-

gen Raumflucht: ausgezeichnete Offiziere, Generäle, bürgerliche Gäste des Königs. Als man die Couturiers erkannte, wurde höflich geklatscht. An den Seiten hatten Lakaien Stellung bezogen, die beinahe unter dem Gewicht ihrer Livreen zusammenbrachen, welche über und über mit Silber bedeckt waren.
»Wo wollen Sie hin?«, fragte Bergé erstaunt, als er sah, dass Huberty Anstalten machte, hinauszulaufen. »Flucht?«
Huberty lachte.
»Nein, ich will nur einen Blick nach oben werfen! Bitte halten Sie mir meinen Platz frei ...«
Er entschwand.
»Seltsamer Kauz, finden Sie nicht auch?«, fragte Valencia.
»Aber, das muss ihm der Neid lassen: Marie-A. vergöttert ihn«, sagte Bergé.
»Wie er mit seinen kleinen Wurstfingern nur die Nadeln setzen kann ...«, sagte Léonard.
»Sie hat ihn fürstlich entlohnt für den letzten Auftrag, wie man sieht. Kein Bargeld, versteht sich ... Aber die hellgelben Samtschuhe, die er trägt, sollen von ihr kommen. Er hat sie sich umarbeiten lassen, damit sie besser zum hellgelben Rock und den gleichfarbigen Culottes passen«, berichtete Valencia.
»Was glauben Sie, ist er ...«, fragte Bergé.
»Sie meinen, ob er das hat, was Prinz Heinrich hat?«, suchte Léonard zu präzisieren.
Bergé nickte. Léonard rümpfte die Nase:
»Nein, das glaube ich nicht. Männer, die Männer lieben, tragen bessere Parfums ...«
»Pst – da kommt er wieder. Da hinten tut sich was, es geht los, glaube ich!«, sagte Valencia.
Zahlreiche Standuhren im Schloss schlugen zwölf. Sie hatten gerade noch Zeit, an die Tafel hinter die ihnen bezeichneten Plätze zu treten und die Augen auf die weit offene Tür zum Grottensaal zu richten. Das Getrappel vieler Füße wurde hörbar.

Allen voran trat der König ein – ein ungeheuerlicher Anblick, dachte Bergé. Gewohnt, regestenhafte Kurzbeschreibungen in seinem Kopf abzulegen, notierte er innerlich: *Monarch klein, viel kleiner als erwartet, dazu eingeschrumpelt mit markanter Nase, große Kuhaugen; Erscheinung wohl mit Absicht ungepflegt, im Gebaren sehr von sich eingenommen, trägt schlicht blauen Soldaten-Anzug mit eingesticktem Ordensstern – alles überpudert von Schnupftabak, den er durch unwirsches Wischen teilweise abklopft und -schabt – sowie dreispitzigen Hut, weiße Kranich-Feder obenauf, geknickt. Häkel-Woll-Manschetten!!! Perücke sieht aus wie verblichenes onduliertes Stroh. Schwarze Beinkleider und Militärstiefel. An den Händen schokoladenfarbene Handschuhe, die ursprünglich von hellstem Crème; anscheinend Folge von Krieg oder jahrelanger Benutzung.*
Die Lächerlichkeit dieses Aufzugs erschien ihnen eklatant. War es nicht förmlich so, als hätte sich der Sonnenkönig einen Palast gebaut, um dann im staubigen, abgeschabten, speckigen und denkbar schlecht geschnittenen Rock eines Bierkutschers darin Hof zu halten? Die Windspiele des Königs, sieben an der Zahl, kamen hereingestürzt. Die Krallen riefen ein Klicken auf dem Marmor hervor, dazu hallte das Gebell von den Wänden wider. Sie rasten durch den Raum, ließen sich übermütig fallen und glitten gegen die Füße der unbeweglichen Lakeien, sodann schnappten sie übermütig nach deren Rockschößen, bevor sie sich in derselben Absicht den Kleidungsstücken der Gäste zuwandten. Eines der Tiere kam Valencia verdächtig nahe, doch er erschreckte es mit einem raschen Ausfallschritt. Die hinter dem König aufschließenden Familienangehörigen verteilten sich währenddessen seitlich, von den Tieren, die einmal den Raum durchmessen hatten und wieder zurückgekehrt waren, jetzt kläffend umsprungen. Bergé, verzeichnete im Geiste: *Schwedenkönigin Ulrike in Panier (Zelt) mit Liliendekor; Prinzessin Amalie in dunkelgrünem Jäckchen und schwarzem Rock wie Schildkröte. Prinz von Preußen*

(blau uniformiert) – ein blonder Riese mit kleinem Kopf; wirkt äußerst männlich und lebenslustig; seine hessen-darmstädtische Ehefrau ist eine lachsfarbene Hetäre. Prinz und Prinzessin Ferdinand (rosig, in Kleidung und Gesicht: sie; er blassblau, feiner Mann, leicht kränklich, schlechte Stoffe, wenig Geld), Prinz und Prinzessin Heinrich (blau/grün; er von einer großartigen Hässlichkeit; sie großartig im Gestikulieren), die Herzogin von Braunschweig (braun, alt, unansehnlich wie ein Kropf), der Prinz Friedrich von Braunschweig und seine Gemahlin (sie hellbraun, aber nicht sehr helle, wie es aussieht, geht erst auf die falsche Seite; er fischartig, steife Haltung bis zum Hintenüberkippen, schwer eingeschnürt: nach Luft schnappende Forelle im regenbogenfarben Frack).

Mit der Miene eisernen Selbstvertrauens trat der König an die Tafel, nahm den Hut ab und gab ihn nebst Krücke seinem Diener, der beides in der Hand behielt und zwei Schritte nach hinten trat. Auf Französisch, mit klarer, fast süßlich gezierter, wie einstudierter Tenorstimme, sagte der Regent:

»Messieurs, Dames! Ich danke Ihnen für Ihr Kommen! Ich bin, wie Sie sehen, kein Marquis à la mode und habe mich überhaupt in Modefragen nie sonderlich engagiert. Doch mich deucht es unterhaltsam, dass eine neue Art der Drapierung an denen Frauenzimmern ist, die quasi unmittelbar auf die Partikulierung Poloniens Bezug nimmt! Daher habe ich mich in horrende Unkosten gestürzt, um Sie, meine Herrn aus Paris, in meine bescheidenen Ländereien herüberzulocken, damit man diese Erscheinung anlässlich des Jubiläums meiner hochverehrten Frau Schwester demnächst in Charlottenburg gehörig wahrzunehmen und am Hofe zu zelebrieren vermag!«

Hierbei hatte er sich Bergé direkt zugewandt, und dieser fühlte den Blick des Monarchen wie einen Degenhieb zwischen den Augen. Zugleich aber glaubte er zu bemerken, dass der König durch ihn und seine Kollegen hindurchsah. Vielleicht war er kurzsichtig und sah überhaupt nichts anderes als ein paar bunte Flecken im Raum?

»Die *robe à la polonaise* interessiert auch mich, meine Herren, und ich möchte Sie daher sehr eindringlich bitten und genüsslich auffordern, uns diese Erfindung demnächst in ihren schönsten Interpretationen vorzuführen. Sie werden die Einzelheiten mit meinem Oberhofzeremonienmeister Pöllnitz und dem Oberhofgarderobier Strauß in Berlin erörtern. Auch würde ich mich gerne über diesen stofflich-divinatorischen Gedanken mit Ihnen nachher noch etwas philosophisch austauschen. Seien Sie aber erst einmal willkommen geheißen und dazu aufgefordert, sich mit uns gemeinsam zu erfrischen. Mein Erster Hofküchenmeister hat alles darangesetzt, Ihnen mit den Speisen heimatliche Gefühle zu schaffen. Bon appetit!«

Als der König sich gesetzt hatte, wobei sein kupferner Zierdegen mit abgeschabtem Holzgriff einen ganz unbeschreiblich kreischend-kratzenden Laut auf dem Marmor machte, nahmen auch die anderen Anwesenden Platz: Königin Luise Ulrike von Schweden – des Königs vierte noch lebende Schwester – setzte sich links von ihm hin, rechts Amalie, des Königs Brüder Heinrich und Ferdinand nebst Gemahlinnen zur Rechten und Linken anschließend. Friedrich Wilhelm, der Sohn seines schon 1758 gestorbenen Bruders August Wilhelm, der einmal seine Nachfolge antreten würde, nahm mit seiner Gattin neben Bergé Platz. Er schien die Absurdität der Situation als Einziger deutlich zu spüren und sagte, seine Gemahlin wie ein Gesprächshindernis leicht an der Schulter nach hinten drückend:

»Willkommen in Transmontanien!«

Ungewöhnlich war, dass man ihn hier überhaupt sah, denn sein Onkel bevorzugte, was jeder wusste, seinen zweiten Neffen, den Prinzen Friedrich von Braunschweig.

In diesem Moment, noch ehe irgendein weiteres Wort gesprochen werden konnte – der König hatte bereits seinen Löffel in die

Gemüsesuppe gesenkt –, gab es eine fürchterliche Erschütterung. Ein Erdbeben! Von der Decke hagelten Stuckstücke herab. Die Damen schrillten auf und sprangen von den Stühlen. Ein golden übertünchtes Weinblatt aus Gips hatte den Monarchen nur um eine Krückenlänge verfehlt. In seinem Suppenteller saß ein kleiner Gipsbrocken wie ein Eisberg. Suppe stand ihm kurz im Gesicht ... dann rann sie malerisch herab und tropfte ihm auf den Rock.

Ein offensichtlich verwirrter Lakai wirbelte in den Raum, durch die Tür zur Blauen Kammer kommend, und schien etwas in Worte zu fassen zu wollen, das eben geschehen war.

»Majestä... – Majestä...! Ein Un...! Ein Un...!«

Die aufgesprungenen Damen und Herren, darunter auch etliche Offiziere, hielten sich in Wandnähe bei den Lakaien. Alle schielten zur Decke, während feiner Alabaster-Nebel im Raume stand, kurz Gipsgries nachrieselte, als käme er aus einem Salzstreuer. Letzte Flitter trudelten wie träge Schneeflocken herab.

»Retraite!«, sagte der König ungerührt, zu den noch Sitzenden und den Aufgesprungenen.

Er lächelte süß-sauer und klopfte sich mit dem Lederhandschuh Suppe und Gips vom Rock. Die Fenstertüren wurden geöffnet und auch die letzten Gäste sprangen nach der königlichen Erlaubnis zum Rückzug wie Frösche auf.

»Mein Palazzo verträgt kein neues Lisboa!«, setzte der Monarch hinzu, während alles nach draußen eilte. Offiziere umringten ihn. Er ließ sich Hut und Krücke wiedergeben. Bergé und seine Mitstreiter flohen nicht nach draußen, sondern hielten sich neben dem König, auf dessen offensichtliche Unverwundbarkeit vertrauend. Die Flügeladjutanten Bülow und Krockow waren auch dageblieben und besahen sich die Decke, ebenso der Prinz von Preußen, der nun das Wort an die Couturiers richtete.

»Das war kein Erdbeben, Messieurs! Das war Invaliden-Pfusch! Wahrscheinlich haben die Stümper von Kriegsversehrten, die an diesem Bau fast alles verdorben haben, das Gipslaub mit durchgerosteten Nadeln festgesteckt!«

»Sagen Sie mich nichts gegen meine Invaliden, lieber *neveu*!«, wies ihn der König zurecht. »Bei Schweidnitz haben Sie mich Mumm bewiesen in der *campagne*, und wären Sie mehr involviert gewesen, hätten Sie sicher auch dran mitbauen dürfen, denn Große trifft's am ehesten ... Wenn ihr heut noch Schlachten schlagt, dann doch nur beim Saufen oder unter denen Röcks!«

Sie waren unterdessen bis zur Tür am anderen Ende der Galerie gekommen, wo der gestürzte Lakai noch immer, scheinbar vom harten Aufprall benommen, am Boden kauerte. Der königliche Befehlshaber herrschte ihn an, während die Hunde sich auf das Ziel stürzten:

»Potzteufel und Sackerment! Heb er sich auf! Seh er zu, dass seine Kujons von Kombattanten Leitern herbringen: Putz er das lose Gebröckel herunter! Die Tische raus! Wir essen draußen!«

Der Mann rappelte sich auf und stotterte, seine heruntergerissene Perücke in Händen drehend:

»Majestä... – Majestä...! Ein Un...! Ein Unglück! Droben in der Oberen Gal... Gal... in der ... Gal...«

Der König stierte ihn an, worauf der Arme ächzend seine Augen schloss.

»Was sagt er mich da? In die Obere Galerie?«

Der Hausherr stieß mit der Krücke die angelehnte Tür zur Blauen Kammer auf, gab allen einen Wink und schritt wacker voran, den Hunden folgend, die bereits an der Tür des Vorraums zum Konzertzimmer kratzten. Die Tür zur fleischfarbenen Kammer wurde geöffnet. Winselnd und hechelnd strömten die Hunde hinein. Dann ging es forsch rechts durch das Treppenhaus für die Diener, eine Etage hinauf, durch eine Garderobe und ein weiteres Vorzimmer. Der König brauchte seine Krücke nicht, er hielt sie in der Mitte, wie man einen Bogen fasst. Von oben kamen entsetzte Stimmen und Schreie.

Die Obere Galerie war ein seltsamer Kontrast zur Marmorgalerie. Goldene Stuck-Girlanden um die riesigen italienischen Gemälde an den Wänden, bronzierte Rundmedaillons über den Türen, Konsoltische mit kostbarsten Mosaik- und Marmorplatten ... Der König hatte mit eben doch sehr scharfem Auge, wie Bergé nun bemerkte, jene Stelle am Ende der Oberen Galerie fixiert, die lotrecht über seinem Sitzplatz an der Tafel unten lag. Da stand eine Menschentraube und schien etwas zu umringen. Zudem grätschte dort eine hohe Stehleiter, die normalerweise zum Auswechseln der Kerzen an den gewaltigen Leuchtern diente. Die Taue, an denen sie hingen, wirkten vergleichsweise filigran. Die Augen des Königs weiteten sich. Die dritte Kronleuchtertraube lag unten. Die Windspiele rissen daran. Die Umstehenden wagten nicht, es den Tieren zu verbieten; sie sahen den König herankommen und wichen vorsichtig ein paar Schritte zurück. Die Damen knicksten, die Herren verbeugten sich, unter den Schuhen des Monarchen knirschte Glas. Mechanisch nahm er den Hut ab, um die Dastehenden zu grüßen – die Tür zur Marmorgalerie, wo die Beitafel hätte stattfinden sollen, stand offen.
»Was zur Höll...«
Der König schnalzte mit der Zunge, worauf die Hunde winselnd davon abließen, an der Dame zu zupfen, die dort vor ihnen lag, überpudert von Bleikristallsplittern und geschliffenen Kristalltropfen. Es war die Hutmacherin der französischen Königin, Madame de Chevalier.
»Jaqueline!«, entfuhr es Huberty. »*Mon dieu – chérie!*«
Er ging oder stürzte eher in die Knie, ohne auf die Scherben zu achten, die ihm in Seidenstrumpf und Fleisch drückten. Der Pariser Kronleuchter mit seinen Krakenarmen, dessen Gewicht gut achtzehn preußischen Steinen oder einer Last Korn entsprach, überspannte den Brustkorb der Hutmacherin wie ein grotesker verrutschter Kopfputz. Eine weiße Schleife saß ihr am Hals, die nicht übel zu ihrem gelben Kleid passte. Der König schien durch

Anstupsen der Hand mit der Krücke herausfinden zu wollen, ob noch Leben in ihr war. Das hätte unterbleiben können, dachte Bergé. Dann aber sah er, dass es der Monarch auf einen Zettel abgesehen hatte, den er seinen Adjutanten aufheben ließ. Bülow prüfte Puls und Atmung, aber da war nichts. Die Künstlerinnen schluchzten, einige Hofdamen bekreuzigten sich.

Das Gesicht der Toten war unversehrt, abgesehen von einem Schmiss, der es diagonal zerteilte und wohl von einem geschliffenen Glasdorn herrührte.

»Mein lieber *neveu*«, sagte der König, »gehen Sie *en famille* ins Stadtschloss, wo sich alle notdürftig einrichten und erfrischen mögen. Hier kömmt's mich jetzo zu prekäre vor!«

Der Prinz hatte Tränen in den Augen: Die Dame am Boden war so wunderschön! Und ... er kannte sie doch so gut ... Er hatte Paris noch nicht gesehen, wo sie herkam, aber sie hatte ihm einiges aus ihrem Leben erzählt ... Und er hatte sie noch tags zuvor geküsst, als seine Dicke es nicht hatte sehen können, bei *Stimmings Krug* am Wannsee, am Ufer, im Schilf ... o welche Seligkeit! Er hatte ihre weiche volle Brust berührt. Wenn nur dieser Journalist sie nicht gesehen hätte, dieser elegante Schmierfink Seeacker, der sich seit einigen Wochen in Berlin und Potsdam herumtrieb, um jeden über ihn auszufragen ... Geschmeiß, das sich an einen hing wie Kletten an ein wollenes Wams! Er hätte mit ihr immer wieder, hätte sie gerne wieder ... Er roch ihren Duft, noch jetzt – er ermannte sich, der Onkel hatte seine feuchten Augen gesehen. Oh, es zerriss ihn innerlich ... Warum strafte Gott ihn so hart? Und keiner, dem er sein Leid klagen konnte ...

»Spar er sich die Träns vor die lebenden Dams! Und mach er, was ich ihm gesagt hab!«

Der König wendete sich an seine Adjutanten, während der Prinz unsichern Schrittes abging.

»Bülow – bringen Sie mich den Polizeipräsidenten! Krockow: Versammeln Sie alle Gäste und Dieners oben und unten im Marmelsaal und in der Marmelgalerie. Majoran soll ihnen *singulariter* verhören! Stellt mich diesen Kasten auf den Kopf! Keiner schläft, bis alles visitieret seindt! Wer hat ihr gefunden?«

»I… I… I…«, sagte der Lakai.

Die Gaffenden wurden in den Marmorsaal zurückgeschoben.

Bergé, den weinenden Huberty an die Seidenbrust drückend und von *Cythera* fast betäubt, kam nicht ganz mit. Den Polizeipräsidenten sollte man holen? Warum denn das? Dies war ein scheußlicher Unfall …

Als er jedoch, von Léonard und Cristobal darauf hingewiesen, die für Details doch einen viel zu scharfen Blick hatten, wie man ihren überfrachteten und reich gefältelten Kreationen stets ansah, die Leuchter-Schnur betrachtete, begriff er, was den Monarchen stutzig gemacht hatte. Dieses dünne Tau, fein von Goldstoff umhüllt, war keineswegs gerissen, sondern sauber gekappt. Um dies zu bewerkstelligen, hatte eine mittelgroße Person nur bis zur halben Höhe der zwei Lachter hohen, Stehleiter hinaufklettern müssen, deren Tritte so breit waren, dass selbst zwei Lakaien nebeneinander sicher hinaufkamen. Valencia reichte Bergé den Zettel, auf dem stand:

Muss Sie sehen! In der Ober-Galerie, tout de suite!

Der König schien seinen Flügelajutanten mit der Krücke zusätzliche Flügel machen zu wollen, aber sie waren schon mit zackigem Stiefeltritt in die Marmorgalerie hinaus, von wo gedämpftes Stimmengemurmel zu hören war. Bergé überlief es heiß und kalt. Sie alle hatten diese Frau gekannt, Huberty offenbar am besten. Er stand neben einer Toten! Und neben dem König von Preußen … Das entfernte Gebläff der Hunde korrigierte seine Wahrnehmung: Der König war längst weg. Offiziere des Ersten Bataillons vom Infanterieregiment Nr. 15 erschienen und besahen die Leiche.

»Wer oder was ist *Majoran* …?«, fragte Bergé, um die Sprache notdürftig wiederzugewinnen.
Ein Oberst, das kreideweiße Fräulein am Boden betrachtend, schmunzelte für den Bruchteil einer Sekunde. Doch weder er noch einer seiner Kameraden ließen sich zu einer soldatisch knappen Antwort gegenüber diesem aufgetakelten Pariser herab. Der stotternde Lakai sprang in die Bresche:
»Majo… Majo… Major Rahn ist Pots… Damer Poli… Poli… Zeipräsident! Bitte nach u… in d… Mar… Moorgalerie begeben! Haben ja d… d… Ordre gehört! Bitte um Verz… Verz… Kugel traf mich … Hohenfriedberg! Seither st… st… st…«
Bergé und Valencia hatten den armen Huberty untergefasst, als der Lakai sie durch den Marmorsaal zum Treppenhaus in die Marmorgalerie zurückgeleitete, wo sie mit den anderen Gästen der Königstafel auf den Polizeipräsidenten warten mussten.
Es dauerte lange, fast anderthalb Stunden, bis der erwähnte Herr erschien. Viele der Versammelten verspürten nicht übel Lust, ihrem Unwillen Luft zu machen. Doch sie schwiegen entsetzt, als sie die Worte hörten, mit denen sich Major Ewald von Rahn, ein leidend aussehender Mann im fortgeschrittenen Alter, von multiplen Plagen gedrückt, unmittelbar an die vier Mode-Künstler wandte:
»*Messieurs* – ich muss Ihnen zu allem Unglück noch zwei betrübliche Mitteilungen machen«, sagte er. »Ihre Modellpuppen sind gestohlen. Außerdem hat sich die Couture-Näherin Philippine d'Arnault, die – wie mir mitgeteilt wurde – für Sie, Monsieur Valencia, und Sie, Monsieur Léonard, arbeitete, in der Nacht zum 30. Juni selbst ums Leben gebracht.«

Freitag, 3. Juli 1772

Marie von Quandt, die Betreiberin des Berliner Delicatess-Comptoirs, überglücklich, ihn wieder wohlbehalten im Lande zu wissen, hatte für den Vater eine Frühstückstafel gedeckt, die sich sehen lassen konnte. Leider war ihr Ehemann Alexander nicht zugegen – seine Fabrik für türkische Garne in Caputh nahm ihn sehr in Anspruch. Seit Langustier den beiden seine Wohnung überlassen hatte, durfte er jederzeit bei ihnen absteigen, wenn er in Berlin war.

»Aaah – Marie!«, flötete er, als alles verputzt war. »Welche Wohltat! Das ist erst die zweite Wiederbegegnung mit dem guten Geschmack nach drei Wochen England – die erste hatte ich bei Madame von Rohr: einen *pot-au-feu à la polonaise*. Du machst dir keine Vorstellung davon, was sie in England Küche nennen … Ein Frühstücksgericht namens *kedgeree* trieb mir die Tränen in die Nase: Sie wollen es aus Indien haben … Oh, ich sage dir: unsagbar … Ich kann nicht glauben, dass die Indier so verheerend kochen. Nierenpuddings – wie grauenhaft … Hähnchenpudding, Himmel! Am ehesten mochte ich noch *toad in the hole*, so nennen sie kleine dicke Würstchen im Pfannkuchenteig, und *pease pudding*: Erbscrème sozusagen – keine üble Idee. Aber sowohl mit *yorkshire fish pie* als auch mit *shepherd's pie* kann man ganze Invasionsheere in die Flucht schlagen! Das ist Englands beste Verteidigungsarmee: die Hausfrauen und ihre Küchenerzeugnisse!«

Marie lachte. Honoré Langustier in England – das hätte wahrlich nicht länger gut gehen können. Marianne und Alexander, ihre

jüngsten beiden Kinder, vierjährige Zwillinge, stürmten durch den Raum, umsprangen den vielfachen Großvater, der inzwischen auch schon zwölfmal Urgroßvater geworden war.
»Stell dir vor – sie war hier! Bei mir im Laden! Mit ihrem Mohren und dem Blut saufenden, weißen Silkstedt, dem Hofgarderobier.«
Marie hatte sich die schönste Neuigkeit bis zum Schluss aufgespart.
»Wer, wen meinst du?«, fragte er mit distinguierten Schmatzlauten. »Die Königin?«
»Ja, die Königin ... aber die schwedische, des Königs Schwester!«
»Ach ... und was hat sie gekauft?«
»Arrak! Eine ganze Kiste, für Schwedenpunsch ... Ulrike hatte außerdem noch ein sehr sonderbares Wesen bei sich, nämlich einen Neger namens Badin, einen sonderbaren Kauz! Er duzt jeden und macht drollige, manchmal sogar geistreiche Bemerkungen!«
In diesem Moment schlug die Türglocke an. Das Hausmädchen geleitete einen Mann von den Gens d'Armes herein.
»Monsieur Honoré Langustier? Ich habe strikte Anweisung, den *maître secondaire de cuisine* persönlich dem Polizeichef Philippi zu übergeben: *remettre en main propre*.«
Langustier hatte Karl Johann Philippi beim Begräbnis seines Amtsvorgängers Karl David Kircheisen vor zwei Jahren zuletzt gesprochen. Davor freilich hatten sie gemeinsam an einem Fall gearbeitet, sechs Jahre lag das schon zurück ... Die Ordre klang bedrohlich, und der Soldat machte das übliche Gesicht dazu, das hieß: Ich weiß nichts, ich kann nichts sagen und erst recht nichts verstehen.
»Warten Sie, ich werf mich nur kurz ins Négligé!«, antwortete Langustier, denn diese Einladung war kein Anlass für *grand parure* oder *parure*, sprich: Hofgala oder bürgerliche Festklei-

dung; Alltagskleidung genügte vollkommen. Also zog er sich einen abgewetzten cremefarbenen Frack zu den schwefelgelben Culottes an. Die verschossene himbeerrosa Weste stach schön scheußlich davon ab.

»Gut, dass Sie sich freimachen und unserer dringlichen Einladung gleich Folge leisten konnten«, begrüßte ihn der Präfekt Philippi in seinem Büro im Großen Stall, wo *musis et mulis* einander begegneten: die Pferde des Regiment Gens d'Armes sowie die Wissenschaften und die Künste.
»Eine hübsche Umschreibung der Art, wie Sie unser Wiedersehen herbeiführten«, sagte Langustier amüsiert. »Ein Wiedersehen, über das ich mich trotzdem freue – wie gehen die Geschäfte, Präfekt?«
Der Berliner Polizeipräsident war ein kleiner, untersetzter Mann, inzwischen vollends grau auf dem Kopf, aber ansonsten in guter Verfassung. Jetzt schlich ein Schatten über seine aufgehellten Züge.
»*Mezzo, mezzo*, es kommt ganz darauf an, wie man es betrachtet: Wenn Sie mein Tagesgeschäft meinen, so muss ich *gut* sagen. Ich liebe keine Überraschungen, und für gewöhnlich ist es in Berlin nicht aufregender als in, sagen wir: Cölln. Heute dagegen müsste ich *schlecht* sagen, denn die Geschäfte, wie Sie es nennen, nahmen einen geradezu erschreckenden Aufschwung. Lassen Sie uns gleich zu den beiden Herren gehen, die ich zu meiner Unterstützung bereits hier habe. Sie wären im Bunde der Dritte bzw. Vierte. Es gibt Instruktionen für Sie aus Potsdam.«
Sie kamen am kleinen Hörsaal der Anatomie vorbei und gingen weiter bis zum nebenan gelegenen Studierkabinett des Charité-Lazarett-Direktors, Chefpathologen und Generalchirurgen von Theden.
Johann Anton von Theden beeindruckte zuerst durch seine schiere Körpergröße, die hohe Stirn, einen kantigen Schädel und

durch das ewige Lächeln, das den breiten Mund umspielte – es konnte einem Angst werden davon. Einschüchternd bei diesem Mann waren auch sein Wissen und seine Verdienste. Er hatte Prothesen und Mittel für die Wund- und Bruch-Versorgung erdacht sowie hochwirksame Präparate zur medikamentösen Therapie inoperabler Gebrechen. Mit viel Erfolg führte er, ursprünglich selbst Feldscher, das Lebenswerk des großen Johann Theodor Eller fort und hatte die Ausbildung der Chirurgen und Medici am Collegium Medico-Chirurgicum zu neuen qualitativen Höhen geführt. Irgendwie konnte sich Langustier des unguten Gefühls nicht erwehren, dass sämtliche hochverdiente Männer des Kollegs Gefallen an den schlimmen Folgen des königlichen Kriegshandwerks gefunden hatten und traurig waren, dass es damit vorbei war. Die kampflose Annexion eines Teils von Polen hatte ihnen keine Arbeit und keine Möglichkeit zu Studien beschert. So waren die jüngsten Geschehnisse sicher eine Abwechslung gewesen, über die Theden gelächelt haben würde, wenn er nicht ohnehin immer gelächelt hätte.

»Herr Generalchirurgus! Ich möchte nicht behaupten, dass mir wohl ist, wenn ich diese Luft atme«, sagte Langustier und verzichtete mit Blick auf die blutigen Hände des Riesen darauf, eine davon zu ergreifen.

»Ich selbst rieche die *odeurs* schon lange nicht mehr, die ich mit mir herumschleppe«, begann Theden lächelnd und tauchte die Hände in von abgespültem Blut schon stark gerötetes Wasser, bevor er sie an der gewaltigen Schürze abwischte, die an den Seiten blaßrosa von vielen solchen Operationen war. »Eine meiner Kandidatinnen lag schon etwas länger. Sie werden gleich drunten noch ihre zu späte Bekanntschaft machen.«

Langustier war verblüfft, als ein schmaler Herr aus Thedens Schatten trat.

»Major Rahn – welch eine Überraschung! Sie haben abgenommen seit unserer letzten Begegnung vor sechs Jahren.«

Ewald von Rahn, der Potsdamer Polizeichef, lächelte schwach und nickte.

»Die letzten Tage waren die Hölle. Hier, lesen Sie erst einmal!«, sagte er und händigte Langustier einen militärisch schlicht gefalteten und versiegelten Bogen aus. Der erkannte auch ohne Brille das königliche Insiegel, welches er jetzt aufbrach, und auch diese Schrift ... Die Brille aber brauchte er, um zu entziffern, was dort stand. Er holte sie aus einem elliptischen Papp-Futteral, und als er sie aufgesetzt hatte, sah es aus, als würden ihm zwei kleine gläserne Bausteine im Gesicht kleben. In der Weite ging es noch prima, aber das allzu Naheliegende suchte sich stets zu verabsentieren.

FR

Mon très cher maître! Drei tote dams in zween Tagen, mir will nicht scheinen, dass dies meinen Polizeioficirs gefellt. Ihre Beihülfe seindt sehr vonnöten. Das déjeuner im Newen Pallais, wo mich die Hutmacherin förmlich auf den Kopf fiel, war ein HöllenGraus! Adelichs und unadelichs Geschmeis zu hauf an die Bey-Taffl, aber keiner hat nichts gehört noch gesehn! A Berlin et Schönhausn seindt dito Mode im Spiel gewest. Das kömbt mich reichlich suspekte vor. Die Fürstin Daschkowa ist, wie mich berichtet, gemeinsam mit Ihnen glücklich à Berlin arrivieret – bitte Ihm sehr, ihr zu mihr mitzuführn, sobald die leidigen casi in Berlin und Schönhausen gehörig eruieret seindt.
Frch

Postcrypt:
Mit schönen Grus auch an die Grf. Kannebg., das sie sich nächtens an der Panke meines Menschen angenommen.

»Ist das wahr? Drei Tote? Frauen?«, fragte Langustier.
Rahn nickte und bat ihn, das zweite, dem Mantelbogen inliegende Schreiben zur Kenntnis zu nehmen. Es handelte sich um ein in säuberlicher Kanzlistenschrift ausgefertigtes General-Permiss-Schreiben, das Langustier als Commissär Extraordinaire auswies und ihm Zutritt zu allen Räumen im Königreich außer der Münze sowie den Schatzkammern und Kassenräumen der königlichen Regie etc. zusicherte, und alle Personen, denen er in Ausübung seines besonderen Auftrags gegenüberträte, dazu verpflichtete, ihm rückhaltlos und wahrheitsgetreu Auskunft zu erteilen, was immer er sie fragte.
Dass der König dergleichen für nötig hielt, konnte nur bedeuten, dass es etwas gab, das dem Monarchen wirklich auf der Seele brannte.
Langustier schwoll die Brust: War das nicht wie ein Jungbrunnen? Er stellte sich vor, wie er der Daschkowa von dieser Mission erzählen würde. Doch schon im nächsten Augenblick wankte seine Euphorie: Wenn wahrhaftig bei allen drei Toten die Mode im Spiel war, würde die Fürstin wohl kaum angenehm berührt sein von diesen Dingen. Auch mochte ihr der Umstand, dass er sich in die Arbeit der Polizei einmischte, abgeschmackt und dilettantisch vorkommen.
»Lassen Sie mich raten«, sagte Major Rahn, »Seine Majestät möchte Sie wieder zu unserer Blamage einsetzen?«
»Oder, anders gewendet«, sagte Philippi, »lautet Ihr Befehl, bei Ihren werten und von Seiner Majestät geschätzten Untersuchungen unsere untertänigste Hilfe nicht ganz gering zu achten?«
Langustier sagte schmunzelnd:
»Ich würde gerne das Meine dazu tun, Sie in Ihrer amtlichen Mühewaltung zu unterstützen. Nichts anderes verlangt Seine Majestät von mir, dass ich Ihnen assistiere und gewissermaßen mit der Freiheit des Narren neben Ihnen agiere, in der Hoffnung, dass für Sie etwas Verwertbares herausspringt aus meinen

Kapriolen. Nebenbei – kochen muss ich trotzdem, vor allem bei dem bevorstehenden Fest. Ich glaube, der Umstand, dass die drei Damen mit Mode zu schaffen hatten, bereitet dem König besondere Sorge.«

»Zwei standen sogar mittel- oder unmittelbar im Dienst Marie Antoinettes …«, sagte Philippi.

»Bitte klären Sie mich kurz auf«, bat Langustier. »Was ist überhaupt geschehen?«

Seltsame Dinge waren das, dachte der königliche Sonderkommissär, als er den Rapport gehört hatte. Da arbeitete ein ganzer Hofstaat an der Kopie eines Kleiderentwurfes, und am Ende waren die Entwürfe weg und eine der Hofdamen der regierenden Königin von Preußen tot. Da wurde eine Couture-Näherin und Geliebte zweier Lieblingscouturiers der französischen Königin Marie Antoinette erdrosselt auf dem Dachboden des noblen Berliner Hotels *König von Portugal* gefunden. Selbsttötung auch hier? Und schließlich wurde Marie Antoinettes Lieblingshutmacherin im Neuen Schloss in Potsdam von einem Kronleuchter erschlagen, in der Hand eine ominöse Nachricht.

»Meine Herren, wenn Sie nur halbwegs so ratlos sind wie ich, dann sehe ich schwarz … Hat denn niemand irgendwas gesehen, gehört, gerochen? Und vor allem: Was spricht gegen die Annahme, dass die Demoiselle von Krähl und Demoiselle d'Arnault ihrem Leben selbst ein Ende setzten?«

Philippi schüttelte den Kopf, und von Rahn sagte:

»Ich habe ein stichwortartiges Protokoll aller Aussagen – Sie werden es studieren können, nebst dem Billett, das die Tote bei sich trug!«

»Das meinige dito, nebst dito!«, sagte Philippi. »Übrigens, dies gleich vorweg: gleiches Papier – Smyth & Son mit Wassermarke, gleiche Tinte; Farbe: türkis.«

»Sind Sie jetzt bereit?«, fragte Theden, dem man die Ungeduld anhören konnte. »Ich muss gleich Vorlesung halten.«

Sie stiegen hinab ins kühle Kellergeschoss. In einer der gemauerten Kammern, der geräumigsten, standen drei Seziertische, alle belegt. Theden enthüllte zwei der Leichen, und seinen Besuchern verschlug es den Atem, was nicht am sich intensivierenden Leichengeruch lag, sondern an der unverhüllten weiblichen Anmut. Die dritte Tote blieb verhüllt, das blutige Leichentuch erklärte, warum.
Bis dato hatte Langustier in seinem langen Leben erst zwei tote Frauen gesehen – seine Mutter und seine Frau Marie, doch beider Nacktheit war schamhaft verhüllt gewesen. Der Bestatter hatte sie bereits für ihre Begegnung mit dem Toten-Fährmann hergerichtet. Man sah den Tod anders an Menschen, die man lebend gekannt hatte, dachte er. Man spürte wohl die Differenz, das Schmerzhafte in der Blässe der Gesichter und Hände, doch das Grundgefühl war sanfter Abschied … ein schweres Parfüm, Teichrosenaroma …
Ohne familiäre Vertrautheit mit den Lebenden fehlte das besänftigende Moment, ohne die Verschleierung der Kleidung entbehrte die Situation jeder mildernden Würde. Die zwei Schönen lagen in ihrer blendenden, aller Verstellung und Mode baren Einsamkeit vor ihm auf den kalten, roh gemauerten Podesten, und er spürte Ohnmacht, Verzweiflung und Wut in sich aufsteigen. Das war ein Urteil, gegen das er unmittelbar und auf der Stelle aufbegehren wollte – ein unverzeihlicher Eingriff in die Harmonien einer grandiosen Symphonie, ein abruptes Ende eines Liedes, von dessen tendenzieller Unendlichkeit man ausgegangen war … Er empfand den Tod dieser Grazien wie einen Vernichtungsschlag gegen die Schönheit selbst, und es entrang sich ihm ein unwillkürlicher Schrei der Entrüstung:
»Was für ein erbarmloser Gott muss es sein da oben! Es kann fürwahr kein gnädiger Weltenbaumeister sein, der uns dort obwaltet! Einem fühllosen Leviathan nur müssen wir dies zurechnen! Ein Monstrum muss er sein, wenn er diese Zerstörung zulässt!«

Philippi und Rahn schwiegen ernst. Theden dagegen lächelte, wie es nun einmal seine Art war. Wiewohl aufgrund seiner Profession abgebrüht, war er doch nicht gänzlich unfähig, solchen Gedankengängen zu folgen. Sich an Langustier wendend, sagte er:
»Ihre letzte Frage stellt aus meiner Sicht professionsgemäß die interessanteste dar. Dennoch wäre es schade, sie einfach zu beantworten, Sie über die Herleitung aber im Dunkeln zu lassen: Denn in gewisser Weise war sogar die Mode selbst für den Tod der Damen mitverantwortlich – ohne dass ich mich hier in Spekulationen über den oder die Täter ergehen möchte, die nicht in mein Ressort fallen. Ich fand in der Tat in der physischen Prädisposition der drei Toten einen Umstand, der die Mutmaßung stützt, dass in keinem Fall ein Tod von eigener Hand vorliegt: Ich habe – und dies bei allen drei Damen – eine deutlich erkennbare Voraussetzung für den mutwillig herbeigeführten Zustand der Apnoe festgestellt.«
»A…?«, echoten die Zuhörer.
»Atemstillstand – Prädisposition dafür!«
Der Mediziner suchte nach einer Übersetzung für die klaren Worte.
»Ich fand eine Anfälligkeit für das Ersticken, hervorgerufen durch das Schnüren von kleinauf. Sehen Sie hier …«
Er deutete die Kontraktion der beiden sichtbaren Brustkörbe an, wobei die Blicke der Herren eher fasziniert als wissbegierig seinen Fingerzeigen folgten. Theden, bemüht, das Moment der Qual und Peinlichkeit zu überspielen, wies auf den Umstand hin, dass er nebst vielen Kollegen schon seit Jahrzehnten bemüht sei, sich Gehör zu verschaffen, was ihre Warnungen vor den gesundheitlichen Folgen des Schnürens für die adelige Damenwelt beträfe.
»Bislang verklangen alle unsere Appelle ungehört. Nicht zwar, dass immer übertrieben eng geschnürt würde. Aber es wird viel zu früh damit angefangen! Eine dauerhafte Schädigung des Organismus ist unausweichlich, wenn schon die Säuglinge ein-

gewickelt werden wie Mumien. Sobald sie leidlich groß genug sind, kommen die engbrüstigen Fräuleins in Kinderschnürleibchen, die dafür sorgen, dass das noch weiche Skelett nach Strich und Faden in Form gebracht wird. Die auf Schönheit abonnierten und die Wonnen der Mode wie eine säkulare Erlösung erheischenden Damen können nur noch vergleichsweise schwach atmen – im Unterschied etwa zu einem gesund aufgewachsenen Bürger- oder Bauernmädchen, wo derlei Präformierung nicht geschah. Wenn sie einmal wirklich tief Luft schöpfen müssen, wie es von Zeit zu Zeit zwangsläufig geboten sein wird, vor allem in einer so intrigenreichen und von herzbedrohlichen Gefahren erfüllten Atmosphäre, wie das Berliner Hofleben sie ausströmt, bleibt ihnen plötzlich die Luft weg. Die Folge in solchen Situationen ist die Ohnmacht aufgrund kurzzeitigen Atemstillstands. Wir kennen alle zur Genüge das vertraute Bild aus feinen Gesellschaften. Herzzerreißende Gefühle – Ohnmacht! Tanz, schweres Essen, Champagner – Ohnmacht! Beängstigende Geschichten, Entsetzen – Ohnmacht! Die armen Damen, denen derlei widerfährt, werden oft der Simulation geziehen, doch meistens simulieren sie gar nicht – sie ringen wirklich mit dem Tod.«
»Ist ja grauenhaft!«, sagte Langustier.
Thedens Lächeln hielt sich hartnäckig.
»Auf zwei Drittel einer Elle wurden bei all diesen Fräuleins die Taillen der Schnürleiber zusammengezogen! Zwischen den dichten Absteppungen sitzen die eingeschobenen Stäbe aus Eisen oder Fischbein. Die brettharte, kochspateldicke zusätzliche Versteifung vorne: die *planchette*, legt den Druck dieses Höllentrichters in geradezu mustergültig-folternder Stringenz auf das Brustbein um. Wer von den Damen da noch *crescendo* singen will, sollte eine Nachtigall im Panierkorb mitführen. Ich glaube nicht, dass etwa die Sängerin Schmeling geschnürt wurde. Sie wäre sonst ein medizinisches Wunder.«
Die Herren schwiegen beeindruckt.

»Nun, das waren die Präliminarien. Ich habe – ebenfalls bei allen dreien – einen applizierten sehr starken Giftstoff im Blut gefunden.«
»Nicht möglich!«, entfuhr es Langustier, während Theden eilends weiter sprach:
»Im allen Fällen fand ich den Schnürleib in einer geradezu atemberaubenden Enge. Das kann aber durchaus das Normale sein bei diesen Damen. Wären sie nun in eine sozusagen nur gewöhnliche Ohnmacht gefallen, so dürfte dieser Zustand, wenn überhaupt den anderen bemerklich, von selbst wieder verschwunden sein. Doch hier half einer nach, will sagen: ein Ersticken von außen, respektive innen wurde bewusst herbeigeführt.«
Die drei Zuhörer atmeten hörbar aus.
»Die Apnoe könnte durch eine Unterbrechung der Atemzufuhr – etwa durch ein Zuhalten von Mund und Nase mit Hilfe eines Kissens oder einer Posche – erzwungen worden sein. Plötzliche Beängstigung dürfte bei einem solchen Anschlag das Ihre zur Beschleunigung tun. Dennoch muss eine solch gewaltsame Unterbindung des Atmens für gewöhnlich einige Zeit währen, um ein … äh … dauerhaftes Ergebnis zu erzielen. Das erfordert Kraft und Ungestörtheit. Größenordnung: Minuten!«
Theden ließ diese Verlautbarung erst einmal wirken. Rahn und Philippi sahen sich an, dann Langustier.
»Theoretisch möglich – wiewohl in einer Gesellschaft wie der Potsdamer oder einer gemeinschaftlich genutzten Garderobe wie der Schönhausener für einen Mörder die Gefahr, entdeckt zu werden, doch ungemein groß wäre. Das nächtliche Hotelzimmer erscheint dagegen nachgerade ideal.«
Theden lächelte nicht nur, sondern lachte leicht auf.
»Genau dies sagte ich mir auch. Was nun gäbe es für Mittel, diese Gefahr zu verringern, sprich: die Zeitdauer zu verkürzen – die Atemnot schneller herbeizuführen?«, fragte er die Herren.
Keinem fiel etwas ein.

»Nun … freilich könnte man die Opfer durch eine luftdicht abschließende Maske voller Kohlendampf oder Grubengas, die man ihnen vor das Gesicht presst, am Atmen hindern. In einer Atmosphäre der sogenannten zerstörenden Gasarten erfolgt der Tod am schnellsten. Meist gesellt sich hier zu der Erstickung noch Schlagfluß. Der Erstickende stirbt entweder aus Mangel an Luft überhaupt oder weil die Luft zum Atmen untauglich ist«, erläuterte Theden lächelnd.
Langustier begriff, was das Problem hierbei wäre.
»Aber so eine die Lungen mit Verderblichem versorgende Apparatur, in Verbindung mit einem Behältnis, um die erforderlichen Gase zu transportieren – einer Ballonflasche etwa –, würde in einer Damengarderobe doch sehr auffallen«, sagte er.
Der Pedell erschien und gestikulierte verzweifelt und Theden blickte fassungslos auf seine Taschenuhr.
»Bitten Sie die Herren droben um eine Viertelstunde Geduld«, sagte er. »Mögen sie sich ruhig verhalten und kein anatomisches Theater mit den Skeletten aufführen wie letztes Mal!« Mit entschuldigender Geste fuhr er fort: »Ganz recht, Monsieur! Und eine Ballonflasche, um Ihre schöne Vorstellung aufzugreifen, würde eine Dame, die man mit dem darin befindlichen Kohlengas ersticken möchte, doch vielleicht eher erschrecken und zum Schreien animieren. Meine Herren – ich will Sie nicht auf die Folter spannen, denn Seine Majestät hat selbige wenn schon nicht verboten, so doch längst derart gelockert, dass es lächerlich wäre, wenn ich sie jetzt anwenden wollte. Man wünschte, dass man in der Damenwelt dergleichen freiwillig täte: die Schnürfolter lockern … Darf ich Sie bitten, sich einmal die Halsmarke an der frischesten Toten anzusehen!«
Er trat an den Tisch mit der dritten Leiche und enthüllte zumindest ihr Gesicht. Rahn, Philippi und Langustier zuckten zusammen. Ein blutiger Schmiss teilte das schöne Antlitz in zwei Hälften.

Philippi und Rahn besahen, was zu besehen war. So etwas konnte nur dem Fachmann auffallen, auch wenn die Laien nun nickten, als sei es offensichtlich. Langustier musste wieder seine schwarzrandige Kastenbrille zu Hilfe nehmen. Er betrachtete die Hälse und bemerkte bei allen eine Rötung, auch bei der Couture-Näherin, obwohl die Strangulationsspuren sie bei ihr fast unkenntlich machten: ein schwaches, aber scharf begrenztes rötliches Band, wie ein breiter Halsring vom allerzartesten Rosa. Theden blickte noch einmal auf die Uhr und seufzte. Er schien bereits zu sehen, wie seine zahlenden Schüler das Anatomische Theater verließen, um sich lieber dem Bier zu widmen.

»Bevor ich Ihnen zum Abschluss meine begründete Mutmaßung über diese Rötungsringe und das Gift darlege, sei noch Folgendes bemerkt: Die Halsmarken hier ... (er wies mit dem Zeigefinger auf den trotz allem wunderschönen Hals der mittleren Toten) ... sind weniger stark als bei Strangulationen; selbst bei atypischem Erhängen an einem niedrigen Punkt, wie bei der Couture-Näherin, erscheinen die Striemen für gewöhnlich violett, fast bläulich. Und die Verletzung durch den herabstürzenden Lüster bei der Hutmacherin, dies ergab die Obduktion, erfolgte eindeutig *post mortem*, sie wäre auf keinen Fall tödlich gewesen. Das Mark wurde nicht verletzt, der Schädel zeigte sich nicht kontraktiert, das Herz und andere innere lebenswichtige Organe blieben durch den Segen von oben ganz unbeschädigt.«

Er strich sich über die blassrote Schürze mit der um Anerkennung buhlenden Geste des ehrlichen, fähigen Handwerkers.

»Jetzt wollen Sie freilich endlich wissen, was ich mit jenen Halsringen der Schönen für eine Vermutung verknüpfe ...«

Er wertete ihr erwartungsvolles Schweigen als Zustimmung und führte weiter aus:

»Betrachtet man die Rötung mit der Lupe, erkennt man, dass ihre Begrenzung nicht scharf ist wie bei einem Würgemal, sondern leicht ausstrahlt. Auch sind winzig kleine, gelbliche Bläschen

zu erkennen. Hier, an der frischesten Toten, sehen Sie es noch am deutlichsten, aber Sie können es mir natürlich auch glauben. Diese Bläschen nun sind es gewesen, die mich besonders stutzig machten. Sie gemahnten mich a) an die bekannte Wirkung von *urtica* oder Brennnesseln, b) jedoch an einen höchst tragischen Fall einer Samandritis im vergangenen Jahr ...«
»Einer Sama...?«, kam es unisono von den Umstehenden.
»Der tödlich verlaufenen Berührung des königlichen Lust-Gärtners Johann Samuel Weigel mit einigen Exemplaren von *salamandra salamandra maculosa*!«
»Feuersalamander!«, sprudelte Langustier wie in einem naturkundlichen Examen hervor.
Theden nickte anerkennend.
»Diese possierlichen Tierchen haben die unangenehme Eigenschaft, ein tödliches Nervengift auf der Schleimschicht ihrer Haut mit sich herumzuschleppen. Sie sind selbst davon gefährdet und sterben bei Hautverletzungen. Es heißt Samandarin und wirkt in relativ geringer Dosis blutdrucksteigernd. In so großen Dosen, wie es der arme Mann abbekam, als er sich in einem Brunnen, in den er gefallen war, plötzlich von zehn oder zwanzig Salamandern überkrochen fühlte, ist es tödlich. Der Gärtner im Brunnen starb an Atemlähmung – und nicht an den etwaigen Brunnengasen, wie ich gegen die Auffassung des ehemaligen Generalfeldstabspredigers Kellner ausführlich habe darlegen können! Ich verweise auf den Artikel in den *Wöchentlichen Nachrichten von den merkwürdigen Entdeckungen in der Natur und in den Wissenschaften*, Jahrgang 1771, Heft 7, Pagina 12 bis 24. Dort habe ich das Gift auch soweit möglich beschrieben, sowie seine Gewinnung und seine mögliche medizinische Verwendung.«
Theden hatte kurz das Lächeln eingebüßt, so erregte ihn die Erinnerung an den Meinungskampf mit seinem Opponenten.
»Kellner, dieser christlich-beschränkte Mann, dilettiert in so ziemlich allem, was man sich denken kann. Am schlimmsten aber

in seinem eigenen Fach. Sie müssen einmal die Philosophie seiner *Briefe* studieren. Übelstes moralinsaures Gewäsch!« Er hatte lächelnd ausgespuckt. »Ein einziger Feuersalamander verfügt bei 30 Gramm Körpergewicht über eine für Menschen mehrfach tödliche Giftmenge.«

»Potz...«, sagte Major Rahn.

»Wie wirkt es?«, fragte Langustier. »Wie kommt es in den Organismus?«

»Es ist ein Kontaktgift. Es gelangt über die Kapillarien der Haut ins Blut, schneller, als man annimmt. Ich habe einen Hund in drei Sekunden zucken sehen, als ich es ihm in kleinster Dosis in einer alkoholischen Lösung auf die Pfote träufelte, bei einem Ochsen kamen die Krämpfe nach sieben. Der Hund starb unter heftigen Konvulsionen, als ich ihm das hochkonzentrierte Gift auftrug. Im Falle der bewussten, kriminellen Applikation beim Menschen, unter besonderer Berücksichtigung dieser drei arglosen Geschöpfe ... nun, man könnte zum Beispiel ein Schleifenband damit präparieren! Dann würde man diese Rötung hervorrufen – und bei Damen mit dieser Prädisposition unweigerlich eine Atemlähmung, und zwar in weitaus kürzerer Frist als durch auffällige Gewalt. Ich habe zum Glück schon im Falle des Gärtners eine sichere Nachweismethode für Samandarin entwickelt. Beim Erhitzen einer in *paraffinum perliquidum* vorgenommenen Giftlösung flockt ein schwach gelblicher Stoff aus, der abfiltriert werden kann. Durch tropfenweise Zugabe von Ameisensäure färbt sich das Filtrat leuchtend gelb. Aber jetzt muss ich wirklich ... Ich wünsche Ihnen einen schönen Tag, meine Herren!«

»Halt«, sagte Langustier so nachdrücklich, als kribbele es ihm am ganzen Leib vor lauter Brennnesseln, Feuersalamandern, Flöhen und Ameisen. »Sie vergaßen, uns den genauen Zeitpunkt des Todes der Couture-Näherin anzugeben! Bei den anderen war das ja recht eindeutig, da sie kurz danach gefunden wurden. Außerdem möchte ich wissen, ob die Schleifen wieder entfernt wurden.

Und ob man mit dieser Methode auch einen ausgewachsenen Mann normalen Atemvolumens umbringen könnte ...«
Er dachte an die Couturiers und ihm schwante Übles ...
Theden stoppte lächelnd im Türrahmen.
»Selbstredend, ich vergaß – drei sind doch etwas viel auf einmal ... Tja, das Gift würde einem kräftigen, atmenden Mann für Stunden Atemprobleme verschaffen. Hier wäre final unterstützend wohl noch eine mechanische Erstickungshilfe vonnöten. Und die Schleifen bei den Damen verblieben an Ort und Stelle. Durch die Hautwärme verdunstete die alkoholische Trägersubstanz in kurzer Zeit. Die Giftspuren im Gewebe sind eindeutig nachweisbar, ich habe die Schleifen selbstredend in Alkohol eingelegt und die Lösung nachuntersucht. Jetzt sind sie giftfrei. Es deutet übrigens eine gewisse Unordnung der Kleidung darauf hin, dass die Couture-Näherin bereits ihr Nachtgewand trug und ihr dann das Kleid angezogen wurde, in dem man sie fand. Es hatte nicht ihre Maße, es war etwas zu eng. Sie starb in der Nacht vom 29. auf den 30. Juni, etwa um Mitternacht, eventuell ein oder zwei Stunden früher oder später. Dies ist nur eine höchst vage Angabe, ich weiß. Doch besser geht es beim Stand meiner Wissenschaft zur Zeit noch nicht!«
Eilig entschwand der Generalchirurgus, nachdem er noch einmal nachdrücklich die Worte »zur Zeit« wiederholt hatte. Auch Langustier und die Polizeioffiziere kehrten in die Oberwelt zurück, heftig über die erschreckenden Neuigkeiten debattierend.
»Gleiche Schleifen – gleicher Täter!«, schloss Philippi messerscharf und benahm sich, als sei der Mörder schon überführt.
»Am besten, Sie lassen die Schleifen von einer Putzmacherin besehen und sich Genaueres darüber mitteilen. Wo sind sie gekauft oder gemacht worden? Aber Vorsicht wegen der Giftwirkung. Ich traue der Wissenschaft *zur Zeit* noch nicht so ganz ... Am besten transportieren Sie sie in einem verkorkbaren Glas!«, sagte Major Rahn.

»Ist Ihnen klar, dass wir es mit einem sehr ernsten Fall zu tun haben?«, fragte Philippi. »Ich will keine großen Worte machen, doch es wäre wohl kaum zu weit hergeholt, wenn ich sagte, es handele sich nunmehr um eine Staatsangelegenheit, ein Politikum, denn was geschah, bedroht Frankreichs Vormachtstellung in der Mode!«

»Haben Sie eine Liste all derer zusammengestellt, die in Schönhausen und in Potsdam waren?«, fragte Langustier. Rahn reichte sie ihm und Langustier schrieb sie sich ab. Die Liste aus Schönhausen war sehr lang ...

»Die Hutmacherin wohnte auch im *König von Portugal*?«

»Nein, sie wohnte im Prinzenpalais, auf Einladung der Prinzessin – die eine Vorliebe für Hüte hat«, sagte Philippi.

»Ja«, bestätigte Major Rahn, »die hat sie. Sie hätten sie in Potsdam sehen sollen. Sie trug eine purpurne Glocke, so groß wie die vom Glockenspiel der Parochialkirche. Wir haben auch die Bagage der Hutmacherin untersucht – ohne Ergebnis.«

»Politikum ...«, sagte Langustier mit unheilvollem Unterton. »Auf dieser Ebene betrachtet, könnte als Ziel allerdings auch Preußen gelten ...«

»Preußen?«, fragte Philippi.

»Ganz Europa wird über Preußen herziehen, wenn nur bekannt wird, dass wegen uns die Pariser Mode Schaden erleidet.«

Er stockte, da ihm die Sache plötzlich doch bedenklicher vorkam, und sagte nach einer für die Polizeichefs qualvollen Pause:

»Es könnte noch weitergehen, und die nächsten Opfer könnten die Couturiers sein! Mechanische Erstickungshilfe vorausgesetzt ... zugehaltene Nase und ein Apfel etwa ...«

»Nicht auszudenken!«, sagte Major Rahn.

»Wäre das Ziel dieser Mordserie wirklich die Unterhöhlung der französisch-preußischen Beziehungen, bekäme die Angelegenheit eine ganz andere Dimension! Wir müssen den französischen Botschafter informieren«, sagte Philippi.

»Damit würde ich noch warten, wenn mir dieser dringliche Rat gestattet ist!«, sagte Langustier. »Und ich glaube überhaupt, dass wir die jüngsten Erkenntnisse tunlichst für uns behalten sollten! Es könnte sonst schwierig, wenn nicht gar unmöglich werden, etwas herauszufinden: Bedenken Sie, dass die Todesfälle, stümperhaft zwar, aber immerhin, als zwei Selbsttötungen und ein Unglücksfall drapiert wurden. Wenn in aller Munde ist, dass es Morde waren, wird der Täter keine weiteren Risiken mehr eingehen, was uns um etwaige Möglichkeiten bringt, ihn zu erwischen. Es könnte durchaus sein, dass die prominenten Pariser Mitwirkenden am Mode-Zirkus das Weite suchen.«
»Wäre das nicht eigentlich gut?«, fragte Philippi. »So würden weitere Verbrechen verhindert. Wer weiß, ob wir überhaupt etwas herausfänden, bevor der nächste Mord geschähe?«
Ein schecklich-erlösender Gedanke nahm in Langustiers Kopf Gestalt an: Ob es denn überhaupt noch ein Moden-Fest geben würde, wenn die Morde erst einmal publik wären? Welch eine Last würde ihm von den Schultern genommen, wenn das Fest ins Wasser fiele ... Ein Segen wäre das, wenn dieser Kelch an ihm vorüberginge. Aber diese gedankliche Abschweifung dauerte nur ein paar Sekunden.
»Sie haben wahrscheinlich Recht, meine Herren. Aber Thedens Erkenntnisse sollten so lange wie möglich geheim bleiben.«
Darauf einigten sie sich.
»Was gibt es über die Vorgeschichte der drei Damen zu berichten? Haben Sie versucht herauszufinden, was ihnen in den letzten Tagen widerfuhr? Irgendetwas Ungewöhnliches? Wen hatten sie zu Freunden, hat sie jemand bedroht, wen haben sie gekannt – man muss einfach alles über sie wissen!«
»Wir haben unser Möglichstes getan, denn auf diese Idee, Monsieur, sind sogar wir hirnlosen Provinzler gekommen ...«
Rahn versuchte das Beste aus der Situation machen. Wenn ihm der König schon zum wiederholten Male diesen dicken selbst-

gefälligen Amateur vor die Nase setzte, konnte er sich bloß durch eine spitze Bemerkung schadlos halten.

In der Wachstube besah sich Langustier die Vernehmungsprotokolle inklusive der vermeintlichen Abschiedszeilen und der »Warnung«. Der Vormittag drohte zwischen Aktenblättern verloren zu gehen. Viel schlauer war Langustier nicht, als er endlich wieder den Fahrtwind im Gesicht spürte. Die Luft flimmerte sommerlich überm Staub des Linden-Corsos, als er mit seinem Spider über die Kavalierbrücke raste und scharf rechts in die Burgstraße einbog. Die Krähl war eine keusche junge Dame gewesen, viel zu christlich für seinen Geschmack. Die Hutmacherin hatte einen der Couturiers, Huberty, zum Geliebten gehabt, die Couture-Näherin gleich zwei, Léonard und Valencia. Viele Personen, viele Orte, viel Stoff – kein Faden, der aufzugreifen war …, aber er sah jede Menge Arbeit auf sich zukommen.
Reicher Figurenschmuck und eine breite Freitreppe vor dem Hauptportal machten das Haus No. 16, den *König von Portugal*, unübersehbar. Direkt gegenüber des dreigeschossigen Gebäudes lag das Schloss wie eine dunkle Felswand auf der anderen Spreeseite. Noch im letzten Jahr des alten Jahrhunderts gegründet, hatten die Mauern des Hotels viele berühmte Berlin-Besucher beherbergt, darunter reisende Scharlatane, Goldmacher sowie Künstler, etwa die Tänzerin Barbera. Es war unstrittig Berlins erste Adresse und somit durchaus angemessen für eine bekannte Couture-Näherin, die für zwei berühmte Modeschneider arbeitete. Allerdings selbst in diesem Fall reichlich teuer … und sie hatte es für zwei Wochen im Voraus gemietet … Ihr Zimmer gab keinen Hinweis auf ihren letzten Tag und die letzte Nacht, ebenso wenig der Trockenboden, wo man sie gefunden hatte. Das Hausmädchen, das dort oben Wäsche abnahm, war noch ganz verstört, als Langustier sie fragte, ob es schwer sei, nachts ins Haus und wieder hinaus zu gelangen.

»Nein, Monsieur, ganz und gar nicht«, erwiderte sie leise, als sei es ihre Schuld, dass es sich so verhielt. »Die meisten Gäste sind sehr sorglos und beachten das Gebot, hinter sich abzuschließen, nicht. Auch achten sie kaum auf ihre Schlüssel. Wenn man es darauf angelegt hätte, sich einen Nachschlüssel zu verschaffen – man würde es leicht bewerkstelligen.«

So schön das Haus auch war, angesichts dieses Befundes fand Langustier, dass die Fürstin Daschkowa doch eher im Fürstenhaus oder im Schloss hätte unterbracht werden sollen. Konnte hier irgendjemand für ihre Sicherheit garantieren? Erfreut hörte er kurz darauf in der Halle, wo er sich beim Concierge einen Überblick über die in den letzten Tagen im Haus befindlichen Gäste verschafft hatte, dass die Daschkowa ihn zu sich in ihre Räumlichkeiten hinaufbat.

Sie empfing ihn noch im Bett liegend, denn sie hatte nach angespannter Reise länger als gewöhnlich geruht. Das volle braune Haar steckte verborgen in einer Haube, der Rest von ihr in einem jadegrünen Morgenmantel. Eine leichte himmelblaue Decke verhüllte das Unterkleid über den Beinen. Sie strahlte ihn an, was er erwiderte, die Erlebnisse der letzten Stunden zur Seite rückend. Die Hausdiener hatten alle Hände voll zu tun. Rasch musste nach süßem Gebäck gesprungen werden. Auch verlangte sie nach frischer Milch, um Schokolade zu bereiten. Als diese duftend in den Tassen stand, war Langustier für einige Augenblicke vollends glücklich. Anschließend gab es einen süßen, schweren, mulmigen, moordunklen Mokka, dazu kleine, mit holländischer Butter bestrichene Croissants, Himbeermarmelade zum Eintunken, quittengeleegefüllte Nusskekse sowie längs halbierte Löffelbisquits mit einer Sahnetrennschicht – somit genau jene aufbauenden Stoffe und Materien, welche seine zerrütteten Nerven zur Stärkung jetzt brauchten.

Er hatte sich entschlossen, der Fürstin alles Geschehene zu eröffnen, und auch das, was der König ihm zu tun aufgetragen. Als er damit zum Ende gekommen war, sah er, dass sie im Gegensatz zu ihm bei diesen unschönen Materien – wie es schien – jeglichen Appetit verloren hatte. Kurz war alle Farbe aus ihrem Gesicht gewichen.

»Leichengeruch ... ich würde lügen, wenn ich ihn zu kennen meinte ... Salamander ... oh, wie schaudert's mich! Sie müssen wissen, dass mich weder der Anblick einer Blindschleiche in die Flucht schlagen könnte noch der einer Sandotter, die in meiner Heimat sehr häufig vorkommt und deren Biss absolut tödlich ist ... Aber vor Molchen und Lurchen ekelt's mich. Dass sie giftig sind, wusste ich nicht einmal ... es kommt nun erschwerend hinzu.«

»Fürstin! Ich bin untröstlich: Wie konnte ich ...«

»Unfug! Sie missverstehen völlig mein Innehalten, Monsieur! Es galt nur diesen Salamandern!«

Tatsächlich belebte sie sich wieder und bekam ihre natürliche gesunde Gesichtsfarbe zurück.

»Auch wenn der Ausdruck nach all diesen Feuerlurchen jetzt spaßhaft klingen muss: Ich *brenne* doch geradezu darauf, Sie begleiten zu dürfen bei Ihren Nachforschungen! Wenngleich ich sagen muss, dass Ihre Garderobe heute etwas ... *léger* ausgefallen ist ... Denn was ich Ihnen während unserer gemeinsamen Anreise von London aus nicht eingestand, war, dass ich freilich längst von den aufregenden Dingen wusste, die Sie früher bisweilen beschäftigten. Sie dürfen nicht glauben, dass dies einer Vielleserin und Journalistin, die sich für ungewöhnliche Meldungen in den Gazetten naturgemäß interessiert, verborgen bleiben konnte.«

Er atmete erleichtert auf. Triumph!

»Nun ... das könnte allerdings ... mit einiger Gefahr verbunden sein. Ich weiß nicht, ob ich Ihnen in dieser Laune folgen soll.«

»Laune?«, widersprach die Daschkowa. »Dies ist keine Laune! Ein Herzensbedürfnis ist es! Diese Damen wären für die Mode gestorben, als sie noch lebten. Nun starben sie – wer weiß, aus welchen Gründen … Sie müssen es mir verstatten, dabei zu sein, wenn Sie den Mörder dingfest machen, Sie müssen!«

»Fürstin, wie könnte ich Ihnen einen Wunsch abschlagen? Ich gedenke als Nächstes, da ich mich hier im Haus schon umgesehen habe, nach Schönhausen an den Hof der Königin zu fahren. Ich habe mich mit den Polizeichefs von Berlin und Potsdam dahingehend geeinigt, dass vorab kein Wort von Mord verlautet.«

Sie lächelte, nickte, hatte begriffen.

»Haben Sie denn schon eine Theorie?«

»Dazu ist es naturgemäß noch zu früh, denn ich bin immer bestrebt, darin dem Prinzip der Deduktion verpflichtet, das mir Euler, Eller, La Mettrie und Maupertuis stets so hoch anpriesen, eine Theorie nicht auf zu engem Grund aufzurichten. Je größer das Fundament an Fakten ist, als desto standfester erweist sie sich. Allerdings hege ich zum Wenigsten die Hoffnung, dass mich die gestohlenen Puppen näher zu dem Mörder bringen könnten.«

»Uns! Mein lieber Freund! Uns!«, sprach die Daschkowa feierlich, mit nur geringem Vorwurf in der vollen Stimme.

Er zog sein kleines schwarzes, mit Maulwurfsleder bezogenes Notizbuch zu Rate:

»Da gibt es freilich so vieles, das mich stutzen lässt.«

»Lassen Sie mich alles hören!«

»Die modisch ausgesuchten, mit Samandarin präparierten Schleifen bewirken eine Atemlähmung, die mit konvulsivischen Zuckungen einhergeht. Dennoch waren die Augen der Krähl friedlich geschlossen.«

»Das ist einfach«, sagte die Daschkowa, entzückt, gleich etwas beitragen zu können: »Der Mörder wollte schließlich ihren Selbstmord vortäuschen. Dieses gefälschte Abschiedsbillett – dazu passen keine schreckensstarren, geweiteten offenen Augen. Mir scheint, dass der Mörder auf das stimmige Bild achtete, als sei er ein Ästhet! Die Gleichheit der Schleifen ist wie eine Signatur, wie ein Markenzeichen. Das wird in der Modewelt oft so gehandhabt …«

»Vortrefflich!«, sagte Langustier, eine Notiz hinzufügend. »Da gibt es aber noch einen weit wichtigeren Umstand, den ich erst richtig zur Sprache bringen kann, wenn ich weiß, wie eine Dame von Welt sich anzieht. Fürstin, ich bin in Verlegenheit ...«

»Aber ich bitte Sie! Um zu wissen, was die Dame heute trägt, müssen Sie doch nur in den *Courrier* schauen!«

Die Daschkowa lachte.

»Das ist es nicht, was ich sagen wollte. Theden hat den Zeitpunkt des Todes der Couture-Näherin bestimmt: Mitternacht. Um diese Zeit ist eine anständige Dame bereits im Nachtgewand und trägt keinen Schnürleib mehr wie Philippine d'Arnault ihn anhatte, als sie starb. Sie wurde angekleidet gefunden, doch ich ... nun, zu meiner Schande muss ich es eingestehen, habe nie *en detail* mitverfolgt, wie eine Dame ihre Robe anlegt und was darunter alles dazugehört. Ich habe der Kleidung eben nie den nötigen Respekt entgegengebracht. Ich begegnete den Damen immer nur in einem quasi Rousseau'schen Gewande ...«

Wieder erscholl ihr Glockenlachen.

»Ich verstehe ... nein, wie köstlich! Aber nichts einfacher als das – ich bin freilich nicht Marie Antoinette, und Sie sind nicht königlichen Geblüts, daher verbietet es die Schicklichkeit, dass Sie mir einfach die Kleidungsstücke reichten und mir beim Ankleiden zusähen, doch die Verbalisierung genügt, wie ich annehme, Ihren Zwecken?«

»Ohne Frage, Fürstin!«

Während sie von einer gerufenen Hoteldienerin hinterm Paravent angezogen wurde, erklärte sie mit mehr oder minder großen Pausen, in denen Langustier vor der Spanischen Wand nur das Rascheln und Huschen von Stoff zu hören bekam:

»Sehen Sie auf Ihre Uhr und stellen Sie sich vor, eine Dame zu sein! Eine frische Haube, Chemise und neue Strümpfe haben Sie – wie ich eben – schon angelegt, das mag eine halbe Minute dauern ... Sodann wird Ihre Zofe die überknielangen Strümpfe kurz unter dem Knie mit Strumpfbändern festbinden, bevor sie Ihnen … den wadenlangen Anstandsrock umbindet, der selbst bei den schlimmsten Windstößen Schutz vor dem Aufheben der Röcke und eventuellen unschicklichen Einblicken bietet. Danach werden Sie … Schuhe anziehen, denn anschließend, sobald Ihnen die Schnürbrust umgelegt ist, werden Sie sich nicht mehr bücken können. Es sei denn, die Zofe übernimmt es, dann kann es später erfolgen. Bevor nun Ihre Helferin das hinten oval geschnürte Mieder … richtig festzurrt und ihnen den Stiefel aufs Fischbeinskelett setzt, um sie *richtig* – und wenn ich *richtig* sage, meine ich: *richtig fest* – einzuschnüren, zieht sie auch noch einmal die Chemise darunter gerade, sodass der Ausschnitt richtig sitzt und nicht zu viel Stoff an einer Stelle zusammengeballt ist. Das gibt sonst blaue Flecken und tut sehr weh … Die Poschen werden Ihnen umgebunden – die kleine Version des Paniers, die vor vielleicht zwanzig Jahren aufgekommen ist … aufgepasst! Diese kleinen Polster sind zugleich Taschen – in die eine ganze Menge Krimskrams hineinpasst! Auch Mordwerkzeuge, Schleifen, Giftflaschen! Wenn Sie … sehr viel repräsentieren müssen, bei einem Fest etwa, oder wenn Sie richtig altmodisch sind, kann es auch das große Panier sein. Dann schleppen Sie auf den Hüften zwei Riesenkörbe mit sich herum. Um die Reifen der Poschen oder des großen Paniers nach außen unsichtbar werden zu lassen, ziehen Sie einen oder mehrere Unterröcke darüber. Jetzt erst kommt der eigentliche Rock, die *jupe*, an die Reihe. Warten Sie … jetzt!«

Langustier stöhnte:

»Fürstin, Ihre Erläuterungen sind unschätzbar. Das hat nun schon sieben Minuten gedauert!«

Die Daschkowa lachte und fuhr fort:

»Das zweiteilige Taillenband ist so lang, dass Sie die hintere und die vordere Hälfte des Rockes jeweils getrennt umbinden können. Tun Sie dies so, dass der vordere an den Seiten den hinteren um ein Stück überlappt – so können Sie sich bequem in die Taschen, will

sagen: in die Poschen greifen … Lassen Sie sich nun, falls Sie in der Öffentlichkeit herumspazieren und nicht am Hof unter aufgeklärten Menschen sind, ein helles oder leicht durchscheinendes *fichu* oder Brusttuch verpassen – bevor die Jupe an die Reihe kommt. Die Zofe wird es so legen, dass der Ausschnitt bedeckt ist, und am Rücken festbinden. Jetzt wird mit Stecknadeln der Stecker vorn auf der Schnürbrust befestigt. Der Stecker ist die Verhüllung und Ummäntelung der Schnürbrust – aus dem gleichen Stoff wie die Jupe und der Rock, denn es soll aussehen, als sei es … ein Stück. Zum Schluss ziehen Sie wie einen Mantel die eigentliche *robe* über das alles. Die Vorderkanten werden von der Zofe auf den Stecker gelegt und dort festgesteckt. Wenn es sich um eine *robe à la française* handelte, muss der figurnahe Sitz sichergestellt werden, indem auch der Rücken der Robe hochgeschlagen und die Zugbänder stramm gezogen werden. Bei der *robe à l'anglaise* ist das unnötig, denn die ist schon … eng. Uff! *Et voilá!*«
Die Fürstin kam hinter der Spanischen Wand hervor, in einer glänzend schwarzen Seidenrobe *à l'anglaise* mit dezenten, wie schwach silbern hingestrichelten Umrisslinien von Chrysanthemen. Langustier, der sich gerade die vollen dreizehn Minuten notiert hatte, welche bei der Prozedur draufgegangen waren, erging sich in Gesten und Lauten des Wohlgefallens.
»Pietätvoll und absolut majestätisch! Ein Traum!«
Sie dankte es ihm mit einem traumhaften Lächeln, über das er kurz das Bewusstsein zu verlieren drohte, als sei er geschnürt. Auch der Korpulente, dachte er, muss die Feuersalamander meiden. Er fand aber sofort wieder den Faden, die Dienerin beobachtend, die eben im Begriff war, letzte Hand an die Haartracht *à la irlandoise* zu legen. Alles war strikt nach hinten gekämmt und verknotet. Der entstandene Schweif war in fünf große Stränge geteilt, deren Enden einzeln mit schmalen Scheifenbändern gesichert und dann alle zusammen mit einem breiteren Band kunstvoll an der Knotenstelle verankert waren. Jetzt sah es aus, als

hingen der Fürstin am Hinterkopf fünf tiefbraune Wurstkringel herab. Obenauf kam ein flacher, schwarzer Hut mit mäßig aufragenden Kranichfedern.

»Ich finde es erstaunlich, dass die Dame um Mitternacht noch angekleidet war – mit Schnürmieder und allem. Sagen Sie: Was trug die Couture-Näherin, als sie ausgekleidet wurde?«

Die Hoteldienerin beschrieb ihm die Garderobe, die Philippine d'Arnault bei ihrem Besuch der Prinzessin Amalie getragen hatte. Sie hatte sie angezogen und auch wieder ausgekleidet, gegen zehn Uhr des Abends.

»Aha. Das heißt, die Kleidung, die sie trug, als man sie fand, muss sie sich selbst angelegt haben?«

»Das … ist nicht möglich! Mädchen, gib es zu: Du hast ihr noch einmal geholfen!«, sagte die Daschkowa. »Schnürleib anlegen, ohne fremde Hilfe? Wie soll das gehen?«

Das Mädchen beteuerte, am besagten Abend nach zehn Uhr niemandem mehr Dienste geleistet zu haben.

»Wenn es läutet, sind wir alle hellwach, da gibt es keinen Schlaf. Wir nächtigen leider im Tiefparterre nicht in getrennten Kammern …«

»Mit anderen Worten«, schloss Langustier: »Da man sie vollständig eingerobt fand, muss ihr jemand geholfen haben, sich wieder anzukleiden – wenn es niemand vom Personal war, kann es ein Hotelgast gewesen sein oder aber …?

»Der Mörder!«, sagte die Daschkowa entsetzt.

»Dies ist wahrscheinlich«, konstatierte Langustier, »denn die anderen Gäste haben alle ausgesagt, die Couture-Näherin weder gesehen noch getroffen zu haben an diesem Abend!«

Schloss Schönhausen lag inmitten hoher rauschender Kastanienbäume. Der laue Wind war eine erfrischende Abwechslung nach der drückenden Hitze der Vortage und kam auch der schwarz gekleideten Fürstin sehr zupass.

Aus dem alten Lieblingsschloss Friedrichs I., in dem derselbe auf die glorreiche Idee verfallen war, sich »König in Preußen« zu nennen, war inzwischen wieder ein wahres Schmuckstück geworden. Langustier sah dennoch, während er neben Königin und Fürstin, dem hinkenden Grafen Lehndorff, der Gräfin Kannenberg sowie der Hofgarderobiere Madame von Weyer auf der Kastanienallee flanierte, dass man hier arg rechnen musste. Borkenstückchen ersetzten den Kies. Das zeigte Ärmlichkeit und Anspruchslosigkeit dieses Hofs. Doch zugleich wurde das Gehen angenehm und leise.

Die Hausherrin hatte zweiunddreißig Jahre lang verschönert, erweitert – etwas mehr Geld, und ihr Landgut hätte das von Marie Antoinette an Schönheit und Liebreiz übertroffen. Auch in Schönhausen gab es eine Meierei und einen Bauerngarten. Und natürlich den Park, der jetzt einen berauschenden Sommerduft verströmte. Gesandte und Fürsten, die der Königin pflichtgemäß die Kur machten, lobten das kleine Paradies. Sie genoss es zu repräsentieren, so gut sie konnte, wenngleich der Gemahl an ihrer Seite fehlte. Es war deprimierend, dass sie bei allen Festen, die er veranstaltete, umständlich über ihre Hofmeisterin nachfragen musste, ob sie mit einigen ihrer Damen auch kommen dürfe …

»Majestät, ihr Zauberschloss und Ihr Feengarten sind wunderbar!«, sprühte die Fürstin eben, und in ihren Worten und Gesten glitzerte ein kleiner Regenbogen wie in einer der beiden Springbrunnenfontänen.

Die Königin respondierte in ihrer fast tonlosen Sprechweise:

»Wussten Sie, dass meine Mutter auch Antoinette hieß?«

»Nein, Majestät, das wusste ich nicht … das ist groß! Majestät haben ohnehin so viel mit ihr gemein – Majestät würden sich sicher gut mit ihr verstehen, denn Majestäts Chic ist echt pariserisch!«

Die Daschkowa lachte glockenhell über ihre eigenen schamlosen Übertreibungen. Die Königin lächelte unglücklich und blickte indigniert auf Langustiers unpassend farbiges Gewand. Immerhin war dies jetzt vollends ein Trauerhof.

»Ihre Freundin war einmal hier, Katharina, die heutige Kaiserin ... wussten Sie zumindest das?«

»Nein, nicht einmal das, Majestät – ich bin ganz unwissend!«

»Es war just bei der Eröffnung meines kleinen Reiches, am 28. August 1740, denn die Mutter Katharinas, die Herzogin von Anhalt-Zerbst ...«

Das königliche Geplapper war schier nicht zum Aushalten. Langustier bedeutete der Daschkowa gestisch, dass man dringend zur Sache kommen müsste. Die junge sprunghafte Dame verstand es meisterlich, drohende Stagnation zu vermeiden.

»Majestät, das war ja noch vor meiner Geburt! Majestät mögen es mir nachsehen, doch ich bin in meiner Eigenschaft als Herausgeberin des *Courriers* an allem interessiert, was an Majestäts Hof in Bezug auf die europäische Mode geschieht, und nun haben sich so seltsame Dinge zugetragen, dass meine Leserinnen unbedingt alles darüber erfahren wollen: Was glauben Majestät, steckt dahinter? Ist es eine *affaire politique*, wie jeder vermutet? Gegen Schweden? Gegen Frankreich? Gegen Preußen? Oder soll Unfriede gestiftet werden? Mit dem Diebstahl der *poupées modèles*, die noch ihre jährliche Rundreise vor sich hatten?«

Die Königin seufzte. Sie wedelte mit ihrem Fächer, als wollte sie die Borkenbrösel zum Auffliegen bringen.

»Es ist mir schleierhaft, Fürstin – ich für meinen Teil hätte nie gedacht, dass eine so völkerverbindende Angelegenheit etwas so Grauenhaftes und Unberechenbares heraufbeschwören könnte. Sie sehen mich ratlos. Mein totes Fräulein und die verschwundenen *mannequins* – ich bringe das nicht zusammen.«

Langustier drängte es, in das Toilettenzimmer zu kommen, wo der Mord geschah, der hier noch als Selbsttötung galt, und sich nach etwaigen Gifttöpfen zwischen Schminke, Puder und Duftwasser umzusehen. Doch zunächst wollte er mehr über das tote Fräulein hören. Er sprach der Königin sein Beileid aus.

»Nun, was meine Demoiselle Krähl betrifft: Sie war für gewöhnlich keineswegs eine Exponentin des Chics – ich hielt sie immer für eine zurückhaltende, unscheinbare junge Frau. Sie hatte sich ganz den Lehren Zinzendorfs verschrieben und war im Kreis derjenigen, die der Hofprediger Falk in der Parochialkirche um sich scharte. Wo man Kellners Schriften liest und für Jesus betet und singt. Ich hätte es mir einmal ansehen sollen, dann wüsste ich jetzt besser, was in ihr vorging. Es verwundert mich, dass sie zuletzt an der Mode einen so lebhaften Anteil nahm ... Sie trug ein ausgefallenes und hübsches Kleid in dieser Nacht der heimlichen Moden-Schau. Sich darin den Klauen der dämonischen Melancholie zu überlassen ... unfasslich.«

»Moden-Schau! Welch treffliche Wortprägung, Majestät!«, sagte die Daschkowa, ganz in ihrem journalistischen Element. »Darf ich das Kleid sehen?«

»Sicher, meine Hofgarderobenmeisterin möge es Ihnen zeigen! Da Fräulein Krähl alleinstehend war, wird es wieder zu Geld werden, um ihre Beisetzung etwas weniger ärmlich zu gestalten.«

Die Daschkowa zuckte zusammen. Das Budget, das hier zur Verfügung stand, war doch noch viel bescheidener, als Schloss und Park vermuten ließen.

»Haben Sie eine Idee, wo die Puppen sein könnten? Das wird eine Frage sein, die von Nowgorod bis Madrid alle Europäerinnen brennend interessieren dürfte!«

»Bedaure. Ich hoffe sehr, dass uns Monsieur Langustiers so oft bewiesene Talente in diesem Fall nicht im Stich lassen. Wenn die Puppen nicht wieder auftauchen, sind wir auf ewig entehrt. Ruiniert ohnedies.«

Die Daschkowa suchte sie zu beruhigen.

»Nun, so schlimm wäre es wohl nicht, schließlich sind die Herren Couturiers noch am Leben. Die Puppen waren ja nur gut transportable Repräsentatinnen ihrer besten Entwürfe. Die großen Kleider für die Revue sind ja alle schon fertig genäht im Gepäck der Herren.«

»Dennoch wird dieser Diebstahl ein schlechtes Licht auf meinen Hof werfen, wenn die Geschichte in der Schwebe bleibt. Maître, unternehmt alles, ich bitte Euch, was in Eurer Macht steht!«

»Mein Bestes tun werde ich, Majestät! Gerne würde ich jetzt die Räumlichkeiten in Augenschein nehmen, in denen sich die Damen und Herren aufhielten, als Demoiselle Krähl starb. Ich möchte vor allem jenes Toilettenzimmer sehen, in dem man das tote Fräulein fand, und den Raum, wo die Puppen waren. Vielleicht führt uns das der Lösung näher.«

Er blickte die Daschkowa an, die eifrig nickte.

Die Königin signalisierte Zustimmung und bat den Grafen Lehndorff, der Dienerschaft auszurichten, dass man in zwei Stunden an der Meierei den Kaffee einzunehmen wünsche.

Zwei Stunden? Langustier glaubte sich verhört zu haben. Die Daschkowa kräuselte die Lippen. Doch die Monarchin kannte das eigene Genie zur Verlangsamung aller Abläufe weit besser als ihre Gäste. Die Besichtigung des Schloss-Erdgeschosses dauerte allein schon eine halbe Stunde, denn die Hausherrin ließ es sich nicht nehmen, die Räumlichkeiten in all ihren Einzelheiten ausführlich zu kommentieren und auch die Veränderungen, welche sie im Zuge der letzten Renovierung erfahren, gebührend zu würdigen. Inzwischen hatten sich sämtliche Hofdamen der Prozession angeschlossen. Die Daschkowa stand im Mittelpunkt: die berühmteste Modekritikerin in ihrem Schloss! Ihre Herzen hüpften. Eben unterzog die Mode-Fürstin in der unteren Garderobe, wo nebenan, in der Toilettenkammer, der Mord geschehen war, das Krähl'sche Kleid einer eingehenden Kritik, die sehr lobend ausfiel.

»Es scheint von einem fähigen Couturier zu sein. Nicht einem der großen, aber immerhin – die Stoffe sind ausgezeichnet, die

Nähte von einer Meisterin gesetzt. Ja, die Nähte haben etwas Pariserisches ... Zumindest der Anfang, dann hat eine Anfängerin weitergestümpert.«
Die Damen blickten pikiert. Wenn man es so betrachtete – und vor ihnen stand die Modezarin in Person –, waren sie alle hier stümpernde Anfängerinnen ... in jener Nacht hatten sich einige von ihnen zum ersten Mal die bleichen Finger zerstochen ...«
Die Königin begann mit der Fürstin im Audienzzimmer einen scherzhaften Disput, in dem sie die Auffassung vertrat, dass dem Grau der Vorzug vor dem Rot gebühre. Keine der Damen schien Langustier noch länger die geringste Beachtung zu schenken, was zwar schmerzlich war, doch auch sein Gutes hatte. Er benutzte die Gelegenheit, um mit dem Grafen Lehndorff auszubrechen. Im Toilettenzimmer suchte er unauffällig nach etwaigen interessanten Substanzen, doch das Ergebnis war ebenso deprimierend wie die Besichtigung der engen Kammer des Fräuleins im Dachgeschoss. Langustier konnte ihre kargen Hinterlassenschaften besehen, die alle in einem kleinen Koffer Platz hatten: eine Bibel, ein Katechismus und eine Reihe erbaulicher Bücher, darunter Bartold Hinrich Brockes' neunbändiger Gedichtzyklus *Irdisches Vergnügen in Gott* sowie ein sehr dünnes Werk des Barons Kellner: *Geheimer Briefwechsel mit denen von Jesum Inspirierten*, das er zum Zwecke der Aufklärung an sich nahm. Alles Übrige waren Kleider – in der Tat ganz andere Stücke, als das zuletzt getragene: schwarz, pietistisch, betschwesternhaft.
»Was macht die Zofe des Fräuleins jetzt? Ist sie noch im Schloss?«, fragte Langustier.
»Sie ist bei der Putzmacherin Schröder untergekommen«, antwortete Lehndorff. »Die hat sie noch in der Nacht engagiert, als sie ihr half, die Tote aus- und für die letzte Reise ... schicklicher einzukleiden ...«
Als er mit Lehndorff wieder unten anlangte, hörten sie die Königin noch immer über die Farben dozieren. Sie war vom Grau aufs

Braun gekommen. Die Daschkowa sah zu ihm hin, als er kurz in der Tür des Audienzzimmers erschien, und ließ die Augen zur Decke wandern.

Langustier ging in den Saal und überlegte, was sich in der Mordnacht abgespielt haben mochte. Die Damen und die Königin hatten erst vorm oder im Toilettenzimmer gestanden. Anschließend war man in den Audienzsaal gegangen, wohin sich zuletzt auch die Helfer verfügt hatten.

»Wenn Sie vom Saal aus das Weite suchen müssten, Graf, mit vier Puppen im Arm: Wohin würden Sie sich wenden?«, forschte Langustier.

»Ich würde eine der Türen zum Park nehmen!«

»Und dann? Wie weiter? Rechterhand endet selbst die Kastanienallee irgendwann an der Panke … Sie könnten wohl nach links zur Orangerie hinüberlaufen, aber dann müssten Sie direkt an den drei großen Fenstern des Audienzzimmers vorbei. In jener Nacht standen dort die Königin und die ganze Gesellschaft, genau wie jetzt. Und … was wollten Sie an der Orangerie? Von dort aus müssten sie um den ganzen Landsitz herumlaufen, um wieder auf die Chaussee nach Berlin zu kommen. Es sei denn, Sie wollten sich mit Ihren geraubten Modellen in Sümpfen oder einer Bauernkate verkriechen.«

»Monsieur – ich wollte gar nichts an der Orangerie! Wie kommen Sie darauf, dass ich …«

Langustier lachte.

»Graf Lehndorff, ich spintisiere doch nur. Die Puppen wurden aus dem Saal entwendet, noch während die Königin ihre nächtliche Audienz hielt und das tote Fräulein von Krähl zwei Räume weiter im Toilettenzimmer der Damen lag … Der Puppendieb braucht nicht zur Gruppe im Audienzzimmer gehört zu haben. Es muss auch kein Bedienter gewesen sein. Er kann von außen zu eben diesem Zweck ins Schloss gekommen sein – vielleicht in umgekehrter Richtung, wie Sie vorschlagen, hier aus dem Park.

Indessen ist es doch am wahrscheinlichsten anzunehmen, dass er die Situation ausnutzte, sie also quasi *in nascendi* miterlebt haben muss ...«

Lehndorffs Gesicht leuchtete vor plötzlicher Erkenntnis:

»Bleibt nur der Küchen-Tunnel! Er führt vom tiefsten Punkt der kleinen Wendeltreppe, über welche die Dienerschaft auf- und absteigt, geradewegs zur Eisgrube und von dort weiter zum Stall- und Küchengebäude!«

»Ist er für gewöhnlich verschlossen?«

Schneller als Lehndorff schauen konnte, war Langustier im Flur. Dieser mündete rechts ins Lakaienzimmer, links ins Bediententreppenhaus. Schon war er die drei Stiegen hinunter. Auf einem kleinen Tischchen standen eine Handlaterne und ein Steinschlossfeuerzeug.

»Nein ... nicht ...«, sagte Lehndorff, dem es kaum gelingen wollte, mit seinem schleppenden rechten Fuß dem enteilenden Küchenmeister auch nur in Hörweite zu folgen. »Nein ... nicht ... für ... gewöhnlich ... nicht ...«

Am Eingang zum Küchentunnel angelangt, fand er die Tür offen. Nur noch ein schwacher Lichtschein war in einiger Entfernung zu sehen. Langustier rief:

»Das ist ja erfreulich geräumig!«

Der Gang zur Eisgrube war ein mit Ziegeln gemauerter Stollen, in dem er ohne Schwierigkeiten mit jeder Damenriege in *grande parure* die Polka hätte tanzen können. Er blieb stehen und wartete das Heranhinken des Grafen ab.

»Verflixt – geben Sie mir einen Tritt! Ich hab ihn verdient ...«

»Um Gottes willen, womit denn das?«

»Mit meinem unstillbaren Appetit. Hier liegt etwas, das ich Sie bitte, nicht achtlos zu zertreten, sondern vorsichtig aufzuheben. Ich bin zu alt und wohlgenährt, das selbst zu übernehmen.«

Im Grunde war er einfach bloß zu faul. Als sie die unterirdische Eiskate erreichten, wo der Raum eine im Vergleich kathedralen-

artige Weiträumigkeit aufwies, indessen bei Lampenlicht besehen kaum die Dimensionen eines kleineren Zimmers mit kuppelartig gewölbter Decke hatte, nahm Langustier das Objekt in Augenschein, welches ihm Lehndorff reichte: ein Knopf!
»Aber was für einer! Von der Huberin?«
Lehndorff verneinte unwirsch.
»Bei uns ist Schmalhans nicht nur Küchenmeister, sondern auch zuständig für die Montierung. Mich erstaunt, in welche Unkosten sich die Damen stürzen, um dieses Kleid für Ihre Majestät zu nähen.«
Sie kamen in die Fortsetzung des Ganges und erreichten nach einer Minute das noch recht neue Küchengebäude. Über eine Wendeltreppe stiegen sie nach oben an eine Falltür. Als Langustier sie aufstieß, standen sie im Pferdestall. Ein Brauner sah Langustier kurz an wie einen aus dem Boden fahrenden Geist. Doch die Tiere waren derlei Erscheinungen hier gewohnt und raspelten weiter ihren Hafer.
»Hier sieht man, was die Majestäten von uns halten, Madame!«, begrüßte Langustier die Küchenchefin der Königin in der geräumigen Küche nebenan. »Die halten uns wie die Pferde. In Sans Souci ist es genauso! Küche und Pferdestall, das scheint zusammenzugehören. Und der Eisgang ist so groß, dass man glatt mit einem Pferd durchreiten könnte. Ob Seine Majestät das vorsätzlich so bauen ließ, um zu seiner Gattin reiten zu können?«
»Da schau her! Sollen Sie mir beim Kochen helfen?«
Die kleine, resolute Charlotte Adelheid Huber hatte im Hofleben durch einen Ausspruch der seligen Königinmutter Berühmtheit erlangt: »intrigante, widerborstige bajuwarische Sudlerin« hatte Sophie Dorothea sie einmal genannt, als in einer Sülze ein Hosenknopf aufgetaucht war.
»Madame, ich habe wieder einen Knopf bei Ihnen gefunden …«
»Der ist sicher vom Dose oder dem Fegelein, die sich am Sonntag da unten ein Wettrennen geliefert haben …«

Als sie sich den Knopf jedoch genauer angesehen hatte, musste sie ihre Ansicht revidieren.
»Nein, 's ist doch … kein Lakaienknopf …«
»Haben Sie in der Nacht zum Donnerstag, morgens ganz früh, jemanden im Eisgang bemerkt?«
»Jetzt schwant mir schon deutlicher, weshalb Sie hier herumspuken. Mein bester Kollege – in der Nacht, ganz früh, hab ich geschlafen, wenn Sie nicht dawider haben! Und auch alle anderen aus meiner Truppe ruhten verdient. Denn die Damen hatten uns mit ihren Sonderaufträgen gehörig zugesetzt, wir waren froh, als alles geschafft war, so gegen eins am Morgen. Sie hatten Proviant und Getränke für ihre Nachtsitzung bekommen und durften danach nicht mehr gestört werden: Geheimhaltung, wie die Gräfin Kannenberg und dieser aufgeblasene Silkstedt gesagt haben. Flohzirkus, sage ich dazu! Einen Puppenkasper hatten sie auch noch dabei, einen Wachsmaler und einen Schmieranten von Berufs wegen …«
Das war die Huberin, wie man sie kannte.
Langustier schmunzelte, während sich Graf Lehndorff kopfschüttelnd davonmachte. Die beiden konnten einander nicht lange ertragen.
»Würden Sie mir einmal beschreiben, wo die Kutschen der Gäste standen?«
»Drüben am Kastellanshaus, nur die Kalesche des Puppenkaspers war hier direkt vor dem Haus abgestellt, weil der Platz nicht ausreichte. Es war ein rechtes Durcheinander. Irgendeiner ist wohl durch den Küchengang hier herübergekommen, bloß weiß ich nicht, wann, das fällt mir ein, denn ich fand die Laterne von der Gegenseite im Stall. Sie müssen wissen, dass hier alles sein Zeichen hat – der Süßholzrasp… ich meine den Kammerherrn Lehndorff, hat alles genauestens beschriftet und inventarisiert. Er scheint zu glauben, dass er mit kleinen Kärtchen und Nummern über die ganze Welt gebieten könnte.«

»Und was sagen Sie zu dem Selbstmord der Krähl?«, forschte Langustier, ganz froh darüber, dass der Graf zum Schloss zurückgekehrt war.

Seine Kollegin machte plötzlich ein ehrlich bestürztes Gesicht.

»Mussjö – das ist mir ein absolutes Rätsel der Dreifaltigkeit! Ich kannte sie nur als eine gottgefällige, stille Dame, immer vollschwarz – in der Garderobe – und stets wacker mit dem Gebetbuch unterwegs. Selbst der Hofprediger Falk und seine Freundin, die Roedern, unsere beiden Frommen, hätten wohl kein Fehl an ihr gefunden. Sie half der Königin beim mildtätigen Wirken, kannte stets die Nöte der Schönhauser Armen und suchte sie nach Kräften zu lindern. Putzsucht wäre das Letzte gewesen, was ich ihr unterstellt hätte. Was sie da angehabt haben soll … dieses Kleid … ich wüsste nicht … das hätte ich nie … sah ihr so gar nicht ähnlich. Dass sie überhaupt mittat bei dieser Sache … Aber: ich war so selten da drüben. Mag sein, dass sie sich geändert hatte. Des Herrn Wege … Vielleicht hatte sie einen Liebhaber? Das verändert eine Seele oft mehr als das Fegefeuer. Oft wirkt der Herrgott anders, als wir denken!«

»Nanu, Madame Huber? So kenne ich Sie ja gar nicht! Mit solch rückhaltlosem Gottvertrauen.«

»Im Alter werden selbst die Bajuwaren fromm.«

Dann wischte sie lachend mit der Hand durch die Luft.

»War bloß so ’ne Redewendung! Sollten mich eigentlich kennen! Ich und eine Papistin … oder eine Herrnhutsche … nö, von wegen! Hier draußen färbt der Pietismus freilich auch auf die Dienerschaft ab. Wenn die Königin in der Orangerie die Bauern verheiratet, dann wird kräftig geschluchzt und nach dem Zinzendorf gesungen oder nach dem Kellner. Geht gar nicht anders. Aber das mit der Krähl ist ein …«

»… absolutes Rätsel der Dreifaltigkeit!«, wiederholte Langustier mit Genuss die Huber’sche Formulierung.

»Sagen Sie – gibt's hier im Park eigentlich viele Feuersalamander?«, fragte Langustier kurz darauf den Gärtner Johann Josef Nietner vor der Orangerie, wo dieser mit der Vorbereitung einer großen Menge fremdländischer Gehölze zur Anpflanzung bei der zweiten Eisgrube im Eichholz beschäftigt war.
»Ja, von denen hat's hier draußen in den feuchten Wiesen und an der Panke jede Menge! Auch und vor allem an den Brunnen – etwa beim Eiskeller an der Eichhute. Mein Sohn sammelt sie ein, denn die Damen haben eine Furcht vor allem, was kriecht, auch wenn es so hübsch aussieht. Die Dinger sind aber auch verdammt gefährlich! Mein Kollege und Vorgänger Weigel ist dran gestorben, in einem von unseren Brunnen, ist schon einige Zeit her.«
»Ich weiß. Theden hat davon erzählt, deshalb die Frage.«
»Mein Sohn Christian sammelt sie in einem Korb, dann setzt er sie weit hinterm Schönholz am Fluss wieder aus, oder hinten an der alten Insul, so einem erhöhten ummauerten Stück mit einer Quelle, das noch aus Zeiten des ersten Königs herstammt.«
Langustiers Augen glänzten:
»Ach, das ist ganz wunderbar! Ihr Sohn kann sich einen Batzen Geld verdienen, denn der König wünscht, diese Tierchen wegen ihrer Gefährlichkeit von Theden weiter studieren zu lassen, da dieser beim Weigel erstmals die Vergiftung beobachtete. Nun, kurzum: Jetzt wird jeder Salamander gebraucht, den man zu fassen kriegt.«
»Wird wohl beim Brunnen sein, der Christian, Gießwasser ziehn, wenn Sie ihn fragen wollen.«
Langustier dankte, hob seinen Dreispitz und nahm im raschen Ausschreiten die hölzerne fremdländische Baumparade ab: Catalpen, Götterbäume, Christusdorn, Weymouthskiefern. Der Weg zum Brunnen führte vorbei an Rosen, Ginster, Spiraen, Hartriegel, Wacholder, Loniceren, Jasmin, Berberitzen, Lebensbäumen.
»Sie brauchen Feuersalamander? Wozu denn, Monsieur?«, fragte Christian Nietner erstaunt, ein Bursche von vielleicht fünfzehn

Jahren, runzelte die Stirn und kratzte sich am Kopf, nachdem er die graue Kappe nach hinten geschoben hatte.
Langustier erklärte ihm, was er schon dem Vater angedeutet hatte, worauf der Gärtnerssohn bedauernd sagte:
»Das ist dumm ... Früher gab es ihrer so viele – jetzt find ich kaum noch welche. Ist komisch, waren sonst bisweilen Dutzende ... Auch dort, wo ich sie immer aussetzte, an einer feuchten Stelle hinterm Schönholzer Planteurshaus, am alten Brunnen, oder am gemauerten Insul-Quell, wo sie den Damen nicht mehr Angst machen können, sind sie verschwunden.«
»Vielleicht sind sie an sich selbst eingegangen?«, mutmaßte Langustier. »Hast du sie vorsichtig angefasst? *Ein* Hautriss, und sie sterben am eigenen giftigen Schleim.«
»I wo, das glaub ich nicht. Ich hab Handschuhe an, wenn ich sie anpacke, und wasche mir die Hände. Trotzdem waren sie manchmal ganz rot danach ... und mir war richtig schwindlig. Es ging aber nach ein paar Minuten wieder vorbei.«

Der Wind bauschte die Damen auf. Wie bewegliche große, schwarze Chrysanthemen schleppten sie sich die kurze Strecke zum Molkenhof. Erschöpft flüchteten sie aus dem Schutz ihrer kleinen, aschgrauen Parasols in den Schatten der türkisfarbenen Sonnenschirme vor der Meierei und setzten sich – um die Speichen der Paniers besorgt – auf die Holzbänke.
»Ich habe Bauernhochzeiten ausgerichtet«, ließ die Königin jetzt ihre dünne, leicht piepsende Stimme ertönen, die im Freien nach einer Schere klang, mit der man dünnes kupfernes Blech schnitt. »Der Hofprediger Falk, ein Schwager des Gärtners Weigel, Gott hab ihn selig, hat die Orangerie schon oft als Kirche genutzt für derlei. Auch die goldene Hochzeit der Eltern des Schulzen wurde von Falk dort eingesegnet. Er ist ja eigentlich Prediger an der Reformierten Parochialkirche – die übrigens einen neuen Hofglockenisten hat. Es war ein Bild zum Malen, all die Leute später

unter den grünen Bäumen zu sehen. Ein so reizender Eindruck – alle die Gänge im Garten und im Gehölz belebt. Und die Damen und Herren haben nach dem Souper auch auf dem grünen Plan *bourée* getanzt.«
»Was ist ein ... Glockenist?«, fragte die Daschkowa, die das Wort noch nie gehört hatte.
»Ein ... Karrierist ... ?«, versuchte die Königin zu transponieren.
»Ein Carrilloniste, ganz recht!«, sagte das Fräulein von Roedern, mit seltsam geröteten Wangen. »Monsieur Seelig hat anlässlich der Geburt des Prinzen Wilhelm vor zwei Jahren das *Te deum laudamus*, bei der Geburt der jüngsten Tochter des Prinzen von Preußen Kellners Lobgesänge *Jesu komm heran, Jesu fege aus, Jesu mach uns rein, Jesu – ich bin dein, Wie Jesus will ich sein* sowie *Jesum meine Treue* gespielt. Auf besonderen Wunsch vor Ihrer Majestät, Königin Ulrike, unlängst Fälldins Vertonungen von Tersteegens Liedern.«
Eine unchristlich lange Pause wurde durchlitten.
»Der Sprengel am Ort?«, wollte Langustier wissen. »Wird zu klein sein für einen eigenen Pastor?«
»In der Tat, Monsieur«, nahm Louise de la Fressange der Königin die Last des Antwortens ab, die sich derweil bemühte, mit ihrer Kuchengabel ein Stück des trockenen Kuchens zu teilen, was endlich mit einem Klack-und-Schnapp-Laut gelang. Die Königin suchte nur kurz zu ergründen, wo im Gras die Teile gelandet waren, dann gab sie es auf und schlürfte ihren Ärger mit einem Schluck des dunklen Zichorienabsuds hinunter, der hier als Ersatz gereicht wurde.
»Was ein Jammer ist, für unsere *Inspirierten* ...«, sagte Cecilie von Platen, Madame von Weyer anvisierend.
»Meine Liebe«, parierte die Garderobiere den Hieb, »Ihre Unkenntnis in allen Ehren: Meine Konfession ist römisch-katholisch, und ich liebe den Prunk, das Gold, das Rot, den Purpur! Sie

haben nie römische Kardinäle, keine römischen Bischöfe und nie den Papst selbst gesehen! Sonst wüssten Sie, was ich meine. Selbst die einfachsten katholischen Geistlichen sehen prächtiger aus als die hiesigen, die sich alle den Anschein geben, als hätte sie ein zweiter Calvin auf die Heilige Schrift vereidigt wie ein General auf die Schlachtordnung!«

»Sie müssen wie immer die Jesuitin herauskehren!«, sagte Nathalie von Roedern, und auf ihren weißen Wangen zeigten sich zwei kreisrunde rosa Flecken.

»Aber ich bitte Sie, meine Lieben! Nicht schon wieder Kirchenstreit! Sie müssen wissen, Fürstin, dass an meinem Hof Freiheit des Bekenntnisses herrscht, wie in ganz Preußen! Doch es beliebt meinen Damen, sich ein wenig mit solchen kleinen Sticheleien zu ergötzen ...«

»War Demoiselle von Krähl auch in diesem Streit inbegriffen? Ich meine, welche Seite nahm sie ein, wenn sie ... Wer sind eigentlich diese *Inspirierten*?«, fragte Langustier. Um Erkenntnisse zu gewinnen, war es indessen stets dienlich, abdriftende Bewegung in ein Gespräch zu bringen, weshalb er verkündete – noch ehe die Damen die Frage nach den Inspirierten hatten ganz verdauen können:

»Ich habe übrigens im Durchgang zum Küchengebäude etwas Interessantes gefunden!«

Er hielt den Knopf hoch.

»Ach, ich bitte Euch, zeigt einmal her!«, sagte die Königin. »Die Inspirierten? Das sind alle diejenigen ...«

»... die Jesum folgen auf der Lebensbahn!«, warf das Fräulein von Roedern vorlaut ein, als hinge ihr Seelenheil davon ab, dass sie es wäre und nicht die Königin, die diese formelhafte Antwort gab.

Die Regentin sagte:

»Ich habe so einen Knopf schon einmal gesehen, warten Sie ... es kommt mir noch. Es wird mir schon noch einfallen. Ganz recht, meine Liebe: die Jesum nachfolgen, so wie die Henriette Katharina von Gersdorff es getan und Erdmuthe Dorothea von Zinzendorf.«

»Und«, hakte die Daschkowa bei der Roedern nach, in dunkel amüsierter Abscheu die Lippen kräuselnd bei diesen christlichen Gesprächsstoffen, »ist sie's? Ihm nachgefolgt? Jesum? Auf seiner Lebensbahn?«

Das blasse Fräulein schaute sie mit großen, lurchigen Knopfaugen an.

»Ich meine nicht, ob sie gekreuzigt wurde, sondern ob sie eine Inspirierte war!«, schob die Daschkowa nach, ihren Ton sogleich bedauernd, denn die Königin schien sich an der laxen Ausdrucksweise und der Ironie im Ton wie an einem steinartigen Kuchenkrümel zu verschlucken und hustete sehr unschön.

»Ich weiß nicht, ich glaube ja ... Wer weiß das schon?«, sagte das Fräulein von Roedern. »Die Inspirierten sind nicht an äußeren Zeichen zu erkennen. Inspiration kommt von oben und drückt sich aus im Wesen.«

»War die Demoiselle Krähl eine gute Christin?«, fragte Langustier. »So sagt man doch, oder? Inspiration hin, Inspiration her.«

Nathalie von Roedern schwieg. Statt Ihrer antwortete die Gräfin Kannenberg:

»O ja, das war sie! Sie verbrachte Stunden mit der Nase im Gebetbuch. Es war seltsam, sie in diesem Kleid zu sehen – ich meine, nie zuvor habe ich etwas so Schönes gesehen. Weiß der Himmel, wo es so plötzlich herkam ... Überhaupt trug sie bis dahin nur gedeckte Töne: Schwarz, grau, braun, grün ... aber lachsfarben? Golden? Gelb? Rot? Niemals!«

Die Königin hatte sich wieder gefasst und gab Langustier den Knopf zurück:

»Jetzt hab ich es: Dieser Knopf stammt vom Rock des Journalisten Seeacker! So hieß er doch, nicht wahr, Gräfin? Sie haben ihn schließlich eingeladen!«

Die Hofmeisterin Kannenberg bestätigte es.
»Was tut ein Journalist im Küchengang?«, fragte Langustier mehr sich selbst als die Runde.
»Vielleicht wollte er die Gelegenheit nutzen und herausfinden, was Majestäts Lieblingschampagner ist?«, sprudelte die Daschkowa heraus, biss sich aber schon im nächsten Moment auf die Lippe. Irgendwie schaffte sie es nicht, sich daran zu erinnern, dass man hier anders lebte, als sie es gewohnt war. Süß-sauer lächelnd, hüllte sich die Königin in Schweigen wie in einen schwarzen Roquelor.
»Oder er hat in der Dunkelheit den falschen Gang erwischt?«, versuchte die Hofgarderobiere die Situation zu retten.
»Ich fand den Knopf recht weit draußen, fast schon bei der Eiskate«, musste Langustier sie entmutigen. »Er scheint also gewusst zu haben, wo er hingeraten war.«
»Ich habe Journalisten immer misstraut! Dabei war er an sich ganz nett. Glauben Sie, dass er denjenigen kennt, der die Puppen gestohlen hat?«, fragte die Königin.
»Ich weiß nicht, Majestät, was ich glauben soll. Noch nicht! Wo war das Fräulein von Krähl eigentlich die letzten Stunden vor ihrem Tod? Wo war sie am vorangegangenen Tag?«
»Sie war bei Prinzessin Amalie, in der Wilhelmstraße.«
»Wer von den Damen war noch bei der Prinzessin im Palais Vernezobre?«, fragte Langustier. »Wann war das und was gab es für einen Anlass?«
»Meine Freundin hier«, sagte Cecilie von Platen. Sie deutete auf Louise de la Fressange. »Außerdem Hortense de Laroche, Vera von Ärenswärd sowie die Damen des Amalien-Hofes natürlich. Prinzessin Amalie wollte sich eine polnische Robe anfertigen lassen. Philippine d'Arnault, die Couture-Näherin der französischen Königin, sollte die Schneiderarbeit übernehmen. Wir Übrigen wollten natürlich alle diese schicke junge Dame kennenlernen.«

»Ach ...«, sagte die Königin. »Amalie also auch ... Ich glaubte, sie sei der Mode gänzlich abhold.«
Und was trug Christiane von Krähl da für ein Kleid?«, wollte die Daschkowa wissen.
»Hellgraue Ripsseide mit schwarz eingeprägten Rosen. Sehr schlicht, aber auch sehr fein. Wenn man ihr vielleicht auch Blässe der Stoffe und der Palette vorwerfen kann, so nicht, dass sie keinen Stil gehabt hätte ... Es war eher ... eine klösterliche Strenge in ihren Kleidern, fast wie tot. Schick, aber toter Schick.«
»Ich weiß, was Sie meinen«, sagte die Fürstin, »denn ich kannte einmal einen Couturier, der sich durch solche Kreationen seinen Ruf bei Marie Antoinette ruinierte. Wenn ich ehrlich sein soll, habe ich selbst nicht wenig zu seinem Sturz beigetragen. Später tat es mir leid, aber so etwas ist nicht umzukehren.«
»Charles Lakefield!«, sagten alle.
»Wie traurig!«, sagte die Königin. »Ich las Ihren Artikel über ihn. O Gott, jetzt merke ich, Fürstin: Sie sind ja im Grunde ... auch eine Journalistin!«
Eine Blässe huschte über ihre Züge.
»Aber eine Journalistin von Geblüt – das macht mich weniger schlimm!«
Die Königin schmunzelte.
»Das Kleid, das sie trug, ob Sie es glauben oder nicht«, sagte Cecilie von Platen, »war von Charles Lakefield! Als Signet des Kostümschöpfers war auf allen Teilen eingestickt: *CL*!«
Die Daschkowa erschrak, dann seufzte sie.
»Ich fasse es nicht ... Das ist groß! Mein Charles ... Wo ist das Kleid jetzt?«
»Das Kleid ist in der Asservatenkammer. Da wird es auch bleiben, bis die Umstände des Todes von Philippine d'Arnault und Christiane von Krähl und der Modistin aufgeklärt sind. Wenn Sie es käuflich erwerben wollen, müssen Sie sich bis nach der Lösung des Falls gedulden«, sagte Langustier und fügte im Flüsterton,

nur der Daschkowa hörbar, hinzu, denn in Schönhausen wusste man von der Serie noch nichts: »Das Gleiche gilt für die Kleider der Hutmacherin … und ihre Hüte.«

»Woher hatte sie das Kleid?«, fragte die Fürstin, aus der plötzlich alle Lebensgeister gewichen zu sein schienen.

»Sie hat es auf einem Basar im Haus des Barons Wurff gekauft«, sagte das Fräulein von Platen. »Dessen Gattin muss es sich in Paris vor Jahren von Lakefield persönlich haben anmessen lassen. Wir haben es für Christiane geändert. Louise und ich …«

Langustier machte sich eine Notiz in sein Büchlein.

»Aber das, was sie in der Nacht trug? Ich meine das … lachsfarbene …«

»Sie hat es geschenkt bekommen, von … einem Verehrer.«

Die Königin fiel aus allen Wolken:

»Einem Verehrer? Was? Wer? Von wem?«

Cecilie von Platen zuckte die hübschen Schultern.

»Das hätten wir alle gern gewusst … Es war geheimer als das Staatsgeheimnis Nummer eins. Wir haben es nicht herausbekommen. Es ging noch nicht sehr lange … Und es spielte sich stets in Berlin ab …«

»Wahrhaftig, das Geheimnis unseres Glaubens ist erhaben!«, predigte die Königin.

Die Damen suchten mit gestählten Blicken den Satz ihres Zichorienkaffees umzugraben.

Die Daschkowa verzog das Gesicht.

»Ich habe selten einen schlimmeren Muckefuck getrunken! Und woraus, zum Teufel, war dieser verfluchte steinerne Staubkuchen gemacht? Der Magen war mir zugeschnürt – dieses Kaffeekränzchen werde ich künftig viel eher mit dem Ruf der Königin verknüpfen als die verschwundenen Puppen. Ich konnte kein Eckchen abkriegen. Haben Sie gesehen, wie ihr das Kuchenstück vom Teller sprang? Ich hätte schreien mögen.«

Langustier zeigte ein bitteres Lächeln. Er bedauerte die ältere Dame in ihrem Los viel zu sehr, als dass er das Komische an ihr belächeln könnte. Es war schon ein Unterschied, ob man zwischen den Höfen der freizügigsten Fürstinnen der Welt pendelte oder an die Berlinisch-Potsdamischen soldatisch-calvinistischen Kasernenhöfe gebannt blieb. Er ließ seine Wut über diese kleine Fühllosigkeit seiner Begleiterin an den Pferden aus, die tüchtig zu schaffen hatten, so trieb er sie an. In halsbrecherischem Tempo fuhren sie über die Schönhauser Allee nach Berlin, dass der Fürstin das Lachen verging und sie sich erschrocken an ihm festklammerte. Das stimmte ihn wieder milder.

»Voltaire hat geklagt: ›Heute ist Cour bei der Königin: Über der Tür im großen Schlosshof glimmt eine alte Lampe ...‹ Und nach dem Abschiedskrach mit meinem Dienstherrn erzählte er überall herum, die Königin trüge eigenhändig geflickte Kleider und ließe als Festbeleuchtung in Schönhausen nur eine einzige Kerze anzünden, sodass sich ihre Gäste auf der großen Freitreppe reihenweise den Hals brächen. Ansonsten gingen sie und ihre Damen mit den Hühnern ins Bett.«

»Was jetzt zur Hälfte widerlegt ist«, befand die Daschkowa. »Ihre Damen bleiben mitunter länger auf, um die Kleider der Herrin zu flicken.«

Sie prusteten beide, während die Wache am Schönhauser Tor ihre Pässe kontrollierte.

»Und wie sie am Hof trauern ...«, sinnierte die Daschkowa. »... jagt mir immer und überall einen Schauer über den Rücken: Trauergepränge und Kirchhofszene inmitten des schönsten Sommers. Sie müssen ihnen höchst unangenehm aufgefallen sein«, sagte sie und blickte auf seinen farbigen, wenngleich sehr blassen Habit.

Er sagte:

»Diese Kleidersache ... ich habe so eine Vermutung, doch ich kann nur in den Akten sehen, ob ich richtig liege. Außerdem müssen wir mit der Zofe, Lotte Krämer ist ihr Name, reden. Sie soll jetzt bei der Putzmacherin Carola Schröder – die auch in der Nacht dabei war – eine Stelle als Verkäuferin gefunden haben. Für heute, so bedauerlich es ist, bin ich zu ermattet … Wo darf ich Sie absetzen, Fürstin? Im *König*?«

Sie überlegte kurz, dann entschied sie:

»Ach, liefern Sie mich frei Haus der Madame Karsch! Man muss sie wohl gesehen und gehört haben, wenn man schon mal hier ist.«

Die Kammer der Karschin, erreichbar durch ein schmutziges Stiegenhaus, war eine Hutschachtel. Friedrichstraße zwar, aber: Hinterhof, rechter Seitenflügel, viertes Obergeschoss. Da standen nur Tisch, Stuhl, Bett, Kamin. Wegen ihrer spindeldürren kleinen Figur hatte Anna Luise Karsch etwas Porzellanpuppenhaftes – das Größte an ihr waren Augen, Mund und Hände. Ihre Nase war vorwitzig, fast wie die einer Neunjährigen.

»Madame Karsch, was für ein Glück, dass ich in Ihnen einen Menschen finde«, sagte die Daschkowa, als sie eintrat, denn zur Einschätzung eines Gegenübers genügte ihr ein Blick. »Ich sah heute nur höfische Gespenster.«

»Fürstin, ich bin gerührt! Da sage noch einer, die Welt käme nicht mehr zu mir – heute war schon der Prinz von Preußen da! Bisweilen ergattere ich auch den *Courrier*! Ich kann nicht hoffen, dass Sie meine bescheidene Höhle lange ertragen, doch ein paar Augenblicke bitte ich mir aus.«

»Sie scherzen, *ich* komme doch zu *Ihnen* – so habe ich *Sie* um Zeit zu bitten. Lassen Sie uns nach einer Flasche Wein schicken!«

»Das haben Sie hiermit getan, meine Damen«, sagte Langustier, glücklich-ermattet und froh, noch ausreichend Geistesgegenwart zu besitzen: »Meine Tochter wird gleich etwas zu ihrer Labsal herübersenden. Ich wünsche Ihnen alle Poesie des Abends, die sich an dürftigen Wänden nicht schert, und kann nur das Alter verwünschen, das mich daran hindert, mitzuerleben, was unsere

deutsche Dichterin aus dem Geschenk ihrer Gegenwart, Fürstin, machen wird …«
Damit empfahl er sich.

Held! Unerschrocken, wenn Canonen knallen,
Du schrickst, wenn Gips und Staub in deine Suppen fallen,
Wie wirst du einst, wenn Erd und Himmel schlittern
Nicht zittern?

Die Karschin ließ das Blatt sinken, und das Lachen der Daschkowa, glockenhell, drang durchs Hinterhoffenster in die Nacht hinaus.
»Das ist groß! Auf Sie!«
Langustiers Tochter Marie hatte den beiden einen Korb mit Weißbrot, Roquefortpastete und zwei Flaschen weißem Champagner vorbeibringen lassen. »Woher wussten Sie so rasch davon?«, fragte die Daschkowa. »Sprechen sich Vorfälle in Potsdam so rasch bis nach Berlin herum? Sie verzeihen übrigens, wenn ich Ihre poetische Abbildung etwas unvollständig finde, da Sie die arme Hutmacherin unerwähnt lassen, die direkt obendrüber, ein Stockwerk über dem König, den Tod fand. Auch soll der Monarch mitnichten erschrocken sein, sondern kaum mit der Wimper gezuckt haben.«
Die Karschin störten solche Einwände nicht.
»Der Prinz ist ja dabei gewesen, er erzählte es mir heute. Ja – Sie staunen. Er kommt tatsächlich zur *preußischen Sappho*, im Gewand eines Augustiners … Das Wort, welches mich mit der größten Dichterin der Griechen in eins setzt, stammt übrigens von ihm und nicht von Lessing. Meistens erscheint er, bevor er ins Palais Vernezobre zu seiner Tante Amalie geht. Neuerdings überhäuft er sie mit Besuchen, und diese ältliche Griesgrämin ist ganz aus dem Häuschen darüber. Auch wenn sie ihn an sich nicht schätzt, da sie, wie ihr Bruder, Vielweiberei und Trunksucht ver-

abscheut, leidet sie die Besuche doch – die ihren Grund freilich in der Bianchini haben. Aber er, der Prinz, setzt sich, bevor er das italienische Parade-Täubchen entführt, immer erst eine Stunde mit der alten Tante an den Spieltisch, um ihr das Geld für den Champagner im *König von Portugal* abzugewinnen. Der König hält seinen Neffen bewusst kurz, denn er hat angeblich eine halbe Million Taler Schulden. Mein Gott! Solche Summen machen mich schwindeln ... Seiner Schwester, die auch vom Spielteufel umgetrieben wird, bezahlt Friedrich aber ab und zu die Spielschulden, dazu kommt er selbst aus Potsdam hergeritten. Auf diese Weise bekommt auch der Neffe wenigsten ein bisschen was. Freilich hat der große Bruder, wenn er seine Schwester besucht, meistens nur ein Poem oder eine Abhandlung im Gepäck, wie einmal witzigerweise eine *Über den Hazard* – denken Sie nur! So etwas ihr, der Spielerin, die sich ganz der Göttin Fortuna oder dem Götzen Zufall ergeben hat. Für den Prinzen, der ihn einmal beerben wird und sich deshalb über seine Schulden nicht so grämen müsste, wie er es tut, habe ich die größte Hochachtung, er ist wahrhaft groß, selbst in seiner Liederlichkeit liegt Größe. Man muss ihn lieben. Er hat seiner Tante die Sache mit Trenck, was immer es auch war ... nie übelgenommen. Sie soll letztes Jahr die Patenschaft für Trencks zweite Tochter übernommen haben.«

Die Daschkowa staunte über das unermüdliche Mundwerk dieser Frau. Hier erfuhr sie in zehn Minuten mehr als in Schönhausen in einem Jahr.

»Erzählen Sie mir ein bisschen von Seiner Königlichen Hoheit, dem Kronprinzen Friedrich Wilhelm!«

»Hier heißt er Prinz von Preußen – so hat es sein Onkel verfügt. Er ist der einfühlsamste Freund, den man sich denken kann. Er kommt vermummt, denn er will nicht, dass man mir seinetwegen übel nachredet. Aber er tut das ohnehin gern – sich inkognito zu seinen Liebsten zu schleichen ...«

Sie kicherte karschinsch.

»… und die sind nachgerade Legion! Wenngleich seine Statur den verkleideten Prinzen oft verrät. Er bringt mir zwar keine so delikaten Sachen wie die Botin der Delicatess-Comptoirs-Betreiberin, aber er versteht meine Poesie, er kann zuhören, hat ungemein viel Witz und … er ist sehr geheimnisvoll. Er interessiert sich für Geister und erzählt mir mitunter äußerst dunkle Träume, die ihn heimsuchen. Zur Zeit besonders, die Todesfälle der Schönen greifen an sein Sentiment, sein Geist, der immer so beschwingt, wird schwer und …«
»Und … sonst?«, forschte die Fürstin.
»Ach … nicht, was Sie denken – Fürstin. Ich bitte Sie! Zu seinen Liebsten zähle ich nicht! Immer nur die Hübschesten müssen es sein. Da kann ich ihm nicht genügen und wollte es auch nicht. Sehen Sie mich an und des Prinzen jüngste Eroberung: Carola Schröder … Da bin ich nur Geist, wenn er mir die Ehre seines Besuches schenkt … kann ich nichts anderes sein als Geist.«

Gold und Marmor leuchten bei dem Feste,
Doch ein Leuchter fällt auf deine Gäste,
Prunk und Pomp das Leben dir verbittern
gleich tödlich' Ungewittern.

»Hat Ihnen der Prinz auch von den seltsamen Umständen berichtet, die bei diesem … Unfall … zu beobachten waren?«
»Was meinen Sie?«
Der Prinz hatte also nichts von der durchgeschnittenen Schnur erzählt.
»Ach, ich meine die Tatsache, dass die Künstler oben und die Könige unten saßen und aßen …«
»Das ist wirklich komisch, doch so sollte es sein, oder nicht? Verzeihen Sie, Fürstin – ich betrachte Sie auch als Künstlerin! Übrigens: Was sagte mir der knauserige König, als er mich empfing: ›Sie war aber mal schön!‹ Na, wenn das nicht ein echtes Königs-

wort ist … Im Übrigen aber hält er durchaus etwas von gelehrten Frauenzimmern: Er hat der Leporin seinerzeit das Studieren und Promovieren erlaubt.«

Die Daschkowa lächelte. Frauen waren diesem alten Fritz, wie ihn hier jeder ungestraft nennen durfte, wohlgelitten als Kleiderständer, als singende oder tanzende Närrinnen wie die Schmeling oder die Barbera, doch wenn mal eine studieren wollte, musste sie ihn erst brav um Erlaubnis fragen.

»Was hält der König von den eigentümlichen religiösen Bestrebungen an den Höfen der Damen? Da scheint es mir drunter und drüber zu gehen – Monsieur Langustier und ich waren heute in Schönhausen und wurden Zeuge eines regelrechten Disputs – vorausgesetzt, dass man gekreuzte Stichworte schon so nennen mag … Mehr als eine flüchtige Gespächsnaht war es nicht, aber es schien um etwas mehr als nichts zu gehen. Das scheint mir im höfischen Geplapper schon viel. Zu welchem Gott bekennen sich eigentlich die Prinzessin Amalie und die Königin von Schweden?«

Die Karschin lachte über die Wendung und machte keinen großen Hehl aus ihrer Meinung:

»Sie gehören der gleichen Konfession an: bekennende Despotie! Ob sie selbst etwas mit Gott haben – von dem wir Nichtheiden gerne annehmen, dass es nur ein Einziger ist –, weiß ich nicht, wage es aber zu bezweifeln. Die Prinzessin musste offziell katholisch werden, um Äbtissin zu sein. Doch sie ziehen beide eine pietistische Schleppe hinter sich her: Amalie hat die Blaspiel zur Vorbeterin und Ulrike die Bromberg.«

»Höre ich da etwa einen Anflug von Spott?«, sagte die Daschkowa. »War es nicht ein Opferstock, in den Sie Ihre ersten Gedichte warfen?«

»Es war der Beichtstuhl eines poetisch sehr empfänglichen Predigers. Das gab es auch einmal. Die Berliner Calvinisten, die hier das Gros ausmachen, sind so stocksteif. Sich heute als aufrechte Christin zu benehmen, kommt einem Spießrutenlauf gleich. Am

schlimmsten sind der Hofprediger Falk und der Baron von Kellner – der soll draußen auf seinem Landgut in Diedersdorf eine Folterkammer haben, in der Abtrünnige peinlich befragt werden. In der ›Zeit der Suche‹, wie die Pietisten die Phase ihrer geistigen Festigung nannten, war er wie Silkstedt einer der verrückten Finger-in-die-Wunde-Leger … Ich für meinen Teil brauche, um Jesum nachzufolgen, keine Wundenmystik und kein Bengel'sches Gesangbuch. Zinzendorfs Inspirierte sind selbst mir zu grau, wenngleich mir des Königs Gepränge zu bunt ist. So halt ich mich schön weltlich und profan zwischen den Propheten in der Mitten. Warten Sie mal, ich will Ihnen zeigen, was der Apostel Kellner über die Frauen und die Mode denkt … wo hab ich es bloß …«
Sie war zu dem kleinen Schrank gegangen, in den sie ihre Bibliothek eingestellt hatte.
»Hier ist's! Lesen Sie nur diese Stelle und Sie wissen alles über Berliner Hof-Religion …«
Sie gab der Daschkowa eine kleine Broschur, und die Fürstin kräuselte die Lippen schon beim Titel: *Geheimer Briefwechsel mit denen von Jesum Inspirierten.*
»Oh! In Schönhausen ging's auch darum.«
Sie warf einen Blick auf die Stelle, die die Karschin ihr wies:

Von der Putzsucht der Berlinerinnen
Alle großen Männer der Vorwelt und des jetzigen Lustrums stimmen darin überein, dass die Frauenzimmer schwache, ohnmächtige Geschöpfe sind, die ohne Mitwirkung und Unterstützung des männlichen Geschlechtes eine bloße Null in der Schöpfung sein würden. War es nicht das Weib, das den ersten falschen Wurf der Schöpfung tat, an dem Jahrtausende geblutet haben? Ja, nennt mir, ihr Schmeichler und Gecken, die ihr sie zu Engeln umschaffet, nur ein Laster oder ein Verbrechen, zu dem

das Weib nicht fähig wäre? Nimm überhaupt all den elenden Flitterstaat, diesen armseligen Plunder des Götzen *Mode* hinweg, womit das hiesige Frauenzimmer zum Teil (denn es gibt zum Glück auch gottgefällige Ausnahmen darunter) sich behängt, und du findest ausgetrocknete Geschöpfe, ein wahres Spital, von Schminke und Buhlerei bewohnt. Nimm ihnen all die französischen Riechfläschchen und Wässerchen, all ihre Litzen, Borten und Seidenblumen, die Halsschleifen und die Hüte, entkleide sie ihrer farbigen Seide und streife ihnen ihre Strümpfe ab, ihre Strumpfbänder, auch ihre langen Handschuhe, bis du sie nackend vor dir hast, doch dann ist da nicht das blühende Leben, sondern enge, verschnürte, todgeweihte weiße Haut – und ein kalter Todeshauch umschwebt dich, der Geruch des Siechhauses und der Anatomie sind Ambradüfte dagegen!

O lieber Gott, lieber Herr Jesus! Wir stehen in Abscheu! Bist, Jesu, du dafür gestorben? O Ihr Inspirierten – in die der Heilige Geist gefahren, merkt auf dieses Treiben! Lasst die Sünderinnen durch Eure tiefste Verachtung wissen, was Jesus davon hält: Nichts! Was Gott davon hält? Nichts! Lasst sie spüren, dass der Zorn der wahren Himmelsfürsten sie treffen wird. Jesu zürne, Gott zürne Euch, Ihr Verworfenen! Inspirierte, rettet, was zu retten ist: Haltet Euch rein, auf dass der liebe Gott Euch zu sich nimmt, wie er Jesus zu sich genommen, und schlagt die Entgleisten, wo Ihr sie trefft, auf dass Gottes Wille geschehe und SEIN Reich komme! In Ewigkeit, Amen!

Die Fürstin schüttelte sich und sagte angewidert:
»*Geheime Gedanken* sollten bleiben, was sie sind – geheim! Niemandem sollte solch garstiger Blödsinn vorpubliziert werden!«

Das könnte Langustier interessieren, dachte sie mit klopfendem Herzen.

»Sollte nicht publik sein, das sehe ich auch so. Was aber sein soll, Fürstin – …«, sagte die Karschin und machte eine äußerst bedeutungsschwangere Pause, »dass Sie mir von Katharina erzählen! Ich habe mich bis jetzt mit Not zurückgehalten, doch ich fürchte, ich sterbe gleich: Wie war das mit Ihnen und der anhaltinischen Prinzessin, die jetzt die Maus Polonia in Fetzen riss – wie ging das zu mit Katharinas Mann? Hat sie ihn wirklich öffentlich ums Leben gebracht? Und wie lang war ihre Schleppe bei der Krönung?«

Sonnabend, 4. Juli 1772

Um vier Uhr war Langustier hellwach, da eine pietistisch graue Berliner Stadttaube ihr garstiges Lied vom Fensterbrett erklingen ließ.

»Mistviech, ich brate dich noch!«, schrie er, wild aus süßen Träumen schreckend. Wenigstens im Schlaf war er schon bei Rahel in Potsdam gewesen. Er fuhr auf, dass der Vogel fügelschlagend das Weite suchte. Auf dem Nachtisch lag das Kellner'sche Schriftstück, das er aus der Krähl'schen Kammer mitgenommen hatte. Er war abends zuvor eingeschlafen, als er es auch nur angesehen hatte. Er setzte sich im Morgenrock auf die Veranda, den Himmel über sich, Berlin vis-à-vis und das schnittige Gekreisch und Halbkreisgesichel der Mauersegler über sich. Er genoss den frischen Frühwind und die lockende Morgensonne und las:

Von den Berliner Sitten

Es gibt hier eine Menge Militärs und Zvilisten, die das Leben genießen. Am Morgen besuchen sie die Läden, wo sie die Delikatessen kaufen, um sie zum Frühstück zu verschlingen. Mittags isst man üppig bei einem italienischen Koch und verweilt daselbst so lange, bis es sich ziemt, in die Spielhalle oder ins Theater zu gehen. Im Theater und bei den Teegesellschaften bestellt man eine Zusammenkunft mit verliebten Weibern oder spinnt neue Liebesintrigen an. Beim Spiel setzt man nur auf den höchsten *point* aus, um entweder sein Vermögen zu verdoppeln oder zu verlieren. Gegen 10 oder 11 Uhr geht's endlich

in die Freudenhäuser oder zum Liebchen. Selbst *manch Hoheit* … macht hier keine Ausnahme. Im Gegenteil – manch Hoheit geben das Vorbild … Die Weiber tun eifrig mit, ja *sie* sind es, die solch Treiben anheizen durch ihr unwürdiges, aufreizendes und verworfenes Benehmen! Die Berliner Weiber sind so verdorben, dass sich selbst vornehme adlige Damen, wie eine Frau von P., die überdies ein geistliches Amt zu bekleiden sich vermisst, zu Kupplerinnen herabwürdigen, junge Weiber und Mädchen von Stande an sich ziehen, um sie zu verführen, zum Hazard und zur Buhlschaft.
Manche Zirkel von ausschweifenden Weibern von Stande vereinigen sich auch wohl und mieten ein möbliertes Quartier in Compagnie, wohin sie ihre Liebhaber bestellen und ohne Zwang Bacchanale und Orgien feiern, die selbst den Regentinnen von Russland und Frankreich unbekannt und neu wären … Auch ist der Tausch der Weiber auf Wochen und Tage hier sehr gebräuchlich.

O lieber Gott, lieber Herr Jesus! Wir stehen in Abscheu! Bist, Jesu, du dafür gestorben? O Ihr Inspirierten – in die der Heilige Geist gefahren, merkt auf dieses Treiben! Lasst die Sünder und Sünderinnen durch Eure tiefste Verachtung wissen, was Jesus davon hält: Nichts! Was Gott davon hält? Nichts! Lasst sie spüren, dass der Zorn der wahren Himmelsfürsten sie treffen wird. Jesu zürne, Gott zürne Euch, Ihr Verworfenen! Inspirierte, rettet, was zu retten ist: Haltet Euch rein, auf dass der liebe Gott Euch zu sich nimmt, wie er Jesus zu sich genommen, und schlagt die Entgleisten, wo Ihr sie trefft, auf dass Gottes Wille geschehe und SEIN Reich komme! In Ewigkeit, Amen!

Am Frühstückstisch erhielten seine Tochter Marie und er hochfürstlichen Besuch.
»Uhh! Ich hätte auf Sie hören sollen!«, sagte die Daschkowa und strich sich über ihr zerknittertes Gewand. »Ich bin nicht mehr losgekommen – sie hat mich peinlich befragt, wie nur je ein Jesuiten-General einen unbußfertigen Ketzer.«
Sie dankte Marie für die Gaben im Korb. »Wir haben nichts übrig gelassen.«
»Das nenne ich eine reife Leistung für zwei Frauenzimmer«, befand der Vater, während die Tochter bescheiden abwinkte:
»Ich habe eingepackt, ohne groß nachzudenken ... Es hätte sicher eine Bouteille Champagner mehr sein können? Apropos: Man soll morgens mit dem beginnen, mit dem man in der Nacht aufgehört!«
Sie lächelt vielsagend und die Fürstin nickte lachend. Mit dieser Geste hatte Marie vollends bei der Daschkowa gewonnen ... Drei schöne, geschliffene Glasschalen füllten sich und klangen hell aneinander.
»Das ist groß!«, sagte die Fürstin.
Langustier musste daran denken, dass Marie und er zuletzt nach Kriegsende morgens so früh einmal angestoßen hatten. Das Machwerk des Generalfeldstabspredigers drohte ihm in der Erinnerung aufzusteigen, daher stürzte er schnell moussierende Labsal darüber.
»Durchgetanzt, die Nacht, mit Worten ... Hat sie viel gedichtet, die *preußische Sappho*?«, fragte Marie interessiert. »So hat Nikolai sie doch genannt, oder?«
»Uhh! Ich glaube, es war Gottsched. Ein Poem, so lang wie Katharinas Schleppe! Und die maß schon gut eine vierzehntel Werst, das sind 37,5 Lachter, 20 Rheinländische Ruten oder 1,3 Leipziger Ellen!«
»O Gott«, sagten Marie und Langustier.
»Von dem hatten wir es auch ... Die schiere Gewalt dieser kleinen Frau steckt in ihren Kiefern!«

Nach einer nicht näher zu beziffernden Zahl von in Salzlake eingelegten Wachteleiern und Weißbrotschnitten mit rotem Kaviar auf Frischkäse – ein herrlicher Dreiklang übrigens mit weißem Champagner – fragte die Daschkowa:
»Haben Sie eigentlich heute Morgen schon die französische Zeitung gelesen?«
Türkischer Mokka setzte einen süß-mulmigen Schlussakkord.
»Nein, steht was drin?«, fragte Langustier süffisant.
Marie stimmte in sein Lachen ein. Von den vier Seiten des *Journals* entfielen zwei auf Meldungen aus aller Welt. Der Rest wurde für gewöhnlich von Versteigerungsanzeigen und der Liste all derer eingenommen, denen der König Schwarze Adlerorden verliehen hatte.
»Könnte man so sagen. Ich erwarb im Vorbeigehen auf dem Markt vor den Pferdeställen der Gens d'Armes ein Exemplar von einem dieser kleinen Brüllaffen. Was die Knäblein schrien, die einander in Lautstärke zu übertreffen suchten, gab schon das Wesentliche wieder: *Drei tote Damen in Potsdam und Berlin; Polizei steht vor einem Rätsel – Unbekannter raubt Pariser Mode-Puppen in Schönhausen!*«
Langustier stöhnte auf:
»Zu dumm, das kommt viel zu früh!«
Er überflog den Artikel, selbstredend vom ominösen Seeacker verfasst. Kein Wort vom Gift. Kein Wort von den Schleifen. Aber die Möglichkeit war erwähnt, dass es sich um eine Serie von Tötungen handeln konnte:

Berlin, vom 3. Julius
Bei einem Diner Seiner Königlichen Majestät im Neuen Schloss in Potsdam kamen Gipsstücke von der Decke und eine Dame unglücklich zu Tode. Unterdessen beendeten scheinbar eine Dame im *König von Portugal* sowie eine Hofdame Ihrer Majestät der Regierenden Königin ihr

Leben aus freiem Willen und Melancholie. In Schönhausen hat sich Ihre Majestät nach dem Muster der französischen Puppen im Großen Saal ein Kleid anmessen lassen, doch wurden, sehr zum Verderb der avisierten *presentation des modes* à Charlottenburg selbige *poupées modèles* von unbekannter Hand entführt, als die Hofgesellschaft – im Verein mit Berliner Mode-Artisten und dem allhier gastierenden Puppenspieler di Albino, dessen höchst kunstvolles Spiel hiermit allen Interessierten zu besehen tunlichst angeraten sei – durch die eine der oberwähnten tödlichen *occasiones* abgelenkt war. Der Charitédirecteur schließt *assassinate en série* nicht aus.

»Wir müssen mit diesem kopf- und knopflosen Journalisten reden – was meinen Sie?«, fragte die Fürstin. »Man sollte ihm bei der Gelegenheit mit einer Reitgerte seinen Periodenstil austreiben!«
»Unbedingt! Aber ich würde gern auch mit Theden ein Hühnchen rupfen! Das Büro des *Journal de Berlin* liegt hinterm Großen Stall in der Letzten Straße. Nicht zuletzt sind die Putzmacherin Carola Schröder und die ehemals von Krähl'sche Zofe zu befragen, die bei ihr Arbeit gefunden hat.«
Er überlegte.
»Wenn Sie nichts dawider haben und die Strapaze nicht scheuen, Fürstin, fahren wir anschließend zur Zeitung und zum Großen Stall. Dann aber …«, Langustier atmete so tief durch, dass der Rest Champagner im Glas vor seiner Nase hohe Wellen schlug, »… werden wir uns, meine Tochter und die Kinder eingeschlossen, ganz geruhsam nach Potsdam verfügen, wo Sie kurz und fast wie im Vorbeiflug mein Haus und meine Frau zu Gesicht bekommen. In Caputh schließlich, wohin wir uns zum guten Beschluss adressieren, wird ein großes Wiedersehens- und Willkommensessen eingenommen! Denn Sie, gerade Sie … müssen sich von Maries Ehemann die modernste Fabrik für Türkischgarn in Preu-

ßen zeigen lassen – um später darüber im *Courrier* zu berichten. Überdies dürfte es Sie ja auch ... geradezu naturgemäß ... interessieren, wie türkisches Rotgarn fabriziert wird!«
»Nach Potz, nach Potz!«, schrien Langustiers Enkel Marianne und Alexander und sprangen ihm als Poschen an die Flanken. Lachelnd wirbelte er sie herum.
Marie nickte, und die Daschkowa, in der wohligen Erschöpfung irgendwo zwischen Nacht und Tag, unfähig selbst zu eigentlich so dringend benötigter hochfürstlich-ablehnender Souveränität, ließ alles lächelnd über sich beschließen. Sie hatte ohnehin keinen blassen Schimmer, wo diese Orte lagen und wie dieser beleibte Mann, der ja doch schon höheren Alters war, das alles bewerkstelligen wollte. Aber er hatte im Gegensatz zu ihr nicht die Nacht mit der Karschin durchgemacht ...

Kurz darauf spürte sie indes schon den erfrischenden Fahrtwind auf den vom Champagner geröteten Wangen. Die Sommerluft war noch kühl und voller Spannung, die sich auf jeden übertrug. Das Quartier 110 in der Friedrichstraße war in Windeseile erreicht, wo sich der sehr kleine und sehr teuere Laden der Modistin Carola Schröder befand.
»Wir sind vor knapp einem Monat erst umgezogen, waren vorher in der Krämer-Loggia.«
»So nennen wir die Ladenzeile an der sogenannten Stechbahn, wo zu kurfürstlichen Zeiten Ritterturniere ausgetragen wurden«, schob Langustier erklärend ein. Die kleine forsche Frau, flott und sehr die Galanterie herausfordernd gekleidet, verkündete stolz:
»Durch das bevorstehende Moden-Fest in Charlottenburg schnellte der Umsatz nach oben. Wir kommen noch immer kaum mit den Lieferungen nach. Deshalb kann ich mir jetzt die horrende Miete in der Friedrichsstadtpassage leisten. Die reichen Berlinerinnen leben und weben freilich mit Blick auf die unzähligen privaten

Salons, zu denen man die großen Vier und ihre kleinen Vier, die berühmten Puppen, einladen wollte. Allerdings jetzt ... sieht es so aus, als ob die Herren abzureisen gedächten, und wer möchte es ihnen verübeln? Man munkelt alles Mögliche, doch ...«
Der Besuch der berühmten Herausgeberin des *Courrier des Modes* brachte die Berliner Modistin ganz aus dem Häuschen. Jetzt stürzte sie davon, um etwas zu holen. Ihre hohe Brust hüpfte, dass es Langustier schwarz vor Augen zu werden drohte.
»Von dieser Dame hat mir die Karschin auch erzählt. Sie sagt, es heißt, dass der Prinz ...«, murmelte die Daschkowa, den Fächer wie eine Spanische Wand vor ihrem und Langustiers Gesicht auffaltend.
»Ach was, die Schröder hat er auch ereilt?«, staunte er. »Naja, der Prinz ... hat schon einen eindeutigen Geschmack!«
»Sehen Sie aber mal dahinten«, flüsterte ihm die Fürstin zu. »Das muss die Zofe sein. Sie scheint die Pietisten-Kleider der toten Krähl geerbt zu haben.«
Sie deutete auf die herannahende junge Gehilfin, die schwarz und für einen so bunten Laden mehr als unpassend gekleidet war und sich nun mühte, das voluminöse Gästebuch heranzuschleppen, in dem sich zuletzt Madame de Chevalier verewigt hatte. Ein Trauerflor war an dieser Stelle eingelegt.
Während die Daschkowa rasch etwas von sich einschrieb, was dieses Zeichen recht drastisch aufzugreifen schien – »Schönheit vergeht, der Putz bleibt« –, und ihre Initialen daruntermalte, konnte Langustier, der sein Permissschreiben vorgewiesen hatte, die Ladenbesitzerin beruhigen:
»Die Herren werden uns noch nicht sofort verlassen, die Salons und Ihre Umsätze mit Besatz sind nicht in Gefahr. Der König sucht alles zu unternehmen, Licht ins Dunkel zu bringen. Er lässt dazu kein Mittel ungenutzt, wie Sie sehen – selbst sein alter Koch muss sich umtun.«
Carola Schröder schloss die Ladentür und rückte zwei Stühle vor

das Sofa, das den vornehmen Mittelpunkt des kleinen Verkaufsraumes bildete.
Die dicke Brille fand den Weg auf Langustiers Nase und das kleine Notizbuch wurde in Stellung gebracht. So präpariert, fragte er Carola Schröder:
»Gab es im Marmorsaal etwas, das Sie bemerkten? Ich meine etwas, das mit dem Tod von Madame de Chevalier in Beziehung stehen könnte? Nach den Protokollen der Potsdamer Polizei will keiner etwas gesehen haben. Erstaunlich ist nur, dass fünfzig Personen geladen waren, die Lakaien nicht gerechnet.«
»Ein nicht gering zu schätzender Umstand mag bei dieser gemeinschaftlichen Schweigsamkeit wohl auch gewesen sein, dass wir alle schon endlos ohne einen Happen Essen darauf warteten, wieder hinausgelassen zu werden«, sagte die Modistin erbittert. Förmlich inhaftiert zu sein, ohne Verurteilung, war für den Geschäftigen das Schlimmste. »Als der kranke Polizeichef nach Stunden ankam und dann äußerst umständlich seine Fragen stellte, wollte keiner lange Reden schwingen – die andern hätten ihn gelyncht! Ja, ich habe etwas gesehen. Und es ist auch nicht gelogen, wenn ich Ihnen sage, dass ich mich jetzt erst daran erinnere. Madame de Chevalier erhielt von einem der Lakaien einen Zettel. Sie schaute sich um, stand auf, verließ den Raum und ging ins Vestibül.«
»Können Sie sagen, wann das war?«
»Noch während wir auf den Beginn warteten. Es verspätete sich alles, weil etliche Gäste noch fehlten. Die Sängerinnen und Sänger waren da, Madame de Chevalier, der Schuhmacher Leyse, der Maler Calau und meine Wenigkeit. Aber eine ganze Reihe fehlte noch.«
»Wieso?«
Antonia de Bianchini hat mir später gesagt, dass die Hofdamen unterm Vorsitz des Barons Silkstedt und der Hofmeisterinnen Bromberg und Blaspiel im nahen Freundschaftstempel, wo jüngst eine neue Sitzstatue von des Königs verstorbener Schwes-

ter Wilhelmine eingeweiht worden ist, über ihr Auftreten beim Moden-Fest beraten hatten. Die schwedische Königin hegte offenbar Bedenken, es könnte zu einem für sie entwürdigenden Auftritt ihrer Schwägerin, der Regierenden Königin Elisabeth Christine kommen ... Diesen Eindruck scheint Silkstedt gewonnen zu haben. Ich glaube, Sie wollte sichergehen, dass Ihre Majestät, die Regierende, am 12. nicht bereits in einer bunten polnischen Robe erschiene. Ich kann nur hoffen«, fügte sie leiser hinzu, »dass Ihre Majestät sich nichts vorschreiben lässt, genauso wenig wie Prinzessin Amalie! Es könnte sonst ein todtrauriger Abend werden. Aber die Pietisten sind in der Überzahl, und sie haben mehr Einfluss, als man wahrhaben möchte. Ihr stilistisches Diktat ist unwidersprechliches Gesetz bei den höchsten Damen ...«

Langustier schaute erstaunt die Daschkowa an. Sie verstand seine Irritation. Hatte nicht Silkstedt selbst die Schönhauser Nachtaktion gutgeheißen und daran teilgenommen?

»Er spielt ein doppeltes Spiel«, sagte er leise.

»So ist es«, respondierte sie. »Das ist groß!«

»Finde ich nicht. Aber hören wir weiter.«

Carola Schröder fuhr fort:

»Sie erwägen jetzt vielmehr eine Art gedeckten, schwarzen Traueraufmarsch von Schwedenkönigin, Prinzessin und bibelfesten Hofdamen. Nicht alle am Amalien- und am Schweden-Hof spielen mit – die Blaspiel, Amalies Hofmeisterin, ist gar nicht so eindeutig gegen das Neue, Amalies Bianchini ohnehin nicht, genausowenig wie das schwedische Fräulein von Ärenswärd. Aber die Pietisten werden nicht locker lassen. Ich sehe, wenigstens bei den höchsten Damen ... schwarz!«

Langustier und die Daschkowa seufzten. Gemessen daran war der Hof der Regierenden Königin, der in Potsdam natürlich fehlte und gar nicht in Planungsfragen mit einbezogen wurde, nachgerade von erfrischender Offenheit für das Neue ...

»Wann wurde die Verbindungstür zur Oberen Galerie geöffnet und von wem?«, fragte Langustier.
»Erst eine Weile nach der Erschütterung.«
»Sie sagten, niemand hätte etwas gegessen? Aber hatte das Essen denn nicht schon begonnen, als es rumste?«
»Nein, wir hatten erwartungsvoll den ersten beiden Schüsseln entgegengefiebert. Der Baron Silkstedt und die Damen zogen eben in den Raum ein.«
Langustier schaute auf seine Taschenuhr, was ohne Brille erst nicht gelang. Dann sagte er:
»Ich will Sie keineswegs länger als nötig von Ihren Geschäften fernhalten. Dennoch wäre es dringend geboten, noch zu erfahren, was Sie und Ihre Gehilfin Lotte Krämer nachts in Schönhausen beobachteten …«
Die Daschkowa, neben Langustier auf dem Sofa platziert, rückte sich vornehm zurecht, fächelte und musterte die beiden Ungleichen vis-à-vis. Die vormals Krähl'sche Zofe war ein bleiches, lebloses Ding und kaum zu einer vernünftigen Antwort fähig, so schüchterte die Situation sie ein. Ihre Chefin musste sie förmlich stützen, obwohl sie neben ihr auf dem Stuhl saß.
»Es geschah, während ich mit den anderen Zofen im Zimmer der Lakaien saß und wartete. Wir hätten so gerne im Saal mitgetan, aber sie hatten es uns verwehrt. Sie wollten auf keinen Fall, dass etwas von den Puppen publik würde.«
Die Daschkowa lächelte hinterm Fächer. Das war in der Tat das Hauptproblem: Wie brachte man neue Mode heraus, wenn schon im Vorhinein das Gesinde von Paris – oder kleineren Städten – im neuesten Putz herumlief und sich selbst kleinste Zofen wie eine *petite maîtresse* kleideten?
»Und keine von den Ihren versuchte, etwas zu sehen? Keine hat … durch eine Saaltür gelinst?«, fragte Langustier ungläubig.
»Das hätten wir nie gewagt! In Schönhausen herrscht Zucht – Gräfin Kannenberg und Frau von Vennwitz hätten die Neugier

wohl toleriert, keineswegs aber die Garderobiere Weyer. Die hatte uns unter ihrer Fuchtel. Trotzdem war sie auf Kriegsfuß mit den Falk-Kellner'schen Geist-Fräuleins. Mit denen hat die nichts am Hut.«

Sie hatte es einfach so gesagt und dabei einen riesigen Hut ins Visier genommen, der mitten im Raum auf einer sonst noch unbekleideten Schneiderpuppe thronte: ein gelber Filzdeckel, geformt wie eine breit getretene Pisang-Frucht, mit weiß-grau-roter Kranichfederfontäne und einer riesigen rosa Schleife an einer Seite.

Geist-Fräuleins – netter Name für die Mitglieder dieses Falk'schen Bibelkreises, dachte die Daschkowa. Die Kleine war nicht auf den schmalen, blassen Mund gefallen. Nur mehr Farbe stünde ihr gut zu Gesicht. Auch ein Hauch von Lippenrosa. Langustier kam zum selben Urteil. Jetzt fragte er:

»Wie hat die blonde und bunte Frau von Weyer sich in dieser Nacht mit den dunklen Mächten arrangiert? Und das waren, wenn ich es richtig sehe ...« (was nicht funktioniert hätte ohne die schwarze Riesenbrille, die er jetzt aufsetzte, um aus dem Notizbuch zu zitieren; danach nahm er sie gleich wieder ab:) »Blaspiel, Roedern, Fressange – ihre Herrin, allerdings nicht länger ... Was ist da passiert? Wie kam Christiane von Krähl zu diesem schönen lichten Kleid?«

Lotte Krämer verlor ihre Scheu. Die Fürstin schien die Harmlosigkeit in Person zu sein.

»Ich sah die schöne Robe am Vortag zum ersten Mal an ihr. Sie wollte sie gar nicht mehr ablegen. Und das bei der Hitze! Aber von Négligé wollte sie in diesen Tagen nichts wissen. Irgendwas hat sie sehr festlich gestimmt. Sie hatte sie, glaube ich, von einem Verehrer ...«

Jetzt erwachte die Daschkowa.

»Unfug, Kindchen! Ein Kleid dieser Art schenkt kein Verehrer, der bringt vielleicht ein Gedicht oder einen Veilchenstrauß.

So eine Robe kann kein anderer schenken als ein Liebhaber! Das musst du doch mitbekommen haben! Verkauf von mir aus hier Trauerflors und goldene Borten – aber doch nicht uns für dumm!«

Das »dumm« war wie eine schallende Ohrfeige. Lotte Krämer wurde feuerrot. Aber die Daschkowa war noch nicht fertig:

»›Ich sah das Kleid an ihr‹ … – meine Güte, Herzchen: Du hast es ihr doch selbst angezogen! Und das nicht zum ersten Mal. Als ich das gute Stück heute in Augenschein nahm, war es frisch geändert. Wann war das, wer hat es gemacht und wer, zur Hölle, hat es der Dame *verehrt*, wie man zu sagen beliebt?«

Die Gemaßregelte antwortete schluchzend:

»Wir waren zu Gast bei der Äbtissin, Prinzess Amalie, am Montag: Fräulein Roedern, die Freundin der Bianchini, hat meine Herrin begleitet. Außer den Damen der Prinzessin waren Hortense de Laroche und Vera von Ärenswärd vom Ulrikenhof da. Meine Dame hatte erst ihr altes, feines grauschwarzes Kleid von Lakefield an, dass ihr so lieb war und so gut stand, danach das neue, das ihr … ihr … dieser C geschenkt hatte.«

»*C …?* Mehr wissen Sie nicht?«, fragte Langustier.

»Ich sah nur einmal ein Billett von ihm. Ohne ein anderes Initial: nur C. Wie Christus …«

»Oder Cäsar!«, sagte Langustier

»Oder Clytaemnestra …«, sagte schroff die Daschkowa. »Das Raten bringt uns nicht weiter. Er scheint ziemlich von sich eingenommen zu sein, dieser unbekannte Liebhaber. Was kannst du uns noch über ihn sagen?«

»Er hatte die Eigenart, nur nachts zu kommen; so besuchte er sie mehrmals im Berliner Schloss, schon Wochen zuvor ist das gewesen. Irgendwann war das Kleid da. Sie hatte es bis zum Montag nicht an und dann hat es ihr nicht gepasst. Aber sie hat es tapfer getragen, bis die Bianchini zu sticheln anfing. Glücklicherweise war die Couture-Näherin da, die sich umgebracht …«

Sie heulte, denn das ging ihr alles völlig über die Hutschnur.
»Nur Mut, was hat die Couture-Näherin getan?«, fragte Langustier. Die Daschkowa besaß die Gnade, den Rest selbst zu ergänzen:
»Aber das ist ja offensichtlich gewesen: Philippine d'Arnault hat sich die Sache angesehen, hat einige Linien abgesteckt und dir, Kindchen, ein paar Pariser Stiche angedeutet – die sie dann zu imitieren versuchte. Über den überwendlichen Stich will ich nichts sagen, auch Schling- und Saumstich sind ganz in der Ordnung. Aber den Kettstich und den Steppstich müssen wir noch üben: *le point de chaînette et l'arriere-point* lauten die Aufgaben! Das Ergebnis, bei allen Mängeln im Inneren, kann sich nach außen hin wohl sehen lassen: Die Arnault hat das alte Betschwesternkleid von Lakefield als Lohn genommen, das Fräulein von Krähl hatte ein paar schöne Tage und Nächte, und jetzt sind beide tot ...«
Sie richtete ihren unbarmherzigen Blick erneut auf die Krämer, die das kleine Lob gerade wie eine Scheidemünze weggesteckt hatte und sich schon sicher wähnte.
»Übrigens, Liebchen ... Liebhaber kommen oft nachts. Das ist nicht ungewöhnlich. Das haben sie so an sich ... Und du hast keinen Dunst, wer dieser C sein könnte?«
Die Daschkowa hatte das C sehr hoch ausgesprochen. Bei der Wiederholung dieses hohen Cs verlor Carola Schröder ein wenig die Fassung. Die quälend herablassende Art der Fürstin schien ihr gar nicht zu behagen. Sie stand auf und rang um Luft.
»Es ist stickig hier drin!«
Die Gehilfin sprang ihr bei. Die Fürstin sah Langustier mit einer entschuldigenden Miene an, und nun war er derjenige, der die Augen zur Decke rollte. Er stutzte: Von eben dieser, durch Stuckblumen reich eingefassten Decke baumelten nicht nur der größte Kronleuchter, der sich irgendwie in diesem Raum schicklich unterbringen ließ, sondern an langen Schnüren auch unzählige weiße Schleifen, wie eine Wolke von Schmetterlingen ... Es

waren Schleifen wie die, welche das Gift transportiert hatten. Auf seine Frage, wer in der letzten Zeit welche gekauft hätte, antwortete die Modistin mit einem Lächeln:
»Bringen Sie mir eine Berlinerin, die nicht gleich ein Vierteldutzend davon gekauft hat, und ich schenke ihr drei ...«

Im Büro des *Journals* in der Letzten Straße hatten sie nur eine ältliche, unfreundliche Dame gefunden, die saubermachte. *Von den Putzfrauen – zur Putzfrau* hatte sich Langustier nicht enthalten können zu sagen, worauf die Daschkowa ihm scherzhaft drohte:
»Beim *Courrier* müssten Sie dafür einen Viertellouisdor Strafe in die Kalauer-Kasse zahlen ...«
Im Großen Stall passten sie den Generalchirurgus Theden kurz vor einer Vorlesung ab, um ihn zu Seeacker zu befragen. Er lächelte die Fürstin an:
»Ihr provinzieller Kollege hat eine eigenartige Art von Gefälligkeit, mit der er seine Informanten gefügig macht. Er war wohl einmal ein tüchtiger Schneider oder etwas Derartiges und beherrscht es, die Eitelkeit der Menschen auszunutzen. Er hat mir wie nebenbei meinen Rock neu abgesteckt. Ich habe ihm nichts vom Gift erzählt. Allerdings von einer rätselhaften Serie ... Später kam es mir selbst so vor, als hätte ich es besser nicht getan. Aber *quod dixi dixi*. Den möglichen Mord *en série* hat er selbst daraus gemacht, wozu freilich nicht viel mehr fehlte.«
Im Café des Großen Stalles, dem *Muli bleu*, bei salziger polnischer Wurstsuppe, sagte Langustier zur Daschkowa:
»Das mit dem bunten Kleid für die Krähl ist also geklärt!«
»Sie hat das dunkle, feine, graue von Charles ... Lakefield ... in Zahlung gegeben«, ergänzte sie. »Aber wer ist dieser C oder *le C*, der es ihr geschenkt hat? Ich könnte mich immer noch über diese dumme Pute von Zofe aufregen. So etwas *weiß* man doch! Glauben Sie, dass dieser C der Serienmörder ist, hinter dem wir her sind?«

Er zuckte die Achseln.
»Mir spukt schon die ganze Zeit etwas ganz anderes im Kopf herum. Bitte lachen Sie nicht, aber es muss heraus«, sagte sie.
»Heraus damit, Fürstin!«, sagte er.
Sie hatten Mokka und Pralinen bestellt.
»Seeacker – Lakefield ... Theden sagte etwas davon, dass dieser Journalist einmal ein Schneider gewesen ist. Das gab mir für den Augenblick den Rest! Könnte es sein, dass mein Charles Lakefield, der mir nicht nur von seiner Londoner Lehrzeit, sondern auch von seinen preußisch-Berlinischen Vorfahren erzählte, hier ein zweites Leben als schäbiger Journalist begann?«
Langustier musste an sich halten, da er gerade in eine Praline gebissen hatte – auf Essen plus Erschrecken folgte leicht Ersticken.
»Auf den ersten Blick scheint das in der Tat ein frappierender Gedanke zu sein. Seeacker – Lakefield ... Als wortwörtliche Übersetzung ist es vielleicht nicht unbedingt die beste Lösung ... Wenn es aber so wäre – ...? Sollte das heißen, dass der gefallene große Couturier als kleiner Journalist unter simpel gewähltem Decknamen in Preußen sein Unwesen treibt und nun alles tut, um den ehemaligen Konkurrenten eins auszuwischen?«
Jetzt musste sie lachen. Er hatte recht, das klang absurd.
»Aber es ist doch eine *Möglichkeit* ...«, forderte sie flehentlich.
»Für einen Journalisten, der über Mode schreibt, mag es nichts weiter als ein Wortwitz gewesen sein, sich so zu nennen, denn er wird Lakefield und seine Vorgeschichte kennen. Wenn es überhaupt ein Pseudonym ist.«
Nach einer kurzen Anstandspause fragte er mit aller ihm zu Gebote stehenden Einfühlsamkeit:
»Es steht mir freilich keineswegs zu, verehrte Fürstin, so neugierig nach Umständen und Verhältnissen zu forschen, die mich nichts angehen ... Allerdings könnten Sie durch die Gnade der Andeutung mich subalternen und alternden Koch des Königs von Preußen überaus glücklich machen. Was war zwischen Ihnen und

diesem Charles Lakefield? Ich muss gestehen, ich glaube, dass Sie nur auf diese Konstruktion verfallen sind, weil Sie diesen Lakefield einmal hoch geschätzt haben und Sie der Verrat an ihm sehr schmerzt.«

»Ach, ich bin so dumm gewesen … Sie haben den Nagel auf den Kopf getroffen. Ich war einmal sehr verliebt in ihn. Aber dann dachte ich, er würde mich betrügen, war eifersüchtig auf alle Damen, die er einkleidete. Ich fing an, an seinem Stil herumzumäkeln. Am liebsten ließe ich die Geschichte beiseite. Ich denke aber, dass etwas Erhellenderes für unseren Fall dabei ist. Nachdem ich nämlich in diese Kellner'sche Schrift geschaut habe …«

»O Gott, Sie haben es auch schon getan … Woher hatten Sie …?«

»Die Karschin hat mir eine Stelle darin gezeigt, wo es um die Putzsucht der Berlinerinnen und den Götzen Mode geht. Da standen mir plötzlich all jene Einwände vor Augen, die ich gegen die Entwürfe von Charles Lakefield hatte. Und die ich vor der Königin in seinem Beisein äußerte, was dem Mord an ihm und an seiner Zuneigung für mich gleichkam. Seine Kleider hatten genau jene Strenge, die ich in den Maus- und Maulwurfsroben der Christinnen sehe. Sie sind so lebensfeindlich, verkniffen, *hypocrite*, scheinheilig, heuchlerisch. Dabei liegt noch ein so weites Stück Himmel zwischen dem, was etwa die Bromberg trägt oder der Baron Silkstedt, auch diese Roedern – und dem alten Lakefield-Kleid der Krähl! Ich nannte Charles' klösterlich anmutende Roben bigott und lehnte seine Idee des vorgefertigten Kleides – ›in allen Größen und außerdem im neuesten Geschmack‹ – vor der Königin demonstrativ ab. Ich hätte das nicht tun dürfen, denn er hat einfach einen strengen Stil. Aber er ist kein Pietist. Das erkenne ich jetzt, wo ich wahre Pietisten sehe und ihre Modeaversion in diesem gedruckten Kellner'schen Hass lese. Ach, was war ich für eine Närrin! Manchmal, nein, leider zumeist bemerkt man es erst, wenn es zu spät ist …«

Sie hatte ihren Fächer gezogen und wedelte sich Luft zu.
»Schluss damit! Das war's! Kein Lakefield mehr. Mit Ihren süßen Enkelchen zu reden: *Auf nach Potz! Nach Potz!*«

Die Villa Langustier stand in Potsdams Berliner Vorstadt, am Ufer des Heiligen Sees. Als Rahel Langustier ihren Mann nach Wochen der Abwesenheit in die Arme schloss, flossen ihr die Tränen über die Wangen. Doch sogleich raunte sie ihm mit dem vertrauten Spott in der Stimme, den er so vermisst hatte, ins Ohr:
»Jetzt schleppst du schon Fürstinnen und Freundinnen von Kaiserinnen und Königinnen an – gibst du denn nie Ruhe, du Schwerenöter?«
Sie biss ihm so kräftig ins Ohrläppchen, dass er aufschrie. Noch war sie nicht fertig:
»Und die liebe Gloria in London? Was macht sie, die Erbtochter der Nachfahren des Großen Maggelan, Bogenschützin und Geliebte venezianischer Scharlatane? Über die Jahre hast du mir von ihr vorgeschwärmt, sie zugleich verteufelnd, immer unschlüssig, ob du sie in Gedanken umbringen oder nachträglich ehelichen sollst ... Ist sie endlich alt und grau und ansatzweise vernünftig geworden – wie du? Hat sie sich durch irgendwelche Zaubertränke gar ewige Jugend angetrunken oder ist sie in der Gin-Lane oder in der Beer-Street versumpft? Nebenbei – der Engländer da – das ist nicht etwa Glorias letzter Liebhaber, den sie dir aufgehext hat, nachdem sie ihn restlos aussaugte?«
Sie schaute interessiert-amüsiert zu Robert Burney, der wie ein Strich in der märkischen Landschaft stand und vorm Schilf am Seeufer schwer auszumachen war. Die Daschkowa und Langustier hatten ihn kurzerhand im *König von Portugal* aufgegabelt, wo er in der Hotelhalle gesessen hatte, als wollte er nie mehr einen Schritt tun.
»Rahel, Schönste, mach bitte keine Scherze über ihn! Er ist der liebenswerteste Mensch von der Welt, denn er fällt weder lästig

noch ins Gewicht. Wenn man nicht auf ihn hingewiesen wird, kommt es vor, dass man ihn gar nicht wahrnimmt. Ich glaube, Gloria kennt und mag tatsächlich seine Musik. Er spielt zauberhaft eigene Kompositionen. Aber *die* beiden ... das wäre ein Paar, an das sich die Welt noch nach Äonen erinnern würde! Einen größeren Kontrast gäbe es wohl kaum«, sagte Langustier lächelnd. »Gloria ist eine vollends verschrobene Alte geworden, in deren Kopf ein Urwald aus grotesken Schrullen wuchert. Neuerdings pflegt sie Freundschaft zu diesem genialischen Wirrkopf Georg Forster, dessen Neigung auch zu Alchemie und magischen Ritualen geht – weshalb er der Südsee entgegenfiebert, wo er sich die Lösung all seiner Probleme erhofft.«

Rahel, mit ihren zweiundfünfzig Jahren aussehend wie vierzig, liebte ihren Mann über alles. Sie kannte wohl Langustiers unstillbare Neugier in allen Dingen. Doch schließlich und letztlich war *sie* diejenige gewesen, die er geheiratet hatte. Keine andere nach seiner ersten Frau, die früh gestorben war, hatte ihn je zur Heirat bewegen können.

»Kinder, wir müssen uns beeilen, wenn wir heute noch bis Caputh wollen!« Leiser und mit gespielter Bosheit: »Ich will neben *ihr* hinten sitzen, ich will sie genau studieren, damit ich weiß, was du an mir vermisst ...«

»Gar nichts an dir, nur dich im Ganzen! Mit ihr war nichts, nur Gerede ...«

Stolz zeigte er ihr die neue offene Kutsche.

»Wie fein!«, lobte sie den Kauf. »Da kann man jeden, den man nicht mehr haben will, ohne Umstände hinausstoßen, sodass er – oder sie – sich zu Tode stürzt! Sehr praktisch, das hast du gut ausgesucht. Du kannst sicher sein, dass ich mich nie neben dich auf den Kutschbock setze ...«

Er lächelte tadelnd. Ernstere Dinge gingen ihm durch den Kopf. »Dieses Charlottenburger Fest, wer weiß, ob es noch stattfindet? Hast du die Zeitung gelesen?«

Rahel nickte.
»Ich habe Angst!«
»Ich bin doch ab sofort wieder bei dir ... öfter ...«
»Du Narr! Du bist doch wieder sein Hilfspolizist, oder? Das kann ich doch am Flackern in deinen Augen lesen. Ich hab Angst um *dich*!«
Sie gingen zu den Übrigen, die derweil durch den Garten flaniert waren und sich kaum hatten sattsehen können an Blumen, Schilf, See, Himmelsblau und Bäumen. Marie hatte die Daschkowa herumgeführt, die sich jetzt überschwänglich an den Hausherrn wendete:
»Sie Glücklicher! Das schönste Anwesen neben des Königs Sommersitz und die schönste Frau dazu. Wenn ich mir je wünschte, ein Mann zu sein, so möchte ich jetzt Sie sein.«
Langustier konnte nur verhindern, bis über beide Ohren rot zu werden, indem er lauthals lachte.
»Meine Frau ist schrecklich eifersüchtig auf Sie. Wir müssen sie besänftigen, wo es schon leider nichts zu beschönigen gibt.«
Sie lächelte.
»Lassen Sie das zur Hälfte meine Sorge sein. Ich kann ihr ja doch nur von der Tugend ihres Ehemannes berichten.«
Leider und zum Glück ... Er musste leise über sich selbst lachen. Was war er doch für ein Narr. Hörte dieser Körper nie auf zu begehren? Der König war zu beneiden, bei dem war es damit endgültig vorbei.

Als sie sich auf den Weg machten, war es schon nach vier. Sie fuhren gerade auf dem Oekonomieweg am Park von Sans Souci entlang, kurz vor dem Tor zum Neuen Palais, als sich unvermutet von hinten eine Equipe näherte.
Der Reitertrupp preschte heran. Kommandos wurden gebrüllt, Gefährte an die Seite dirigiert. Langustier lugte nach hinten und zuckte zusammen.

»Seht euch genau an, wer uns da gleich überholt!«, sagte er zu den Enkelkindern, und zur Fürstin: »Aufgepasst – jetzt kommt der, mit dem Sie sich so gerne einmal unterhalten würden!« Die Fürstin, kurz in Verwirrung, begriff.

Jetzt erblickte man an der Spitze der reitenden Soldateska einen mumienartigen alten Mann in einer abgeschabten Uniform, den großen Federhut schräg ins Gesicht gedrückt. Große Nase, kleiner, eingekniffener Mund und Stieraugen. Er ritt so dicht an der kleinen Marianne auf dem Kutschbock vorüber, dass sein speckiger Uniformärmel schier ihre in die Luft gereckte Nase streifte, desgleichen eine Wolke von schwerem Parfüm. Der Reiter wandte seine furchtbaren Augen nach ihr und sah sie so durchbohrend an, dass sie sich vor Schreck hinter Langustier verbarg. Der Monarch indes hatte nun seinen Zweiten Hofküchenmeister erkannt, der eine neue Kutsche fuhr, und ließ seine Offiziere Halt machen. Langustier wollte vom Kutschbock springen, doch der kleine Reiter mit dem großen Hut verwehrte es mit einer Wischbewegung des rechten schmutzbraunen Handschuhs.

»Sie haben eine engländische Kalesche mitgebracht.«

»Ergebenster Diener, Sire! Die Kutsche hab ich dem Gans in Wolfshagen abgekauft, als die Fahrpost auf der Strecke zu bleiben drohte.«

»Dem ganz alten Gans in Wolfshagen? Und jetzt sitzen so viele reizende Damen drin ... nebst einem Komponisten und zwei Enkeln von Ihnen! Am Berlin'schen Tor wird gut gearbeitet, es ist keiner durchgeschlupft ...«

Der Monarch, vom Spazierritt in der Parforceheide kommend, hatte Zugänge wie Abgänge genauestens kontrolliert. Jetzt näherte er sich Marianne, die sich hinter ihrem Großvater versteckte.

»Sie muss keine Furcht haben, kleine Madame!«, sprach er lachend und schwenkte vor ihr seinen Federhut. Auch verneigte er sich so tief, dass alle Angst hatten, er würde vom Schimmel

fallen. Er langte in seine ausgebeulte rechte Uniformjackentasche und holte etwas heraus, das er ihr entgegenstreckte. Sie roch jetzt neben dem Parfüm eine Mischung aus Tabak- und Pferdeäpfeln.
Der König sagte schmeichelnd:
»Mag Sie meinen Schümmel Zucker geben? Hier hat sie. Heißt Ponny-Atowski. Das hätt er gern! Komm Sie! Gib sie meinen Schümmel Zückre!«
Er ließ ihr drei große Kandiskristalle in die kleine Hand fallen, die sie ihm, vom Großvater ermuntert, schließlich doch hingehalten hatte.
»Er beißt nicht ...«
Der Klepper schnaubte vor Freude, als er den Zucker vorsichtig aufklaubte und knirschend zermalmte. Marianne lachte und wischte die feuchte Handfläche an Großvaters Jacke aus Moiré-Seide ab. Der Monarch grüßte Marie und Rahel mit Hutgerudere. Für die Fürstin legte er den Hut aufs Herz und sagte, sie mit aller Charmance anfunkelnd, zu der er fähig war, in höflichem Französisch:
»Hochverehrte Fürstin Daschkowa – ich bin überglücklich, Sie in meinem kleinen Reich begrüßen zu dürfen!«
»Sire – Majestät! Ich wagte nicht zu hoffen, von Ihnen selbst empfangen zu werden!«
Er lächelte falsch und sagte:
»Ich bitte Sie, an einem kleinen Abendessen mein besonders verehrter Gast zu sein!«
Sie dankte ergeben. Der König schmunzelte, was sein Gesicht wie eine verschrumpelte Zitrone aussehen ließ. Der Gaul schnaubte und schüttelte sich, dass der Monarch kurz auf und niedergeworfen wurde.
»Ihre Zauberkraft ist gefordert, Monsieur Langustier, den Couturiers das Bleiben schmackhaft zu machen. Eine Gratifikation wird das Ihre tun ... Sieht sich mein Zweiter Küchenchef imstande, heute *stante pede* etwas aus seinem Hut zu zaubern?«

»Ergebenster Diener, Majestät!«, sagte Langustier und dachte: Adieu, Caputh! Adieu, Ruhe und Frieden!
Leise fügte der Monarch auf Deutsch hinzu:
»Die *drapeurs* wollen ausflüchten wegen den toten Dams – Sie müssen ihnen hindern, hören Sie! Sie müssen! Denn ich *will*, dass die Puppen tanzen! Meine Schwester *muss* ihre Mode-Revue kriegen! Die wird mir sonst vollends wunderlich bei den Hofpietisten um sie her. Meine Schwester und vollends meine Frau … Ich hoffe sehr, dass sich die Schönheit der Kreationen wohltuend auf alle Gemüter auswirkt. Ich beschwöre Ihnen! Irgendwas muss geschehn, und wenn Sie denen Schneiders ein lähmendes Güft in die Paté hineinmaneuvrieren! Preußen braucht die Reklame dieser Revue!«
Langustier überlief es kochend.
»Ich darf Sie bitten, verehrte Fürstin, sich bis zum Essen mit ein paar kleinen *concertos* vergnügen zu lassen, und ich wünsche sehr, für Sie nicht zu fehlen im Fingersatz … Der Herr Komponist kann auch nicht nur von musikalischen Ambrosia leben und wird daher an die Beitafel geladen!«
In Langustiers Kopf hatten sich unverzüglich die kulinarischen Räder zu drehen begonnen, sodass er nun den ad hoc erdachten Speiseplan verkündete. Der König hieß seinen Adjutanten Papier und Stift zur Hand und das Diktat aufnehmen.
»Melden Sie Joyard, dass seine Speisen heute für die königliche Beitafel sind! Und laden Sie auch den Lord Marishal ein. Monsieur – wie steht mein Sinn nach Ihren Kreationen! Ich werde mein Konzert auf fünf Stücke ausdehnen, um Ihnen eine weitere Stunde zu verschaffen!«
Langustier warf sich in die Brust. Er liebte die Bedrängnis einer bevorstehenden Bataille noch immer … Klar vernehmlich diktierte er:

Russischer Kaviar
auf Frischkäse-Canapées

Terrine vom Ackertrapp
mit Rauke und glasierten gelben Rüben

Petite bouillabaisse Werderienne

Salade Sans Souci

Pot-au-feu à la polonaise

Apfeltarte

Marie blickte den Vater mit ungläubigem Staunen an. Es war schon bemerkenswert, was dieser alte Mann mitunter noch einfach so ausspinnen konnte. Des Königs Augen strahlten. Wie viel Macht hatten Köche – wie viel Blutvergießen konnten sie vermeiden durch sinnenbetörendes und besänftigendes Wirken.
»*D'accord! Parfait!* Kauf er seiner Schwester und sich etwas Hübsches, wonach ihnen der Sinn steht!«
Der König hatte dem verdutzten Alexander zwei Friedrichsdor in die Hand gedrückt. Er schied mit einem Bonmot, denn er legte sehr viel Wert auf die Form:
»Sie sehen mich gebeugt, doch nicht gebrochen, Fürstin! Marc Aurel hat mich trefflich beschrieben: ›Du bist eine Seele, die einen Leichnam herumschleppt. Aber wie dem auch sei: Auch der Leichnam muss sich tummeln!‹«
Pferdegetrappel. Der König hielt den Hut hochkant in der angewinkelten Rechten, während er dem Schimmel die Sporen gab. Rahel setzte sich an ihres Mannes Stelle auf den Kutschbock, denn sie musste jetzt die anderen allein nach Caputh fahren. Lan-

gustier versprach, so bald als möglich nachzukommen. Des Königs Einladung war freilich Befehl. Die Davonfahrenden winkten den Fußgängern zum Abschied.

Langustier führte Burney und die Daschkowa durchs Tor in den Park vor dem Neuen Schloss, wo sich der Staub der königlichen Equipe gerade verzogen hatte.

»O Gott!«, entfuhr es der Fürstin, als sie des Neue Palais erblickte. »Wenn ich das Katharina erzähle ... Man muss gestehen, dass dieser König Wunder zu tun fähig ist, obgleich er keine glaubt!«

Dann mussten sie sich trennen – Langustier begab sich zur Küche im linken Bau der Communs, während es ein Offizier übernahm, die Fürstin und den Komponisten in die Königswohnung zu geleiten.

»Sie schickt uns der Himmel!«, rief der Erste Hofküchenmeister, Emile Joyard, als Langustier hereinkam. »Seine Majestät hat eine kurzfristige Umdisponierung angeordnet. Alles, was wir mühselig in Stunden vorbereitet haben, soll jetzt plötzlich nur noch für die Beitafel gut sein!«

Langustier lächelte gequält. So begriffsstutzig konnte selbst der Erste nicht sein ... oder doch?

»Moment mal ...«, kam es von Joyard. »Soll das etwa bedeuten? Sagen Sie nicht, dass *Sie* uns das eingebrockt? Müssen wir wegen Ihnen jetzt noch einmal für des Königs Tisch von vorne anfangen?«

Langustier zuckte mit den Schultern. Manchmal war man eben nicht Herr des eigenen Ingeniums ...

Er überblickte die Lage und fand sie ernst, aber nicht hoffnungslos. So konnte er den Kollegen denn doch beruhigen. Instinktiv hatte er bei seiner Improvisation die Machbarkeit berücksichtigt.

Die Canapées waren fertig. Die eingemachte Trappe war aus den Gläsern geschlüpft – Trappen waren fette Viecher und sehr wohlschmeckend, denn sie ernährten sich abwechslungsreich: ob Grille, Möhre, Frosch oder Blindschleiche – sie verdrückten alles; jagten sogar im Rudel Mäuse, das hatte er einmal auf dem Tempelhofer Feld beobachtet. Fünfzehn Stück hatten sie dann unter Leitung des Oberhofjägermeisters mit Netzen gefangen. Sie waren zu fünft gewesen, aber die Riesenvögel hatten sie eine halbe Stunde hinter sich hergezogen.

»Schön vierteln, nicht zermanschen!«, wies er die Gehilfen an.

Werderaner Fischsuppe in ihrer Version war kein Hexenwerk: Gemüsesuppe mit hineingeworfenen Stücken von allem, was sie hatten: Zander, Aal, Hecht, Barsch, Schlei ... Erst recht nicht ins Gewicht fiel die Garnierung der Trappen: Glasierte Möhren hätte selbst der kleine Lämmert hinbekommen. Etwas mehr Aufmerksamkeit erforderte da schon das polnische Nationalgericht *Bigos*. Was geschah eigentlich mit einem Nationalgericht, wenn die Nation zerteilt wurde? Dass der polnische Fleischtopf eigentlich über Nacht hätte stehen müssen, durfte jetzt nicht irritieren. Eher schon der Umstand, dass er, Langustier, hier stand und kochte, während ein Serienmörder durch die Hotels, Küchenstollen und Schlösser spazierte.

Wenn er sich nicht in Spekulationen über die absurden Winkelzüge unbekannter Kollaborateure verlieren wollte, musste er sich an das halten, was er hatte. Da gab es das dreimal gleiche Mordmittel der mit Samandarin präparierten Schleifen; da gab es drei organisch gleichermaßen durch die Mode-Konventionen vorbereitete, sprich: krautwickelartig eingeschnürte Damen. Einen teuren Knopf hatte er gefunden, vom Rock Seeackers, der bisher nicht einvernommen worden war. Es wäre dringend erforderlich, herauszufinden, in welchen Tiegel die Feuersalamander des Schönhauser Parks gewandert waren ...

Viel dringlicher war es im Augenblick, den polnischen Feuertopf in Angriff zu nehmen. Langustier briet durchwachsenen, klein geschnittenen Speck und in große Würfel geschnittenes Schweinefleisch sowie gehackte Zwiebeln und Knoblauch in Gänseschmalz an, gab Weißkraut und Sauerkraut, Rauchwurstscheiben und eingelegte Pfifferlinge hinzu, jede Menge Werderaner Wein, Salz, Kümmel, Lorbeer, Majoran ...

Major Rahn ... Er musste an die wenig aussagekräftigen Protokolle denken. Der Mörder hatte jede Menge Arbeit geleistet. Er hatte große Wege zurückgelegt. Und all das, ohne bemerkt zu werden.

Salade à la Sans Souci bestand aus Artischockenböden und gewürfelter Fasanenbrust, gebunden mit Johannisbeer-Mayonnaise und umkränzt von Melonenkugeln, so groß wie die Brüste der Bianchini ...

Die Mätresse des Prinzen von Preußen ... verkörperte das pralle Leben ... Blass dagegen war ihre Schönhauser Freundin, die Roedern. Und die anderen Damen von der Panke? Frech gab sich die Platen, geheimnisvoll und sanft die Demoiselle Fressange; die Gräfin Kannenberg war die Geschäftigkeit, die Garderobiere Weyer die Blondheit selbst.

Während er den Sanssoucisalat abschloss und sich der Apfeltarte zuwandte, überlegte er angestrengt, was er über die berühmten Fälle serieller Morde wusste. Der bibliomane Don Federico etwa, das Ungeheuer von Padua, hatte neun Buchhändler umgebracht, um sich in den Besitz einer Inkunabel zu setzen. Der wahnsinnige Kutscher Geebert aus Verden an der Aller hatte sich dagegen Zeitvertreib in seinem tristen Leben dadurch verschafft, dass er Reisende zu einem Zielort brachte, den sie noch lange nicht hatten ansteuern wollen. Sieben Skelette hatte man in der Schlichternheide bei Fassberg gefunden.

Es konnte also etwas Konkretes sein, wonach einer suchte – und dafür über Leichen ging. Es konnte aber genauso gut etwas Immaterielles und letztlich Unerklärliches sein. Die Puppen waren zwar Objekte der Begierde, doch der Täter hätte, um sie zu rauben, keineswegs zuvor töten müssen.

Er stellte sich eine nächtliche Szene auf der Schönhauser Allee vor: Schwarz vermummt, erwartete der Puppenräuber die Kutsche des Barons Silkstedt. Mond am Himmel, weit und breit keine andere Seele von Mensch … Ein dicker Ast liegt auf dem Weg. Der Kutscher hält fluchend, steigt vom Bock, um ihn wegzuräumen. Da zeigt sich der Vermummte, das Pistol drohend vorgereckt. Kutscher flieht. Baron erschrickt. Nach kurzem, heftigem Wortwechsel und einem Schuss – wahlweise in Luft oder Kutschverdeck – wechseln die Puppen den Besitzer.

Langustier seufzte.

Verschwundene Puppen und Schnittmuster waren nur Bestandteil eines Ablenkungsmanövers. Es ging wohl um etwas ganz anderes …

Im Hintergrund hörte man polternd eine Ladung Feuerholz neben dem Herd niedergehen. Der Polentopf verlangte nach einer Zugabe an Flüssigkeit. Er begann die Äpfel für die Tartes zu schälen, entfernte die Gehäuse, schnitt Scheiben, mengte sie mit Zucker, drückte sie mit weiterem Zucker in die gebutterten Tarte-Förmchen, knetete einen mürben Teig aus Mehl, Butter, Eiern, Zucker und einer Prise Salz darüber. Schob alles in den Ofen.

Der Eisgang in Schönhausen … war er Fluchtweg für den Mörder und Puppendieb gewesen? Wenn er bloß wüsste, was der Journalist dort gesehen, vermutet, gefunden hatte. Es sei denn, die Theorie der Daschkowa … absurd! Ein Ex-*Couturier*, der aus Rache die Geliebten seiner vormaligen Kollegen ermordete …

Er drehte sich im Kreis und befürchtete, in Gedanken eine ganz abseitige Richtung einzuschlagen. Würde er nicht vielmehr gut daran tun, sich nochmals eingehender mit der Vorgeschichte der drei Opfer zu befassen? Gab es nicht etwas, das sie verband – etwas, das er nicht erkennen würde, wenn er sich nur auf das beschränkte, was offen sichtlich war? Wer konnte ahnen, was hinter der Fassade, was unter Schminke und Schnürmieder verborgen gelegen hatte?

Herrgott – was hatte er getan? Er hatte den Apfelbelag vor dem Teig in die Förmchen gegeben! Fluchend holte er eines aus dem Ofenloch. Sah eigentlich ganz nett aus, die Teigplatte war braun, aber nicht verbrannt. Er drehte es und ließ es mit Aplomb auf ein Brett fallen! Und kostete …

»*Incroyable!* Joyard, kommen Sie einmal und probieren Sie diese tartarische Tarte!«

»Sie sind ein Teufel!«, sagte der beeindruckte Kollege. »Ich finde, das ist mit weißem Schampus zu begießen! Da fällt mir ein, wir brauchen noch jede Menge Eis!«

Langustier schickte den kleinen Lämmert, der an diesem Tag, wie eigentlich immer, zu nichts Besserem als zum Tartuffelschälen oder Feuerunterhalten zu gebrauchen war, zum Entwässerungsschacht hinter den Kolonnaden, der als küchennahes Zwischenlager für Eis genutzt wurde. Lämmert erhielt einen der Leinenbeutel mit langen Tragschlaufen und des Königs Antlitz, die Blendlaterne sowie alle guten Wünsche mit auf den Weg.

»Verlier nicht wieder die Laterne! Und bring so viel Eis mit, wie in die Tasche geht!«

Das *Bigos* war fertig, dito die Fischsuppe, die Trappen lagen in ihrer Raukentarnung und brüteten auf ihren glasierten Möhrengelegen. Der Kaviar schmiegte sich an Frischkäsekügelchen … Alle hatten die neue Erfindung, die tartarische Apfeltarte, gekostet und für gut befunden, alle hatten Schampus getrunken, wie immer, wenn sie mit einer Schüsselfolge fertig waren. Doch wo blieb der kleine Lämmert mit dem Eis? Man musste die Flaschen für die Tafel rasch ins Eiswasser stellen!

Endlich zeigte der Knabe sich wieder, reichlich belämmert, was zunächst keinen erstaunte. Das war normal.

»Was ist denn los? Kein Eis mehr da? Du bist ja ganz blass. Was …«, fragte Langustier, jetzt doch leicht besorgt.

»Monsieur, da über dem Schacht … in den Kolonnaden … da stehen kleine Gnome. Kleine Weibsbilder … Ich hab nur das blonde

Haar gesehen ... und alles unter ihnen gefroren: weißes, dickes Eis!«
»Was sagst du da? Mara, Eckert – kommt mit! Das sollten wir uns alle einmal ansehen.«

Der König hielt seine musikalischen Exerzitien für gewöhnlich privatim im Konzertzimmer ab – sein Drang zur öffentlichen Darbietung hatte in den letzten Jahren deutlich abgenommen. Er spürte selbst, dass an seiner Erscheinung manches war, das beim kommunen Bestarren im Konzert ablenkte. Lange Toilette und Präparation verabscheute er und hatte daher, für all die Fälle, in denen es unabhängig von langer Vorbereitung und großen Festen doch einmal geboten schien, königliche Flötentöne vor Publikum erklingen zu lassen, eine Art inoffizielles Konzert erfunden, das von seinen Musikern die ›Probe der Unsichtbarkeit‹ genannt wurde. Hierzu wurden in der fleischfarbenen Kammer reichlich Stühle aufgestellt, die Türen zum Konzertzimmer indes leicht angewinkelt gelassen, sodass man den König spielen hörte, ihn dabei aber nicht sah.
Es hatten sich eine ganze Menge Zuhörer eingefunden! Burney und die Daschkowa bemerkten es überrascht, als sie den kleinen Raum betraten. Sie erkannte die Riege der Couturiers und tauschte kurze Blicke der Begrüßung mit Bergé und Valencia, die Léonard und Huberty auf sie aufmerksam machten: Überraschung und Freude, vor allem aber Verzweiflung las sie in den Augen aller vier. Valencia, Léonard und Huberty wirkten geistesabwesend, fast wie paralysiert. Der jähe Verlust der Geliebten schien sie um den Verstand gebracht zu haben.
Die Fürstin genoss ihren unerwarteten Auftritt, im Wandspiegel erfreut bemerkend, dass die Anstrengungen der Nacht und des Tages ihrer Seidenrobe und auch ihr selbst äußerst vorteilhaft zu Gesicht standen. Dennoch nahm sie absichtlich recht weit hinten Platz, da sie die Dinge stets gerne überblickte. Burney setzte sich

vorne an die Tür, wo noch zwei Stühle frei waren. Zwei Nachzügler kamen keuchend herein und bewegten sich bis in die erste Reihe vor, deren einer – ein sehr dicker Herr –, in der Hast des Zuspätkommenden sich partout auf Burney setzen wollte, da er ihn nicht gleich bemerkte. Hinter ihm trottete eine ältliche Dame drein, die ihre kleinen Rundaugen unruhig über die Anwesenden irren ließ und das Missgeschick ihres Begleiters zunächst gar nicht bemerkte. Der Dicke entschuldigte sich:
»Oh, Verzeihen Sie, Monsieur, ich sah Sie nicht ... bitte um Vergebung ... ergebenster Diener ... Silkstedt ... sehr erfreut ... Komponist? Kennen Sie die neueren schwedischen Komponisten? Was halten Sie von Fälldins Vertonungen von Tersteegens Liedern?«
Burney stand auf, bis die ältliche Frau neben ihm Platz genommen hatte. Ein Lakai erschien und fügte ihr zur Linken einen weiteren Stuhl für den dicken Baron ein.
Die Daschkowa hatte Silkstedts Namen deutlich gehört. Welch eine große, schwarze Figur – ein ins Groteske aufgeblasener Burney, dachte sie, die Ankömmlinge von hinten durch die Zwischenräume der in den Reihen vor ihr Sitzenden abschätzig musternd. Von Silkstedt wurde erzählt, er habe sich am Tag der Hinrichtung des Grafen Brahe, eines Antiroyalisten, der das Schafott ganz unschuldig besteigen musste, eine Flasche Burgunderwein geben lassen und sie mit Behagen ausgetrunken mit den Worten, er glaube das Blut des Grafen Brahe zu trinken ...
Die ältere Frau neben ihm trug etwas am dünnen Leib, das hundert Jahre zuvor sicher der letzte Schrei bei den Mennoniten gewesen war: Wenn man so aussah, konnte man nur Bromberg heißen! Das also war die Hofmeisterin der schwedischen Königin.
Burney hatte nur kurz und nichtssagend auf die Frage des Barons reagiert, denn die mittelmäßigen Vertonungen langweiliger pietistischer Lieder interessierten ihn herzlich wenig. Er hörte den König von Preußen im Nachbarraum mit einem Mal Quer-

flötenübungen auf Solmisationssilben spielen! Für gewöhnlich schulte man damit im Gesangsunterricht Stimme, Gehör und rhythmisches Empfinden. Diese nun zu hörenden *solfèges* waren Präludia von schweren und geschwinden Sätzen zur Übung der Finger und Zunge. Dennoch – da er so völlig im Hören aufging, vernahm er auch deutlicher, als er es sonst vielleicht getan, was sein Nachbar zu der Dame sagte, die mit ihm gekommen war:

»Drehen Sie sich nicht um, Frau von Bromberg ... *Sie* ist da ... die Daschkowa!«

»Sie machen mich frösteln ...«

Sie wendete sich doch kurz um, was den Dicken zu einem unwilligen Schnaufer animierte.

»Der König will, dass alle Welt von seiner albernen Mode-Fanfaronnade erfährt. Dazu braucht er die Daschkowa und ihren *Courrier*. Das erhöht für uns den Druck. Unsere wankelmütige Königin schwankt ja bereits wieder. Sie könnte auf die Idee verfallen, sich vor der Fürstin modisch hervortun zu wollen, um auch in die Pariser Schlagzeilen zu kommen ... Die Couturiers sind noch immer unentschlossen. Sie wissen nicht, ob sie abreisen sollen oder nicht. Huberty und Valencia und Léonard schwimmen in Tränen. Aber trotzdem sind sie noch immer da. Das alles hat ihnen wohl nicht gereicht. Oh, wie verworfen ist doch die Welt! Da zählt der schöne Schein mehr als die Seele ... Da ist das Leben nichts mehr wert vor dem schönen Schnitt. Der König erhöht unter Umständen die Gratifikation der Schneider, sagte mir gerade der Baron Strauß im Vertrauen. Himmel, wo will das hinaus? Was in Jesu Namen sollen wir bloß tun?«

»Schhhhhht!«, zischte jetzt ein Mann, den Kopf durch die Tür steckend – Burney sah erfreut, dass es sein Onkel Franz Benda war. Der erblickte den Neffen und kam schnell heran. Durch den vergrößerten Türspalt erhielt Burney einen flüchtigen Einblick in das königliche Flötenzimmer, wo der König entspannt mit Quantz plauderte, während die übrigen Musiker schon fertig

saßen und warteten. Spiegel von ganz ausnehmender Größe zeigten sich, teilweise vergoldete Bildnisse, teils Statuen mit einem schönen grünen Firnis *à la martin* überzogen, Geräte und Zierrat von allerfeinstem Geschmack. Für den König stand ein Notenpult von Schildpatt im Raum, welches überaus reich und artifiziell mit Silber ausgelegt war, dahinter ein Pianoforte des Neuburger Silbermann, sehr schön gearbeitet, und ein Flügel von Skully & Sons. Benda flüsterte gehetzt-erfreut:
»Sieh an – Robert? Dein Bruder Charles liegt noch in Dresden fest! Kurz glaubte ich, du seist er! Eure Ähnlichkeit verblüfft mich jedes Mal. Musst mir nachher erzählen, wie du so einfach hier hereingekommen bist! Ich mache dich mit allen bekannt! Auch mit dem Riesen Q...! ER ist da, es geht los! Viel Spaß! Wenn du gleich nach jedem Stück ein ›Bravo‹ hörst, lach nicht: Das ist das kleine Geschäft des großen Quantz ... Schhhhhht!«, zischte er noch einmal laut im Rückwärtsgehen, dann war er weg und die Türflügel wurden wieder angezogen. Es war mucksmäuschenstill.
Die Musik begann mit einem Konzert, in dem der König die Solosätze mit einer beinahe mechanischen Präzision vortrug. Sein Ansatz war rein, der Fingersatz glatt, der Ton warm und ungekünstelt. Burney vermerkte eine seltene Brillanz des Vortrags in den Allegros und den aufs Höchste empfindungsreichen Ausdruck in den Adagios. Verzauberung. Aber ein sehr alter Duft geisterte durch den Raum, erfüllte plötzlich die Gemüter.
Sowohl Burney als auch die Daschkowa, die freilich in England, Frankreich, Russland stets das Neueste vom Neuen hörten – Jommelli, Piccinni, Majatow, Tommasino, Componelli, Samandarini, Bardley, Royer, Grétry, Bellsky –, erkannten die ungeheure Vorzeitlichkeit der Stücke. Die Kompositionen der Grauns und Quantzens waren seit über vierzig Jahren bei diesem König und obersten Flötisten in Gnade. Beim dritten Stück wurde zudem eine gewisse Erschöpfung des Spielers vernehmlich.

Die Daschkowa sah vorsichtig zu Bergé und Konsorten hinüber. Die modischen Größen des Kontinents hielten die Köpfe in tiefer, kontemplativer Resignation gesenkt. Was sollten sie hier? In diesem überlebten Land, in dem der Tod regierte? Da ertönte in devoter Holzhaftigkeit endlich, zum fünften Mal, nach zuletzt gravierenden königlichen Schnauf-, Ächz- und Pfeiflauten, wieder die Stimme, die Benda zufolge Quantzens sein musste: »Bravo!«
Man hörte jemanden abgehen. Das schien der König gewesen zu sein, denn Aufatmen und verhaltenes Gelächter wurden im Konzertzimmer laut. Jetzt seufzten auch die Zuhörer nebenan.
»Sagen Sie, Mister Burney«, forschte die Daschkowa, »konnten Sie eigentlich vernehmen, was der Baron Silkstedt eingangs zu seiner Nachbarin sagte? Ich sah nur seine dicken Lippen aufblühen …«
Burney wiederholte ihr getreulich, was er gehört hatte. Aus dem kleinen Wortwechsel wurde sie aber keineswegs schlauer – die schwedischen Hofschranzen wollten die Mode-Revue verhindern. Das war nach den Todesfällen verständlich.
»Er hat Sie etwas gefragt, kurz bevor der erste Flötist seines Landes hörbar ward. Erinnern Sie sich noch daran?«, hakte sie nach.
»Er fragte mich«, antwortete Burney, »ob ich die neueren schwedischen Komponisten kenne und was ich von Fälldins Vertonungen der Lieder Tersteegens hielte … Sie können sich denken, wie meine Antwort gelautet hätte … Ich habe aber dazu geschwiegen. Pietistische Texte lassen selbst hübscheste Lieder verwelken.«
In diesem Augenblick öffnete sich die Tür des Schreibzimmers. Der König erschien. Er bat die Fürstin Daschkowa für ein vertrauliches Gespräch zu sich herein, ebenso den Wachsmaler Benjamin Calau.

Der König hieß die Fürstin auf einem schön bezogenen Stuhl Platz nehmen und ging selbst im Zimmer auf und ab. Die Hunde

schnupperten an ihr. Der Maler Calau, der eine altertümliche Methode der Malerei, die Enkaustik, zu neuem Leben erweckt hatte, bei der der Farbauftrag der mit punischem Wachs verschmolzenen Pigmente mit Pinseln und erhitzten Bronzespateln geschah, entzündete eine kleine Öllampe und hielt eine winzige Spatel in die Flamme. Dies tat er nach jedem Pinselstrich und fuhr dann mit dem erhitzten Instrument über ein kleines dünnes Brettchen. Der König erklärte kurz, wie die Sache vor sich ging und dass er an dieser Malerei Gefallen gefunden habe, weil sich schon die alten ägyptischen Pharaos und die Könige der Griechen auf diese Weise hätten darstellen lassen. Dann sagte er:
»Sie schreiben einen kommoden Stil und haben große Gedanken – ich beneide die russische Kaiserin darum, Sie zur intimen Freundin und Gesprächspartnerin zu haben.«
»Die Intimität zwischen Katharina und mir ist nicht mehr so groß wie früher«, antwortere sie, leicht befangen in der allerhöchsten Anwesenheit. »Ihre Empfehlung führte mich immerhin noch zu Diderot und zu Voltaire, von denen nun ich wiederum Eure Majestät aufs Angelegentlichste grüßen darf!«
Des Königs Miene wurde höflich. Nach einigen eher beiläufigen Bemerkungen über seinen einstigen Kammerherrn Voltaire und der Nachfrage nach dessen Wohlergehen kam er über einen Gedanken Rousseaus wieder auf die Mode zu sprechen:
»Rousseau will, dass die Mode die Natur untermalt als eine schöne Ergänzung. Der Auffassung könnte ich mich wohl anschließen, was die Mannsbilder betrifft. Da lob ich mir den Soldatenrock, der noch aus dem fadesten Stock oder der unförmigsten Tonne eine manierliche Figur macht.«
Hier konnte es die Daschkowa nicht unterlassen einzuwerfen:
»Eine erste Ablenkung des Auges, die allerdings nur allzuoft beim eindringlichen Blick der Empfindung des Ridikülen weicht …«
Der König überging diese Spitzfindigkeit keineswegs. Sein Blick und seine Stimme wurden scharf:

»Wollen Sie also sagen, dass – per se – die Uniformen *ridicule* seien?«
Hatte sie sich verrannt? Ihr Herz klopfte heftig, doch ihr Gedankengang war klar.
»Keineswegs, Sire. Sie sind es nicht *an sich* – allerdings ist es im Zuge jeder Uniformierung unvermeidlich, dass sich Lächerlichkeit einstellt, da ist es unerheblich, ob man Männer oder Frauen betrachtet. Es brauchen nicht einmal Nonnen oder Betschwestern in ihrem grauen Maushabit zu sein. Nimmt man fünfhundert Damen in den unterschiedlichsten Graden der Schön- und Hässlichkeit, der Korpulenz oder Dürrheit und steckt sie in Kleider des gleichen Zuschnitts, mit dem gleichen Stoff, den gleichen Farben, schlecht gearbeitet und nur in drei Größen vorhanden, wie bei Uniformen meist üblich, so würde man sich beim Anblick dieser Amazonenarmee ausschütten vor Lachen! Das ist wohl auch der heimliche Grund, dass stets die Abwechslung, dass Unitarität und Exklusivität und das unvergleichliche schöne Kleid unter den Damen gefragt sind. Nichts Schlimmeres ist vorstellbar für die Dame von Welt, als dass plötzlich in einer Gesellschaft eine zweite Dame mit demselben, mit *ihrem* Kleid erscheint!«
Der König lachte entspannt.
»Da haben Sie allerdings recht! So ist die Uniformierung der Soldaten nur die Erscheinungsform einer Kaste: Montierung der kriegerischen Handwerker, die mit Mode nichts zu tun hat?«
»D'accord, Sire. Berufskleidung, wie die von Mönchen, Priestern oder Lakaien. Männermode ist generell nicht sehr interessant, als Frau vom Fach darf ich das sagen. Wir stehen seit eh und je im Kampf der Geschlechter, da ist die Mode der Frauen Trumpf. Wenngleich die männlichen Pariser Gäste, das werden mir Majestät zugeben, doch einen gewissen Chic aufweisen …«
Der König lächelte.
»Wohl mag wahr sein, dass es schöne Männer und schöne Männerkleider gibt. Sollen sie aber alle so herumlaufen wie Ihre Pari-

ser Freunde da draußen? Die ich so teuer bezahle, damit sie noch etwas hierbleiben? Ich will Ihnen nicht verhehlen, dass mir der Aufzug dieser Herren wie der von Gecken und daher überaus lächerlich erscheint! Das mag daran liegen, dass ich schon lange der Mode-Welt Valet gegeben und mich statt mit der Drapierung eines *Roi charmant* der Montierung des mir selbst zugemessenen soldatischen Dienerstandes verschrieben habe. Es war aufklärend, mit Ihnen zu plaudern, Madame! Werden Sie mir die Freude machen – trotz der Mordtaten –, bis zur *parade des modes* in meinem Land zu bleiben? Ich würde mich glücklich schätzen, Ihren Artikel darüber zu lesen. Man soll mich in der Hauptstadt der Mode nicht für einen geschmacklosen und vorgestrigen Landjunker halten.«
»Es wird mir eine Ehre sein, Majestät. Ich werde mit den Parisern sprechen: Vielleicht kann ich sie zum Verweilen überreden. Auch habe ich mit Eurer Majestät Zweitem Küchenchef eine kleine Abmachung, was seine Erkenntnisse über die eigenartigen Todesfälle angeht. Ich würde aber alles, was ich schreibe, vor der Publikation Eurer Majestät zur Begutachtung vorlegen.«
Er kam, um ihre Hand zu fassen, während sie sich erhob.
Sie roch den König. Altmännerodeur, nur ganz notdürftig übertüncht vom Parfüm eines vor vierzig Jahren in Gunst stehenden Meisters.
»In Preußen gibt es keine Zensur! Schreiben Sie ruhig, was Sie schreiben müssen.«
Sie wusste aus diversen Affären, dass das nicht stimmte. Als sie das Zimmer verließ, sah sie auf der Wanduhr, dass dreizehn Minuten vergangen waren. Der Wachsmaler blies die Flamme seiner Spatel-Heizlampe aus.

Zwei Minuten später begann das Essen in der Marmorgalerie. Die schwedische Königin, die Prinzessin Amalie sowie die Prinzen und Prinzessinnen, so Heinrich und Ferdinand, waren schon am

Vortag nach Berlin zurückgefahren. Auch hatten sich die übrigen Fürstlichkeiten, noch benommen vom ersten, gescheiterten Festessen, in ihre Länder retiriert. Somit saßen als wichtigste Gäste nebst einigen Offizieren nur die Couturiers und die Daschkowa, Baron Silkstedt, Louise Cornelie von Bromberg, Benjamin Calau und der Puppenspieler di Albino an der Königstafel. Die Daschkowa wollte zwischen Bergé und Valencia Platz nehmen, die wiederum von Huberty und Léonard flankiert wurden, kam aber auf königlichen Wunsch neben dem Monarchen zu sitzen. Kurz blickten alle, mit Ausnahme des Gastgebers, auf die Decke, wo deutliche Ausbesserungsspuren zu sehen waren, weil der frisch aufgetragene, noch nicht getrocknete Gips eine dunklere Färbung aufwies.

Langustiers Kochkunst war eine Labsal. Auch die vom Schicksal gedrückten Modeschöpfer trugen ihre Häupter deutlich höher als zuvor. Die Apfeltarte war das Beste vom Besten gewesen … Der Meister erschien, vom Kochen noch sehr erhitzt, wie es aussah, und stellte sich in der Nähe des Königs auf, nachdem er ihm einen kleinen Zettel gereicht hatte.

»Messieurs«, sagte der König nun, »ich weiß wohl um ihren furchtbaren Verlust, und es steht mir nicht zu, jetzt etwas Abschätziges über die Freuden und Leiden der Liebe zu äußern, der ich mich schon seit so langer Zeit enthalte, dass ich in diesen Dingen ohnedies nicht mehr kompetent bin. Doch ich kann die Schwere eines Schlages ermessen und fühle gleichfalls noch immer Wut und Schmerz über den Verlust geliebter Gefährten.«

Die Hunde kläfften ganz fürchterlich, weshalb er sie kurz mit den übrig gebliebenen Brocken von den Trappen anlockte, die er direkt vor sich aufs Tischtuch reihte. Erschrocken wich die Daschkowa zurück, als die spitzen Schnauzen auf den Tisch fuhren und die Beute fortrissen.

»Der Gedanke an Rache, so süß sie auch sein mag«, sagte der Monarch zu den Couturiers, ein letztes Stück Tarte in der Backe,

»sollte uns freilich nie leiten. Es kann uns sogar der Gedanke, einer gefährlichen Begegnung ausgewichen zu sein, später übler aufstoßen als diese selbst, wenn sie stattgehabt hätte … Ich möchte mich nicht zur Beschwörung versteigen, denn ich achte die Ungezwungenheit. Auch sollen Sie die erhöhten Gratifikationen, die ich Ihnen zahlen werde, weder als Abfindung noch als Überredung betrachten. Doch ich möchte hier noch einmal, von den Kunststücken meines Hofküchenmeisters unterstützt, an Sie appellieren: Harren Sie bis zum Fest aus! Messieurs, ich beschwöre Sie! Es wird meiner Polizei gelingen, den zu finden, der für das fürchterliche Ende der so überaus geliebten Damen Ihres Gefolges verantwortlich ist!«
Er hatte schon die ganze Zeit mit dem Zettel gespielt, den ihm Langustier zu Beginn der Mahlzeit gereicht hatte, jetzt wedelte er demonstrativ damit, blickte zu dem Überbringer und sagte ruhig:
»Gerade erfahre ich übrigens, dass die Puppen wieder aufgetaucht sind. Im Wasserschacht bei den Ballustraden! Wo die Kutschen stehen! Das dünkt mich der Anfang vom Ende für den feigen Mörder.«
Die Daschkowa hatte alle Reaktionen ebenso im Blick wie Langustier schräg hinter ihr. Bergé und die anderen seiner Zunft zeigten kurzes und unverhohlenes Frohlocken, soweit es ihre Grundstimmung zuließ. Vom Baron Silkstedt war ein »Oh – oh!« zu hören, was immer dies bedeuten mochte, während die Bromberg starre Knopfaugen bekam. Die eigenartigste Reaktion kam vom Puppenspieler di Albino. Er lächelte still in sich hinein … Sie fand übrigens diesen Italiener, der stets in seiner altmodischen Theatertracht herumlief, ganz und gar anziehend. Irgendetwas an ihm kam ihr sehr vertraut vor. Bisher hatte sie nicht gewusst, was es war – jetzt sah sie es: Er hatte die feinnervigen Hände Charles Lakefields, den sie so vermisste. Sie musste den Blick abwenden, das Trugbild wurde zu stark.

»Wie mich berichtet wird«, sagte der König auf Deutsch, wie offenbar immer, wenn er sich aufregte, »steht Seine Kutsche, Monsieur di Albino, keinen Steinwurf nicht entfernt vom Wasserschacht! Seindt das nicht curieus? Um nicht zu sagen: Keinen Poppen-Wurf weit weg! Herr Poppenspeeler!«
Albino antwortete ganz ruhig, ohne jede Aufregung.
»Ich fand sie erst vorhin in meiner Kutsche!«
»Erklär er mich das genauer!«, verlangte der König, ganz und gar nicht unfreundlich. Er schien dem Mann zu vertrauen. Um dessen wichtige Rolle beim Moden-Fest nicht zu gefährden? Die Daschkowa fand dieses Betragen merkwürdig. Hätten der König und Langustier nicht weiter nachbohren müssen? Konnte man diesem Komödianten eine solch dürftige Geschichte abkaufen? Was tat so ein Jahrmarktsartist überhaupt an der Tafel des Königs?
Albino sagte:
»In der Nacht in Schönhausen ging am Ende alles drunter und drüber. Ihre Majestät hatte zu uns gesprochen, wir waren aufgewühlt. Monsieur Calau und ich stiegen auf den Bock meiner Kutsche. Da dies sowohl mein Puppentheater ist als auch mein Arsenal, mein Fundus, meine Werkstatt, war darin gar kein Platz. Ich fand die Puppen und die Schnittkopien erst heute unter einer Decke, als ich für Herrn Calau etwas Wachs aus dem hinteren, fest montierten Koffer holte. Der Dieb muss sie dort hineingesteckt haben.«
»Sie alberner Mensch«, entfuhr es der Daschkowa, die nicht verstand, dass man mit ihm so glimpflich verfuhr. »Warum überraschten Sie uns mit einer solchen Puppenmodenschau und brachten das Diebesgut nicht einfach hierher mit? Sind Sie etwa Couturier und nicht Puppenspieler?«
Der König sah zu Langustier, der anerkennend nickte. Wo sie Recht hatte, hatte sie Recht …

Sonntag, 5. Juli 1772

Caputh, Schloss und Dorf, kannten nur zwei große Epochen: Die Zeit, als Kurfürstin Dorothea, des Großen Kurfürsten wunderschöne, wiewohl etwas blasse Frau, hier ihren Witwensitz aufschlug und ... die jetzige, da Karl Alexander von Quandt, Langustiers umtriebiger Schwiegersohn, im Schloss residierte und Rolle für Rolle leuchtend rotes Baumwollgarn produzierte.

Mit großem Hallo wurden die Ankömmlinge begrüßt: Langustier, die Daschkowa und die Couturiers. Burney war mit Benda nach Berlin gefahren. Des Königs Beschwörungen hatten bei Weitem nicht ausgereicht, die verschatteten Gemüter der Modemacher aufzuhellen. Ebenso wenig wäre dazu der Umstand hinreichend gewesen, die modernste preußische Rotgarnfabrik besichtigen und künftig zu guten Konditionen Türkischgarn in großem Stil erwerben und in Frankreich gemeinsam vertreiben zu können, was sie – mehr zum Beruhigen der Nerven freilich denn aus wirklichem Antrieb – während der Fahrt miteinander ausspannen. Weitaus unmittelbarer auf Bergés, Léonards, Hubertys und Valencias geplagte Leiber und Seelen wirkte jedoch die Gewissheit, durch den Besuch in Caputh gleich noch einmal in den Genuss der Langustier'schen Kochkunst zu kommen. Auch linderte schon allein die offene Atmosphäre im Haus dieser Großfamilie wie heilender Herz-Balsam ihren Schmerz.

Der Hausherr ließ sie vor der unvermeidlichen Fabrik-Führung zunächst ausgiebig bei Limonade und Kaffee am Seeufer verschnaufen. Ein laues Lüftchen rippelte das Wasser, rauschte in den hohen Eichen, rispelte im breiten Schilfstreifen. Grüne Tableaus voller Seerosenblüten schwappten auf dem dunklen Spiegel, Möwen schrien und schnellten über den Park. Auf einem Stallungsgebäude links vom Schloss war ein großer Horst mit Störchen. Gerade klapperte einer, und Karl Alexander von Quandt sagte:

»Genauso klingen die neuesten Arkwrigth-Waterframes! Sie werden es gleich hören!«

Wo einst die Kurfürstin ihr Refugium hatte, rasselte und ratterten und rotierten jetzt die Förderer für Baumwollfasern, die Rechen und Walzen der Krempler, Vorstrecker, die Verzieher, die Drahter. Hier wurden die ersten Fäden gezogen, der erste »Draht gedreht« – hier nahm die gewaltige Industrie ihren ersten fasrigen, staubigen Anfang ... Garn war der Grundstoff für die Weberei. Ohne Garne keine Tücher.

Im einfachen weißen Hemd, nur mit einem roten Halstuch und einer roten Culotte – aus »seinem« Garn, versteht sich –, führte von Quandt ihnen all die Dinge vor, die sie bis dato nur aus Büchern kannten. Er griff in die blasse beige, crèmefarbene, nussschalbraune, unregelmäßig verfilzte Rohbaumwolle, zerrte und zauste daran, zwirbelte und zog, bis er etwas wie einen feinen Faden zwischen den Fingern drehte.

»Das Verziehen der Faser blieb lange Handarbeit, sehen Sie ...«, sagte er zu den Besuchern und führte der Daschkowa und den Modemachern mit Daumen und Zeigefinger vor, wo alle ihre Kunst begann. »Das sachgerechte Verziehen verlangt gute Materialkenntnis und viel Fingerspitzengefühl. Das war und ist das zentrale Konstruktionsproblem aller Spinnmaschinen: Wie imitiere ich das Verstrecken der Faser unter Verzicht auf die einfühlsamen Hände und die Erfahrung einer Spinnerin nur mit der Mechanik ...«

»Aber man kennt doch schon seit Jahrhunderten die Seidenspinnmaschine ...«, sagte Huberty und strich sich über die feine Seide seines Rockes. Sein Kölnisch-Wasser-Hauch verblasste auch

in der staubigen, herb nach den Baumwollrohfasern duftenden Fabrikluft nicht.
»Sehr richtig, aber Spinnmaschine ist dafür eine falsche Bezeichnung. Es ist in Wahrheit eine Seidenzwirnmaschine, mit der wird nur gezwirnt, das heißt, Sie brauchen schon fertige endlose Seidengarnfäden, die Sie dann maschinell zu einem dickeren Seidenzwirn zusammendrehen können.«
Die Daschkowa nickte. Das zumindest hatte sie gewusst. Aber es ging ihr und den Modeartisten wie den meisten weltfernen Königen auf ihren Thronen. Ihr Wissen war zu beschränkt. Nach unten müssten sie gehen, um die Dinge besser zu verstehen und ihre Mittel effizienter einzusetzen.
»Die ersten Spinnmaschinen-Konstrukteure, Lewis Paul und John Wyatt, wollten schon 1738 das Verstrecken auf ersten Anhieb, sozusagen durch ein Wegdenken von der Tätigkeit der Spinnerin lösen. Das hat vor drei Jahren Richard Arkwright mit der jetzt als ›Waterframe‹ hier vor ihnen stehenden Maschine weiterentwickelt. Ich habe zehn Stück davon, mit denen fest gedrehtes Kettengarn erzeugt wird. Hier dagegen sehen Sie 25 Jennys, das steht verballhornt für ›engine‹ … damit produzieren wir das weich gedrehte Schussgarn. Mit dieser Maschine hat es James Hargreaves geschafft, die Bewegungsabläufe einer erfahrenen Spinnerin am Handrad nachzuahmen. Aber leider sind die anderen, hochwertigen Garne nur mit den altbewährten piemontesischen Handrad-Maschinen zu erzeugen. 75 davon stehen nebenan. Unser neuestes Garn ist Nahtmaterial für die Charité, aus Sisal und Hanf – mit spezieller Imprägnierung durch Kochsalz und Schwefel!«
Es folgte eine laute Passage durch diesen Saal nebst eines sehr langen und stellenweise unhörbaren Exkurses über das Rotfärben …

Endlich saßen sie, satten Geists und satten Magens, im kleinen Seetempel und kämpften tapfer gegen die Stechmücken, die besonders das hochfürstliche blaue Blut der Daschkowa begeisterte. Eine Eisvogelfamilie ließ sich kurz und schwer atmend auf dem Holzgeländer nieder, kleine blaugrün-orange schillernde fliegende Edelsteine.

»Ihr habt Glück«, schickte Serge de Huberty den Weiterschnurrenden hinterher. »Jaqueline hätte eure Sitzstange in weiser Voraussicht mit Leim bestrichen, sodass ihr festklebtet ...«

»Die Hutmacherin!«, flüsterte Langustier seinem Schwiegersohn zu, der hier draußen nichts vom Weltgeschehen mitbekam. Huberty fuhr fort:

»Sie hätte euch seufzend und behutsam vom Leben erleichert und an die neuesten Kreationen gesteckt: *chapeau d'alcyon* ...«

Nach einer Pause, in der man Rauchschwalben, Mauersegler, Waterframes und Sumpfrohrsänger hörte, sagte er bedeutungsschwanger:

»Ich gedenke, nicht abzureisen.«

Er sah Bergé an, der eben das letzte Stückchen einer zuckersüßen Klarapfeltarte verzehrt hatte, vergeblich darum bemüht, den Genuss ins Unendliche auszudehnen.

»Sie werden nicht verschwinden, weil Sie in Charlottenburg zu heiraten gedenken.« Huberty blickte weiter zu Valencia und Léonard:

»Und Sie beide werden hier in Preußen bleiben, weil Sie Philippine gerächt sehen wollen ... So geht es mir mit Jaqueline! Und, um auch das auszusprechen – ich kann es mir gar nicht leisten, jetzt schon zurückzufahren! Wir alle sind auf die königliche Gratifikation angewiesen, das darf ich wohl behaupten, ohne Sie zu beleidigen?«

Die anderen nickten.

»Desgleichen nicht auf die Einnahmen aus den privaten Salons beim wohlhabenden Bürgertum in Potsdam und Berlin!«, ergänzte Bergé. »So unschön und pietätlos es klingt, aber so ist der Lauf der Welt.«

»Dann ist es also beschlossene Sache – Sie bleiben alle!«, frohlockten Langustier und die Daschkowa. Im Geiste fügten sie hinzu: Bis zum bitteren Ende …

Langustier schlug, zur verhaltenen Freude aller, eine Kahnpartie vor. Die Daschkowa teilte das Boot mit Léonard und Valencia. Langustier raunte ihr zu, als sie ablegten:

»Suchen Sie etwas über die Couture-Näherin herauszubringen. Ich werde Huberty zur Hutmacherin befragen.«

Bergé indes wurde Rahel, Marie und Karl Alexander überlassen. Schon nach wenigen Minuten senkten sich sechs Ruderblätter ins klare Wasser des Sees.

»Sie haben Jaqueline de Chevalier sehr geliebt …«, hob Langustier an, nachdem er mit dem kleinen, beleibten Huberty eine ganze Weile schweigend dahingetrieben war.

Sie saßen sich im Kahn gegenüber. Langustier ruderte gemächlich.

»Sie war meine größte Liebe … Ich will noch immer nicht wahrhaben, was geschehen ist. Ich habe sie kurz vor ihrem Tod noch gesehen, aber …«

Er bedeckte die Augen vor Scham, weinte, suchte sich das Gesicht mit einem feinen Tuch aus Chiffonseide zu trocknen, was aber nicht gelang. Also nahm er die Handballen. Langustier tauchte die Ruderblätter wieder ein und leistete ihrer Passage entlang des Schilfgürtels zügigen Vorschub.

»Sie war so verstört! Irgendetwas hat sie so sehr beschäftigt, wenn ich nur wüsste, was? Ich habe später, als … nachdem … o Gott! … als sie dalag, unter diesem Leuchter, da sah ich den seltsamen Zettel. Mit dem sie in diesen Raum gelockt wurde … ›Muss Sie sehen …‹«

Er schluchzte.

»Was glauben Sie – wer könnte das geschrieben haben?«, fragte Langustier. »Eine Dame, die noch kurz vor dem Beginn des Essens eine fachkundige Hilfe benötigte?«
»Möglich. Aber die Hüte zu diesem Anlass waren alle klein. Außerdem war es für so etwas längst zu spät, der König kam bereits, ich verließ Jaqueline, nachdem sie mir das Versprechen gegeben hatte, mich nach dem Essen zu treffen.«
Sie schwiegen wieder eine Weile.
»Sie wohnte beim Prinzen und der Prinzessin von Preußen … Wie kam das? Was ist auf der Anreise passiert? Sie fuhren über Magdeburg, dort trennten sich ihre Wege? Warum?«
Langustier hielt inne und man hörte nur die Wassertropfen, die träge von den Ruderhölzern in den See perlten.
»Der Prinz und die Prinzessin von Preußen und die Mutter des Prinzen, die Prinzessinwitwe August Wilhelm, waren auf dem Weg von deren Stammsitz Bevern unterm Solling nach Berlin. In Magdeburg sind wir ihnen begegnet, da wurden die hohen Damen auf uns aufmerksam. Sie verspürten plötzlich eine Heidenlust, sich früher als alle Berlinerinnen neu einzukleiden. Selbstverständlich war die Mode-Revue der Anlass für die Rückreise der Prinzessinwitwe und des Prinzenpaars. Philippine d'Arnault, nebenbei gesagt, hat auch gute Geschäfte gemacht. Die Näherin stand zwar zu tief, um im Prinzenpalais zu wohnen, aber man brachte sie im besten Hotel der Stadt unter.«
»Oh, das erklärt es also … Ich wunderte mich schon. Auch für eine Couture-Näherin der französischen Hof-Couturiers sah mir das nach einer recht noblen Adresse aus.«
Huberty lächelte.
»Dabei ging alles auf Kredit. Ich glaube, diese Rechnungen werden nie beglichen.«
»Jaqueline …«
»Machte das beste Geschäft … Sie wurde von der Prinzessin ins Wilhelmspalais eingeladen. Sie muss mit ihrer Arbeit eine Menge

Eindruck hinterlassen haben.« Huberty lachte. »Nun, beim Kopfputz, den die Prinzessin vor dieser Begegnung trug, war das nicht verwunderlich. In Potsdam war sie bestens ausstaffiert, wenngleich diese Riesenglocke nicht gerade Jaquelines Meisterstück war. Aber die Prinzessin kann es nicht gewesen sein, die den Zettel schrieb. Die saß ja schon unten in der Marmorgalerie, glücklich und zufrieden, neben dem Prinzen …«

»Sie und Madame Chevalier reisten gemeinsam?«, fragte Langustier.

»Nein, in diesem Fall mussten wir nach Potsdam, sie nach Berlin. Aber wir taten es auch aus Prinzip nicht, denn wir hielten es geheim, dass wir uns liebten. Es ist etwas Eigentümliches um diese Dinge: Eine Hutmacherin macht in den Augen der Käuferinnen verführerische Hüte, wenn sie selbst noch frei ist! Ein Couturier schneidert besser, wenn ihm die Sehnsucht die Schere führt …«

»Ich verstehe«, sagte Langustier. »Bei einem Koch spielt das zum Glück keine Rolle.«

Die Daschkowa im zweiten Boot bedauerte ihre beiden Gegenüber aufrichtig. Nur die Gegenwart der Fürstin verhinderte tiefe Gefühlsausbrüche. Welch ein Duo, dachte sie, während sie ihren Blick erst kurz auf dem feurigen Spanier Valencia, dann auf dem sanft-femininen Léonard ruhen ließ. Sie suchte sich vorzustellen, was in Philippine d'Arnault, der gemeinsamen Geliebten dieser so ungleichen Liebhaber, vorgegangen seine musste. Hartnäckig hielt sich das Schweigen zwischen ihnen, was die beiden Herren nicht zu vertreiben suchten. Ihre aus der Verlegenheit geborenen umständlichen Ruderversuche im Duett hatten allerdings zur Folge, dass sich der Kahn auf der Stelle zu drehen begann …

»Wollen Sie es dem Feind der Mode noch leichter machen? Und uns hier auf der Stelle untergehen lassen? Ich für meinen Teil zumindest kann nicht schwimmen in dieser Robe – ich werde untergehen wie ein Stein!«

Die beiden hielten inne und lächelten schwach. Valencia übernahm das Rudern, während sich der andere bemühte, neben der Fürstin Platz zu nehmen. Kurz schrien sie erschrocken auf, denn der keineswegs bootstaugliche Léonard stand plötzlich auf und schwankte auf den Planken, sodass er die Nussschale beinahe wirklich zum Kentern gebracht hätte.

Die Fürstin sah ihn von der Seite an. Sie war geradezu fasziniert von seinem jungenhaften, naiven Gesicht. Was bist du nur für ein großer Junge, dachte sie. Was seid ihr nur alle für große Jungen … Auch Charles spukte ihr wieder durch den Kopf. Erwachsene Männer, dem Alter nach, deren ganzes Trachten auf die Verschönerung der Frauen gerichtet war. Was musste es in ihnen auslösen, diese Göttinnen zerstört zu wissen? Oder sah sie das alles völlig falsch? Bedeuteten Frauen diesen Herrn auch nicht mehr als anderen Männern? Vielleicht sogar weniger? Waren sie in ihren Augen nur Modepuppen?

»Was werden Sie über die Morde schreiben?«, fragte Léonard zaghaft, nachdem sie ein ganzes Stück gefahren waren. Er war kreideweiß geworden beim Wort »Morde« …

»Das hat mich der König nicht gefragt – er war nur daran interessiert, dass ich überhaupt über seine Revue berichte. Aber um Ihre Frage zu beantworten, mein Lieber: Ich weiß es nicht. Ich bin keine Tagesjournalistin. Wenn sich ein erhellender Sachverhalt zeigt – man also begreift, warum das alles geschah – dann vielleicht.«

»Tja, warum …«, sinnierte Léonard. Er hatte den rechten Ellenbogen auf den Bootsrand gestützt, die Wange in die Hand gelegt und betrachtete einen Silberreiher, an dem sie langsam vorüberglitten.

»Wenn ich nur wüsste, wer derjenige war, der sie so generös mit Aufmerksamkeiten überschüttete!«

»Was meinen Sie?«, fragte die Fürstin erstaunt. Valencia hörte abrupt auf zu rudern.

»Vielleicht war es einer, der uns ausspionieren wollte? Oder aber es war das Monstrum, das uns jetzt in Schrecken versetzt ...«
Die Daschkowa blickte Hilfe suchend zu Valencia und sagte:
»Ausspionieren? Nicht dass ich es wollte, indem ich nachfrage ... Aber – habe ich das richtig verstanden? Es gab einen Dritten?«
»Ja, caramba! Sie hatte einen weiteren ...«, platzte der Spanier heraus. »Fürstin! Vor Ihnen muss ich nicht prüder tun, als ich bin. Jean und ich wussten voneinander, ja, aber wir hatten es noch nicht dahin gebracht, gemeinsam mit Philippine zu reden. Es war ein so schöner und verlockender Zustand, alles war so leicht. Und wir sahen lange gar keine Notwendigkeit, dass man es zur Sprache brachte und so dieses Schweben beendete. Ich fürchtete, wir würden alle hart auf den Boden schlagen, wenn wir es aussprachen. Die Stimmung wäre getötet worden ... Wir verstanden uns, Jean und ich, schon seit Längerem, sehr gut. Und was wir damals schon planten, planen wir jetzt noch immer: zu fusionieren! Ein gemeinsames Geschäft zu eröffnen!«
Léonard nickte und sagte dann, seltsam ernüchtert:
»So war es. Als wir es dann besprachen, in der Kutsche, in Potsdam – wir beide ... da war Philippine bereits tot!«

Später, als alle anderen schon schliefen, saßen Langustier, Rahel, Bergé und die Daschkowa noch in dem kleinen Tempel vor dem Schloss. Ein Käuzchen schrie. Die Luft war noch immer warm. Sie hatten an langen Schnüren mittags Champagnerbouteillen im See ausgebracht. Das zahlte sich jetzt kühlend aus. Eben hatten sie die letzten zwei an Land gezogen.
»Wann kommt Ihre Braut?«, fragte die Daschkowa den Bräutigam.
»Morgen«, antwortete Bergé. »Ich treffe sie in Berlin, wo wir ebenfalls im *König von Portugal* wohnen werden. Tragisch ist nur die morgige Beerdigung ... Christiane von Krähl und Adelheid kannten einander seit vielen Jahren, sie wechselten regelmäßig

Briefe. Das schrieb sie mir gestern. Ich verspüre gar keine Lust, dorthin zu gehen, aber sie zürnt mir dafür. So werde ich sehr viel Schwarz sehen morgen Nachmittag. Und …«, er lachte, »… weiß gar nicht, was anziehen … Ich habe keinen schwarzen Habit dabei.«

Langustier hatte sich eine Notiz gemacht und fragte:

»Was ist mit der Vorbereitung der Präsentation? Sie haben nur noch eine Woche Zeit?«

»Adelheids Brautkleid ist schon längst genäht!«, entgegnete er lächelnd. »Der Rest ist schnell gemacht … wir haben das meiste ja fertig mitgebracht. Es muss den Damen nur noch angemessen werden. Übermorgen ist die erste von zwei Anproben. In Charlottenburg. Ich hoffe, Sie kochen am Sonntag wieder für uns, Maître?«

»Selbstredend!«

Bergé verabschiedete sich und begab sich zur Ruhe. Zu dritt blieben sie noch eine ganze Weile sitzen und lauschten einer Stille, wie sie die Daschkowa selbst aus ihrer Heimat Russland nicht kannte. Dann wurde Hypnos, der Gott des Schlafes, unerbittlich. Der letzte Champagner war getrunken, und so begaben sie sich ins Schloss.

Die Fürstin und Langustier schwangen sich im Gehen noch zu einem stichwortartigen Austausch über ihre Recherchen auf.

»Die Geliebte der beiden Geliebten hatte einen Geliebten!«, sagte sie. »Einen dritten!«

»Ach?«, staunte er. »Huberty dagegen wähnte sich in der Hutmacherin alleiniger Gunst. Die Chevalier wohnte ja im Prinzenpalais Unter den Linden, was ich schon von Philippi wusste. Huberty zufolge begleitete sie das prinzliche Gönnerehepaar schon seit Magdeburg. Huberty traf seine lang vermisste Geliebte im Neuen Palais kurz vor ihrem Tod, sie wirkte sehr aufgeregt dort im Vestibül … Er dachte damals freilich, seinetwegen, wegen ihres Wiedersehens. Später sah er das Billett, hat aber auch keinen Schimmer, von wem es sein könnte.«

Er gähnte herzzerreißend. Die Fürstin sagte:
»Valencia und Léonard nun ... die beiden Armen ahnten wohl, dass sie in dieser seltsamen Drei- oder gar Virecksgeschichte nicht lange über dem Boden geschwebt, sondern bald hart aufgeschlagen wären. Daher haben sie nicht versucht herauszufinden, wer der Dritte war. Es gibt also auch wirklich dumme Männer! So dumm wie Zofen!«
Er nickte gähnend, jetzt hinter vorgehaltener Hand. Sie gähnte hinterm Fächer.
»Fürstin – gute Nacht!«, wünschten Rahel und Langustier.
»Madame, Monsieur ...«
Sie ließ den Fächer klackend zusammenfahren und schlug sich militärisch gegen die Hüfte:
»... dito!«

Montag, 6. Juli 1772

Die Frühe war ganz erfüllt von diesem unwiderstehlichen Geruch. Sie nahm ihn in sich auf, während sie sich langsam von dem großen Haus entfernte. Die Orangerie lag noch ganz im Schlummer. Die Bienen des Gärtners umsurrten die großen Oleanderkugeln wie eine brummende goldbraune Wolke. Der Duft des noch taunassen Grases am Weg war schöner als alle Parfums der Welt und das Kleid der Natur prangte prächtiger als jede blumenbestickte Seidenrobe.

Sie schickte Gott ein Gebet. Alte hohe Birnbäume standen links und rechts des grasübersteppten Weges und rauschten im leichten Wind. Die Luft, die von den Feldern kam, roch frisch nach Juli. Es war ihr Lieblingsmonat, und er schien Gottes Schöpfung zu krönen. Der Herr hatte die Menschen nur erschaffen, dass er einen Spiegel hätte für seine Kunst. Die Menschen mussten ihn preisen für seine Güte, für seine Gnade, sie mussten die Natur ehren, die Pflanzen und Tiere schützen, sie um Verzeihung bitten und lange zu Gott beten, bevor sie töteten oder verzehrten. Gott hatte ihnen all dies beschert, doch er hatte es nicht um ihretwillen getan. Es waren keine Geschenke, es waren Pflichten, die er ihnen mit der Schöpfung übertrug. Lerchen stiegen jubilierend auf. Eine Goldammer saß auf einem dürren Birnenast und flötete traurig. Ihr Name kam vom goldenen Emmer, vom Weizen. Während sie vorüberging, blieb der goldgelbe Vogel still und äugte neugierig. Viele Menschen kamen hier nicht vorbei. Sie wollte aufsteigen wie die Lerche und war doch so melancholisch wie die Ammer. War alles richtig? Hatte sie das Richtige getan?

Die Felder rochen würzig, die Luft war klar. Man konnte sehr weit sehen. Auf den Wiesen hatten sich Kiebitze und Graugänse in kleinen Pulks versammelt. Kühe starrten die Spaziergängerin an und muhten. Einige erschraken und verfielen in Trab, als sie sahen, dass sie näherkam.

Dann war er da ... Sie küssten sich scheu, als wäre es verbotenes Tun. Er legte zögerlich und leidenschaftslos seinen Arm um sie. Sie saßen auf einer Ruhebank, die sich Bauern unter den Baum gezimmert hatten, und schauten auf die besonnten Felder, wo der Emmer wogte. Pfauen riefen vom Park her. Weiter weg ästen ein paar Rehe auf einer Wiese und schauten mit weit abgespreizten Lauschern in Richtung des einzeln stehenden Baumes, wo das Fräulein mit dem schwarzen Mann poussierte. Offenbar ging der Wind aber so, dass sie keine Witterung erhielten und nach einer Weile unbeirrt weiterfraßen.

»Es wird schwieriger, welche zu finden!«, sagte sie, während sie die Rocktaschen leerte und die kleinen, schwarz-gelben Körper behutsam in die Schachtel umsetzte, die er an sich nahm. Sie liebte alle Lebewesen und hätte es nie übers Herz gebracht, einem ein Leid zu tun. Er hatte ihr schwören und Gott zum Zeugen bitten müssen, dass er sie nicht tötete!

»Wie können Sie nur so etwas von mir denken, meine Verehrteste! Nie würde ich ein Geschöpf Gottes ums Leben bringen – sofern es nicht in der Verteidigung meines eigenen Lebens und unserer gottgefälligen Ziele geschieht!«

Sie hatte geschluckt und tief eingeatmet. Kurz kam ihr all das zu Bewusstsein, was geschehen war. Und was noch geschehen müsste. Er wusste so viel und sie wusste so wenig. Aber er wusste dennoch einiges nicht, das sie wusste. Er hatte ihr einen Antrag gemacht. Sie hatte sich Bedenkzeit erbeten.

»Werden Sie später zugegen sein?«

»Natürlich ...«

Mittwoch, 8. Juli 1772

Der Montag war noch ein wunderschöner stiller Tag in Caputh gewesen. Die Couturiers waren gemeinsam mit Marie und den Kindern in Langustiers neuer Kutsche nach Berlin gefahren. Karl Alexander von Quandts Kutscher hatte gelenkt und war abends voller Lob über den Sportwagen und voller Rotwein zurückgekommen.

Langustier hatte morgens kurz überlegt, ob er zum Begräbnis mitfahren und sich umschauen sollte, doch er hatte sich dagegen entschieden, denn er war a) faul, b) faul und c) faul. Außerdem glaubte er 1. nicht, dass sich der Mörder beim Begräbnis herumtriebe, 2. hätte seine Präsenz auf dem kleinen Friedhof bloß zu unnötigen Spekulationen geführt und 3. ... siehe a, b, c. Um aber zumindest zu erfahren, wer daran teilnahm, hatte er Marie gebeten, sich die Teilnehmer anzusehen und sich auch sonst alles Auffällige zu merken.

Die Garnfabrik hatte während des hochfürstlichen Besuchs – wie Karl Alexander der Daschkowa tags darauf beim Abschied stolz hatte verkünden können, eine Werst Türkischgarn produziert. Sie hatte eine kleine rote Rolle als Andenken erhalten.

Langustier, Rahel und die Fürstin waren am Dienstagabend kurz vor Torschluss in Berlin angekommen. Die Daschkowa hatte sich ins Hotel verfügt, die Langustiers hatten sich bei Marie früh zu Bett begeben, freilich nicht bevor Marie ihrem Vater noch Bericht erstattet hatte:

»Bei der Beerdigung der drei Damen wurde der König von seinem Neffen vertreten. Der Thronfolger hat Tränen vergossen an den Gräbern. Weniger über die Predigt des Hof-Falken. Die konnte man nur impertinent nennen, hat er sich doch über die Schrecken der Mode für die Moral ausgelassen.«

Zum Frühstück stellte sich die Fürstin zwanglos wieder ein. Sie hatte Gefallen am Familienleben gefunden. Das Hoteldasein war dagegen kalt und wesenlos. Nicht zu reden von der kümmerlichen Verpflegung.

»Sie können es sich nicht denken: Man hat mir drei riesige Platten mit kaltem, graugrünem Braten zum Frühstück hingestellt und eine Kanne mit lauwarmem Kaffee, der nach Wagenschmiere schmeckte.«

Marie holte der Fürstin als Entschädigung kleine köstliche Erdbeertörtchen. Dazu gab es Berlins besten, stärksten, heißesten, türkischsten Mokka.

»Oh, wie hab ich es gehofft ... Ich bekenne: Berlin ohne Ihr Delicatess-Comptoir wäre bloß Fliegendreck auf der Landkarte! Aber mehr kriege ich nicht hinunter!« Es war höllisch heiß – und nach drei Tagen Kochkunst à la Langustier musste die Fürstin, wie sie sagte, mehr Platz für den Stecker lassen ...

»Bis zum Fest wird gefastet! Monsieur, wenn ich es nicht besser wüsste, würde ich denken, Sie wollten mich zu Tode kochen! Ich passe kaum noch lebend in die Verschnürung. Lassen Sie uns ungeachtet der Temperaturen draußen heute ein wenig flanieren. Ich will mir diese Einkaufsmeile Friedrichstraße einmal in aller Ruhe und, wenn es geht, ohne Kriminalermittlung ansehen.«

Langustier verging nicht gerade vor Begeisterung über die Aussicht, sich erheben zu müssen. Da stürmten die Kinder herein und verkündeten lauthals:

»Die Hofdamen und alle Cou... Tou... äh ... die Schneider aus Franz-Reich sind in der Friedrichstraße und laufen von Budike zu Budike! Und der Hofglockenist soll nachher ein Konzert spielen: um Schlag zwölf von der Parochialkirche runter! Ein Eng-

lischer hat dafür eigens ein neues Stück namens *Carillon* kompo...sitio...niert!«
»Burney!«, sagten Langustier und die Daschkowa erfreut.
In stiller Übereinkunft standen sie auf. Marie trug Rahel und der Fürstin zauberhafte leichte Schoßjacken aus ihrem reichen Fundus an, in denen sie bei der draußen herrschenden Temperatur besser bestehen würden. Während sich die beiden von Maries Hausmädchen beim Umkleiden helfen ließen, nahm die Fürstin die Zeitung zur Hand, wo eine kurze Notiz über die Beerdigung stand.
»Parochialkirchhof, wo ist das? Ich möchte an die Gräber Sträuße legen.«
»Es ist der Kirchhof, der die Kirche mit dem erwähnten Carillon umgibt. Wahrscheinlich ist der Thronfolger auch dort«, antwortete Rahel von jenseits eines spanischen Raumteilers, während sie fester in das Schnürmieder gedrillt wurde, um anschließend die rosa Jacke überzuziehen. »Er hat eine Vorliebe für das Carillon und sogar schon eigene Werke komponiert. Auch ist er sowohl dem Prediger Falk als auch dem Hofglockenist eng verbunden – durch das Hobby des Goldkochens ... da scheint er in die Fußstapfen des unvergessenen Fredersdorffs zu treten ... dessen Labor war im selben Haus, in dem jetzt die Putzmacherin Schröder ihren Laden hat. Autsch! Wollen Sie mich umbringen, Elfie?«
»Tschuldigung, Madame ... kommt leider sicher wieder vor ...«
Der Fürstin erging es nicht anders.
»Wenn einer« – zum Hausmädchen Elfie: – »Herrgott, ich bin auch ein Mensch, sie garstiges Mensch, Sie! ... Also wenn, uff, einer kein Gold hat, will er es sich kochen. Mein Onkel war auch der Überzeugung, dass er etwas verwandeln könnte! Es gelang besser, als er dachte: Er verwandelte alles – in nichts!«
Nachdem die Damen fertig waren, verließen sie das Haus in gelber und rosa Seide mit entsprechenden Schirmchen. Langustier trug blendendes Himmelsblau. Er übernahm den Part des Kut-

schers und Fremdenführers. Sie verabschiedeten sich bei Marie im Delicatess-Comptoir unten im Haus, die es natürlich bedauerte, nicht mitgehen zu können. Aber einer in der Familie musste schließlich arbeiten. Langustier sagte mit einer lässigen Handbewegung:
»Arbeit? In meinem Alter? Welch garstiger Gedanke!«
Er war absichtlich einen Umweg gefahren, um die Fürstin einmal über den Lindencorso zu chauffieren. Beim Versuch, flott in die Friedrichstraße einzubiegen, verfluchte er diese Idee ... Jahrmarkt war nichts dagegen: *tout Berlin*, von dem stets gern die Rede war – hier schien es sich wirklich einmal zu ergehen. Und zwar gänzlich zu Fuß ... Eine wogende Menschenmenge schwappte in der Straßenschlucht, und der Daschkowa entfuhr ein Stoßseufzer der Verwunderung.
»Ah, das ist groß! In Paris fallen sie keinem mehr auf – aber hier sind sie Götter!«
Das waren die großen Vier an diesem Dienstag wirklich. Jeder wollte sie sehen, vor allem natürlich die Berlinerinnen: Damen, Fräuleins, Hofmeisterinnen, Zofen, Dienerinnen, Hausmädchen, Gouvernanten, Mägde. Aber auch der Herr von Format wollte wissen, wie die berühmtesten Modemacher der Welt sich kleideten. Der schwedische Ober-Garderobier Baron Silkstedt äugte ebenso neugierig wie der Graf Lehndorff. Nicht, dass sie den Parisern etwa hätten nacheifern wollen ... Aber die männliche Eitelkeit, selbst wo sie nur noch in einer quasi hypothetischen oder gar dogmatisch negierten Form vorhanden war, strebte danach, über diesen wichtigen Punkt zumindest informiert zu sein.
Langustier war am Rande des Nervenzusammenbruchs. Da hatte er nun die schnellste Kutsche Berlins ... und steckte fest! Es blieb ihm nichts anderes übrig, als so vorsichtig, wie es nur irgend ging, weiterzufahren und bei nächster Gelegenheit abzubiegen. Doch es war noch so weit bis zur Einmündung der Französischen Straße. Einen Vorteil hatte es aber, dass sie sich nun als einzige

Kutschfahrende inmitten eines Stromes von Fußgängern bewegten: Sie konnten von oben alles sehr gut überblicken.
»Da, neben Bergé ist Adelheid von Rohr«, rief die Daschkowa.
»Das sieht mir nach einem Streit unter Liebenden aus«, ließ sich Langustier vernehmen. »Die junge Dame scheint arg an der Eifersucht zu leiden.«
Rahel und die Fürstin nickten pikiert. Man war so ungern Zeuge der Gefechte anderer, vor allem, wenn man einen davon aus persönlicher Bekanntschaft so gerne mochte wie sie beide Bergé.
»Aber ... so hör doch zu!«, rief der in höchster Anstrengung, um im Trubel das Gehör der Braut zu finden, was zur Folge hatte, dass man es selbst in der vorbeifahrenden Kutsche noch sehr gut vernehmen konnte: »Ich hatte nie etwas mit Philippine! Und auch nicht mit ...«
Adelheid von Rohr versetzte ihm einen kraftvollen Hieb mit ihrem schönen weißen Sonnenschirm, der danach wie eine zerknickte Schwanenfeder aussah.
Aus der sehr langsam vorankommenden Kutsche erkannte man jetzt auch viele Mitglieder der höfischen Frauenriege: die Weyer, Kannenberg, Platen, Fressange, Vennwitz, die Blaspiel, Bianchini, die Bromberg, Ärenswärd, Laroche ... die taubengraue Nathalie von Roedern schien es nicht länger im Trubel zu halten. Nach einem kurzen Austausch zum Abschied umarmte sie die blendend weiß kostümierte Italienerin und folgte Adelheid von Rohr, die ihren misshandelten Schirm trotzig zum Himmel reckte. Man sah die Trauer über den Tod der Brieffreundin Krähl am Schwarz ihrer Garderobe. Sie wollte wohl zum Prediger Falk wegen der Trauung. Aber nach der eben erlebten Szene mit dem Bräutigam? Der Kammerherr Lehndorff hinkte jetzt neben den beiden, erkannte die Langustiers und die Daschkowa und rief:
»Meine Verehrung, die Damen, ergebenster Diener, Herr Hofküchenmeister – ich hoffe, Sie kommen alle nachher zum Glocken-

spiel? Seine Königliche Hoheit, der Prinz von Preußen, wird zugegen sein!«

Sie signalisierten freudige Zustimmung und sahen noch, wie die beiden Damen zum Grafen in ein uraltes Gefährt kletterten: eine schwarze, geschlossene Berline, an der die Wappenschilde der Regierenden Königin so abgeschrammt waren, dass man sie kaum noch erkennen konnte. Der ehemals für den König arbeitende alte Kutscher Wurmb, der vortrefflich zum Gesamtzustand des Gefährts passte, saß auf dem Kutschbock wie angewachsen. Ab und zu nahm er einen Schluck aus einer Flasche, die er aus dem Ärmel seines talarartigen schwarzen Kutscherhabits zog. Er musste bei der Hitze schier umkommen darin.

Bergé, Léonard, Valencia und Huberty waren zu Fuß unterwegs und genossen das Bad in der Menge. Die Berlinerinnen und Berliner schienen sie trösten und durch diese Demonstration darin bestärken zu wollen, noch zu bleiben. Sie winkten, als sie die Sandspinne mit Langustier und seinen Fahrgästen erblickten.

»Fahren Sie keinen tot!«, sagte die lachende Daschkowa halb amüsiert, halb tadelnd zu Langustier. Von unten, aus dem träge zurückweichenden Spiegel der Fußgänger tönte es zürnend: »Obacht! Schinder!«

»Was muss man auch die Straße verstopfen, wenn man weiß, dass hier chauffiert wird?«, erwehrte Langustier sich der Flüche. Die Fußgänger retteten sich in Wandnähe – das Fehlen eines Bürgersteigs machte ihr Leben äußerst gefahrvoll. Endlich hatte er sich durchs Gewühl bis zur Einmündung der Französischen Straße vorgearbeitet, bog links ab und parkte an den Pferdeställen und Krambuden, welche die Kirche der Hugenotten wie ein Cape umgaben.

»Auf ins Getümmel!«, frohlockte die Daschkowa, während sie eilig der Friedrichstraße zustrebten.

»Was ist das eigentlich für ein Beruf – Hofglockenist?«, fragte die Fürstin, sich dunkel nur entsinnend.

»Die Verdeutschung von Carillonneur, Glockenspieler!«, antwortete Rahel. »Im Turm der Reformierten Parochialkirche, sozusagen unserer pietistisch-calvinistischen Hofburg, wo der Prediger Falk horstet und seine uns schon bekannten Kellneriaden herausposaunt, ist ein solches Wunderwerk der Technik installiert! Seit diesem Jahr haut ein neuer Mann in die Tasten – wortwörtlich, denn das Instrument ist nichts für zarte Klavierspielerhände … Seelig heißt er, ein sehr trefflicher Name für einen Glockenspieler. Es klingt wirklich schön und beseligend! Nachher werden Sie es selbst beurteilen können.«
Sie hatten die Couturiers bald schon wieder lokalisiert. Wo das Getümmel am größten war, da waren sie. Bei Leyse im Laden. Bergé begrüßte sie mit den Worten:
»Wir finden nur in den teuersten Läden Zuflucht. Hierher folgt man uns nicht, sondern schaut von draußen zu, wie wir Geld ausgeben, das wir später vermissen werden … aber diese Schuhe sind es wirklich wert! Monsieur Leyse – mein Kompliment! Was tun Sie noch länger hier? Kommen Sie mit nach Paris: Die Königin von Frankreich wird sie mit Gold überschütten …«
Leyse, ein schlanker Mann in lehmfarbenem Moiré, wehrte bescheiden ab:
»Ich glaube, Paris wäre nichts für mich. Es soll sehr viel Schmutz auf den Straßen geben. Ich könnte es nicht ertragen, die feinen Stoffe auf meinen Schuhen dem Dreck ausgesetzt zu sehen …«
»Leider haben Sie recht«, stimmte Léonard zu, der mit seinem Nussbaum-Spazierstock mit Marmorknauf versonnen am versammelten Schuhwerk entlangfuhr, um kein Modell zu übersehen. »Deswegen wünsche ich auch einen Schuh, den man gut reinigen kann. Aber er sollte schon etwas Ausgefallenes haben. So wie der hier!«
Der blaßgrüne Stockknauf stoppte vor flachen Halbschuhen, deren Obermaterial schwarz-gelb gemustertes, glänzendes Glattleder war. Langustier schluckte … Woran erinnerte ihn das?

»Ihr Geschmack ist ungeheuer, Monsieur: *souliers à salamandre …*«
»Unser Hofküchenmeister sollte sich unbedingt auch ein Paar kaufen, denn das, was er da momentan an den Füßen hat, ist keinesfalls standesgemäß!«, sagte die Daschkowa. Rahel nickte nachdrücklich.
Langustier ließ sich seufzend neben Léonard auf der Anprobebank von schön poliertem Mahagoni mit gelber Polsterung nieder, um sich dem Diktat der Schuhmode zu unterwerfen. Zu beiden Seiten des sehr elegant eingerichteten und zur Straße hin offen ausgebrochenen Ladens standen große pyramidale Glasspinde, in denen das nobelste Schuhwerk präsentiert wurde.
»*Souliers à claque* mit minzgrünem Samt überzogen! Eine treffliche Wahl, Herr Hofküchenmeister. Doch für die Küche würde ich Ihnen ebenfalls zu Glattleder raten, auch eher zu einem Halbstiefel mit flachem Absatz, denn da brauchen Sie einen festen Stand. Und nicht zu schmal sollte er sein, Sie haben einen kleinen, aber breiten Fuß!«
Nach einer Stunde waren sie alle sehr viel reicher und ärmer zugleich.
»Die Engländer nennen es *shopping*!«, sagte die Daschkowa lachend, nachdem sie den ganzen Laden-Parcour durchmessen hatten, der sich bis zur Leipziger Straße hinunter erstreckte, und wieder an der Ecke zur Französischen Straße standen.
Langustier blickte frustriert in seinen Geldbeutel.
»Eine nette Beschäftigung, dieses Shopping. Allerdings keine, der ein armer Hofkoch …«, er sah auf sein zwiebelförmiges Taschenchronometer, »… auch nur eine halbe Minute länger nachzugehen in der Lage ist. Liebste, hast du alles, was du brauchst?«
Er sah zu Rahel, die kaum noch wusste, was sie alles erworben hatte. Man würde es wissen, sobald die Sendungen angekommen wären und Kleiderballen, Taschen, Schachteln sowie Pakete die Eingangshalle des Potsdamer Hauses blockierten.

»Gerade wenn es anfängt, Freude zu bereiten, wird man gezwungen aufzuhören!«, befand sie seufzend. Und zur Daschkowa: »Sie können freilich auch noch Ihre russischen oder französischen Liegenschaften versetzen, Fürstin, um die hiesigen Läden leerzukaufen, aber wenn sie mit uns zum Glockenkonzert wollen, dann müssen sie das für später aufschieben.«

Die Fürstin verabschiedete sich schweren Herzens vom Gedanken, Anna Livia Bellmann noch gleich Hand an ihren zerzausten Kopfputz legen zu lassen.

»Na gut, dann nach diesem – Konzert ...«

Sie war allerdings zugleich ein wenig froh, denn Shopping in dieser extremen Form, so berauschend es sein konnte, war auch sehr anstrengend. Vor allem bei diesen Temperaturen.

Der Hofglockenist Georg Friedrich Seelig, dessen Eltern offenkundig Händel-Verehrer waren, kletterte vor Robert Burney die Treppe im Turm der Berliner Reformierten Parochialkirche hinauf. Bei Biegungen verschwand der kleine Mann hinter einer Ecksäule, sodann tauchten zuerst die großen Notenblätter wieder auf.

Bis zum letzten Moment wusste Burney nicht, was ihn unter der Turmhaube erwarten würde. Eine schäbige Holztür flog auf, Licht stürzte in die geblendeten Augen. Der Berliner Himmel, der sich zwischen riesigen Säulen mit korinthischen Kapitellen zeigte, war wunderlich übersponnen von Drähten, behangen mit den 37 schwarzen Glocken des großen Carillons. In einem Holzhäuschen in der Mitte stand das Spielpult. Seelig, der sehnige, aber nicht sehr wohlgenährte kleine Mann, blickte auf seine Taschenuhr. Er ordnete die Noten, begutachtete das Hebelwerk der Klaviatur und widmete sich dann der Kontrolle der Glockenzüge.

»Die größten Glocken spielt das Pedal, denn hier kann man *manualiter* und *pedaliter* phantasieren. Das Pedal drückt die eigentliche Melodie aus, in der die großen Glocken wegen der

Masse die kleinen übertönen. Daher muss das Pedal meist die Choräle und Lieder machen, indes die kleinen Manualglocken hineinspielen.«

»Was werden Sie spielen, außer meinem frischen Stück?«, fragte Burney, dem auffiel, dass Fußpedale und Hebel von fast gleicher Größe waren und die Hebel einen sehr weiten Abstand zueinander aufwiesen.

»Ich werde spielen: Baron Kellners *Haupt voll Blut und Wunden* und *Herzliebster Jesu*, dann den Choral *Alle Menschen müssen sterben* und zum Schluss das Lied *O Jesu Christ, mein Lebenslicht.* Ich kann Ihnen sagen – danach wird mein Lebenslicht flackern, denn man drückt diese monströsen Hebel nicht einfach mit der Fingerkuppe hinunter. Sie haben die Abstände dazwischen gesehen? Ich muss aus beiden Armen einen Vorschlaghammer formen und mit aller Kraft auf den Hebel hauen. Aber Sie werden es ja gleich erleben. Wissen Sie, wie es beim ersten Mal gewesen ist? Da war ich noch Lehrling bei meinem Vorgänger Seidel. Der König hatte zum Lobpreis eines Generals ein kleines Lied komponiert, und ich hatte mich erdreistet, die kleine Melodie mit allerlei Schmuckwerk zu einer Bach'schen Polyphonie aufzuschäumen. Doch schon bei den ersten Schnörkeln kam ich heillos durcheinander und schlug wunderbar falsche Töne an. Das Instrument erschien mir unspielbar, kaum zu glauben, wie schwer die Tasten gingen, wie seltsam die Verzögerung zwischen Anschlag und Klang war. Der König ließ später nachfragen, von wem die *Kakafonie* gewesen *seindt*, die *der Turm-Affe des Küsters gespielt* … Ich habe es erst mit der Zeit begriffen: Man muss blind spielen wie an der Orgel oder am Klavier, es muss einem zur zweiten Natur werden.«

Sie lachten.

»Was ist denn das hier?«, fragte Burney interessiert. »Gehört das zum Spielwerk?«

Seelig lächelte hintergründig im Hintergrund.

»O nein, das ist mein Steckenpferd, die Chemie. Dieser überdachte, luftige Ort ist ideal, wenn man Experimente macht, bei denen üble Wetter entstehen.«

»Das ist, Monsieur – wenn Sie mir die Bemerkung erlauben – eine ziemlich ungewöhnliche Beschäftigung für einen Musiker!«, sagte Burney.

»Finden Sie? Ich sehe es anders – ich finde, es gibt eine große Nähe zwischen der Musik und der Chemie. Was ich mit Noten bewerkstellige, kann ich auch mit Salzen und Lösungen, mit Säuren und Basen, mit Oxyden und Hydraten ... Ich kann Ihnen ganze Symphonien komponieren, in Gold und Silber ausmünzen und in Partituren niederschreiben.«

»In Gold und Silber ausmünzen? Das will ich sehen. Was aber wollen Sie mit diesem kleinen Stall voll garstiger Salamander?«

»Oh ... das ist sozusagen ein *experimentum crucis* für den Baron Kellner, der es auch finanziert. Er will den Generalchirurgus Theden widerlegen, welcher seit Jahren glaubt, den Giftstoff von *salamandra salamandra maculosa* isoliert zu haben. Falls der Thronfolger das sähe, wäre er nicht erfreut. Denn er bezahlt mich dafür, andere ... Experimente durchzuführen. Medizin und der Stein der Weisheit sind ihm schnuppe. Für ihn wäre es schon genug, wenn es mir endlich gelänge, ein paar Pfund Glockenbronze in ein entsprechendes Quantum Silber zu transmutieren. Ich glaube aber, dass mit der Giftchemie mehr zu gewinnen ist.«

»Höchst merkwürdig!«, rang sich Burney ab, den mehr die Physik der Töne begeisterte. Vor diesen fürchterlichen kleinen Wesen dagegen ekelte er sich.

Aus Seelig sprudelte es jetzt wie aus einer unvermutet angebohrten Felsenquelle:

»Zweierlei Umstände haben den Molch seit sehr langer Zeit in Verruf gebracht: der Verdacht des Gifts und die vermeintliche Eigenschaft, dass er im Feuer leben könne. Kellner will nun den ersten Vorwurf widerlegen, denn die Absurdität des zweiten vermag jeder, der gottlos genug ist, einen Salamander ins Feuer zu werfen, wo er natürlich verbrennt, selbst einzusehen. Dazu muss ich den Anweisungen folgen, die Theden in seiner Veröffentlichung gibt. Das ist nun beinahe anstrengender, als das Carillon zu spielen.«

Er lachte. Burney langweilte sich. Leider war dieser Carillonneur unerhört geschwätzig.

»Nun ja, fast ... Seit zwei Wochen schleppt mir der Hofprediger Falk Feuersalamander heran – wer weiß, wo er die alle herbekommt! Ich beraube sie behutsam ihres Hautsekrets, indem ich sie sanft in Baumwolltücher wickele. So werden die zerstreuten Drüsen auf der Oberfläche ihrer Körper zur Absonderung eines milchartigen Safts angeregt. Nach ein paar Stunden haben sie ein Tüchlein vollgeschwitzt, das dann in Alkohol gelegt wird. Der Auszug, der so entsteht, reichert sich durch Verdunstung an.«

»Ist es nun gefährlich, das Gift?«, fragte Burney, dessen im Grunde nur mäßiges Interesse an diesem seltsamen Aspekt der medizinischen Tierforschung jetzt doch reger wurde, als er die putzigen Tierchen sich graziös bewegen sah.

»Die Antwort zu begründen wäre Anlass für einen längeren Vortrag, den ich Ihnen ersparen will. Von dem Gifte des Feuermolchs und dessen schrecklichen Wirkungen sind die Schriften der Alten ganz voll, und des Barons Behaupten, an der Sache sei gar nichts, ist leider nicht haltbar. Die aus den Warzen dringende Feuchtigkeit ist für sich genommen nur schwach ätzend. Theden hat einen Salamander mit bloßen Händen anatomiert, wobei ihm der Saft in die Augen gespritzt sei, die hernach rot waren. Ich kann das nur bestätigen. Einige Tropfen des unkonzentrierten alkoholischen Auszugs bewirkten bei mir große Vertrocknung auf dem Gaumen und im Schlund sowie jenes Gefühl von Zusammenziehen und Würgen in der Gegend des Kehlkopfes, das man auch beim Genuß von Mekonsäure und Jodid bemerkt. Auf stärkere Gaben stellt sich dann ein besonderes Gefühl von Mattwerden und Spannen in den Augenlidern ein, die Augen werden blöde, man fühlt starkes Stechen und stumpfe Schmerzen im Brustkorb und sehr trockene Handflächen und Fußsohlen. Das konzentrierte Extrakt dürfte wohl auch für Menschen tödlich sein. Das wird dem Baron nicht gefallen. Nur, wie Falk es ihm beibringt, ich meine: wie es bei Kellner ausprobiert wird, ist mir noch nicht ganz ersichtlich ... Ich fülle stets das frische Resultat hier in einen Flakon, den Falk mitzunehmen gedenkt, wenn genügend beisammen ist. Er sagte, glaube ich, etwas von Proben an ohnehin krankem Vieh ... Aber bislang muss ich dummerweise schon mehrfach den Stöpsel nicht richtig aufgesetzt haben, denn es war stets fast alles wieder verdunstet ...«

Burney blickte hinab: Auf dem ganzen Platz rund um die Kirche hatten sich Zuhörer eingefunden. Das Defillee unterm Carillon war offensichtlich sehr beliebt. Die Fürstin Daschkowa sowie der dicke Koch und seine Gattin fehlten nicht. Und nebendran stand der Prinz von Preußen! Die vier hatten sich ganz vorne, fast am Eck aufgebaut, wo der Fahrweg zum kleinen Kutschenstellplatz in die Klosterstraße mündete, vor dem Haus, in dem, sagte ihm Seelig jetzt, früher das *Angsthuhn* Podewils gewohnt hätte. Langustier und die Daschkowa standen direkt in der Zufahrt, Rahel Langustier und der Prinz nahe an der Wand.

»Je weiter man weg ist, desto schöner klingt es. Mir haben schon Besucher der Zelte im Tiergarten erzählt, welch ein Feen-Konzert sie gehört: Als ob ein Elfenorchester in den Wolken über Berlin gespielt ...«

Beim Blick auf seine Taschenuhr entfuhr ihm ein kleiner Schrei.

»Machen Sie rasch die Tür zu und halten sich die Hände auf die Ohren, wir werden sonst taub!«

Kaum hatte Burney diese Anweisungen befolgt, kam der erste von zwölf Glockenschlägen, das Kirchengeläut donnerte los. Seelig machte sich zum Spiel bereit, welches mit ersten Sphärenklängen begann, kaum dass die großen Glocken zur Ruhe gekommen waren. Sie schwangen noch immer aus, als der Carillonneur bereits das erste Stück bewältigt hatte.

»Na, was sagen Sie?«, fragte Seelig stolz, sich noch recht flott die Stirn trocknend.

»Ungeheuerlich! Das muss mein Bruder erleben, er wird vor Begeisterung in den Strippen herumklettern, um alles zu untersuchen. So wie er unbedingt auch die berühmte Notenschreibmaschine der Akademie sehen will, die auf Notenblätter aufschreibt, was man eben spielt.«

»Die gibt's leider nicht mehr, sie ist vor Jahren beim Brand in der Akademie verdorben, und der Erfinder lebt nicht mehr.«

»Das ist ja grässlich!«, sagte Burney entsetzt. Er hätte alles für eine solche Apparatur gegeben. Nun hörte er sein eigenes Stück auf diesem höchst kuriosen Instrument gespielt und fand es ganz passabel – für den Spottpreis, den der Monarch dafür gezahlt hatte.

Der Anblick, den der Carillonneur beim Weiterspielen bot, ließ ihn die Enttäuschung rasch vergessen. Die kleine, so ruhige und zurückhaltende Figur wurde zu einem Wahnsinnigen: Seelig pumpte mit beiden Beinen auf den Pedalen, schlug mit den Handhämmern, boxte, zog, schob, wummerte ... verschmolz ganz mit dieser grotesken Verdrahtung und dem Spielkasten, sodass es nicht mehr eindeutig war, ob der Mann den Apparat bediente oder der Apparat den Mann. Burney trat, um die Wirkung des Spiels auf die Zuhörer zu beobachten, an die Balustrade, sich im Schatten einer Säule haltend, was ihm ob seiner Dürre und schwarzen Kleidung vollendet gelang.

»Es ist entzückend«, sagte die Daschkowa, und ihr glockenhelles Lachen fügte sich in die ersten Klänge von Kellners *Alle Menschen müssen sterben*.

»Das ist es – Seien Sie mein Gast, Fürstin!«, sagte der Prinz. »Sie sind alle eingeladen!«, fügte er, vorsichtig in die Runde blickend, hinzu. Kurz schienen ihm Bedenken zu kommen angesichts der eigenen, durch keinerlei Finanzmittel untermauerten Großzügigkeit, doch dann blickte er zum Himmel hinauf und dachte an die Experimente des guten Seelig … Alles müsste gut werden, es müsste …

»Wenn Sie, Monsieur, mir die Ehre erweisen, zu kochen?«

»Es ist mir eine Ehre, Königliche Hoheit!«, respondierte Langustier, dachte aber: O Herr! Warum musst du mich so strafen? Es war klar, dass er die Zutaten für das Mahl beizusteuern hatte, denn der Prinz, der dicke Wilhelm und seine dicke Frau, die Prinzessin zu Hessen-Darmstadt, waren ebenso gefräßig wie pleite.

In diesem Moment sah er den Schatten … Abgelenkt vom lauten Spiel, hatten sie die Kutsche nicht kommen hören. Langustier packte die Daschkowa, die neben ihm stand, und riss die Dame, ohne auf Garderobenschäden und Gebote des Anstands zu achten, vom Fahrweg. Alles, was er im eigenen Herumwirbeln noch wahrnahm, war die fassgroße Radnabe, die sich ihm von links näherte. Ein fürchterlicher Schmerz schnitt ihm in die Seite. Dann wurde es schwarz.

Er verlor nicht nur den Boden unter den Füßen, sondern auch das Bewusstsein. Verflucht, dachte er noch kurz. Die schönen neuen Schuhe!

Alle Menschen müssen sterben verklang gerade, als Burney kreideweiß ins kleine Organisten- und Laborhäuschen des Hofglockenisten trat. Seelig sah selbst ein bisschen verstorben aus. Als er Burneys abwesenden Gesichtsausdruck bemerkte, fragte er erschrocken:

»War es so schlimm? Klang es so falsch? Ich spiele jetzt seit drei Monaten blind und glaubte, es sei vollkommen …«

Burney brauchte einen Moment, um zu antworten.

»Es war grauenhaft …«

Dann wurde ihm bewusst, dass der andere – zu einem Häufchen Elend auf seinem Bänkchen zusammengeschnurrt – das Gesagte missverstehen musste, sodass er sich beeilte zu ergänzen:
»Nein, o Gott: Ich habe doch nicht Ihr Glockenspiel gemeint, das war himmlisch! Göttlich! Man könnte Gott nur bedauern, wenn er beim Spielen auf seinem Instrument so viel Arbeit hätte wie Sie … Nein, ich sah nur gerade, wie sich drunten ein Kutschunfall ereignete. Wie grässlich – den Hofküchenmeister Langustier hat es bös erwischt!«
Seelig sprang auf. Sie liefen zum Geländer, blickten hinab und sahen, wie sich alles um die hellblaue leblose Gestalt am Boden scharte. Die Kutsche, von der Burney gesprochen, verschwand derweil klappernd in der Klosterstraße. Es war die alte Berline der Königin.

Wie sich das dralle Fräulein um die zahllosen Kunden im Laden bemühte, welche Anbiederung! Es herrschte ein Gedränge wie auf Noahs Arche. Die Zofe – noch genauso unbeholfen wie man sie kannte … Hier vorne ging es nicht, selbst im Gedränge würde man es bemerken. Aber wie sie nach hinten locken? Ach, das musste gar nicht sein, denn sie sprang ja selbst andauernd in die rückwärtige Kammer, um irgendwas zu holen! Da, schon wieder … und flüchtig grüßen.
»Ich fürchte, heute wird es mit meinen Schleifen zu Ende gehen!«
»Das wünsche ich Ihnen, Madame!«
»Meine Empfehlungen an Ihre Hoheit! Und die Majestäten!«
Jetzt war sie wieder vorne. Keiner, der hersah? Also los, und hinein.
Dunkel war das – genau richtig! Zur Hälfte Lager, zur Hälfte Schneiderraum, rechts neben der Tür eine Art Vorhang, der ein Eisengestell mit Waschschüssel verdeckte. Wenn jetzt die Türe ging? Wie erklären? Bloß in der Tür geirrt, gedacht, es ginge da hinaus …

Die Tür ging auf, zu früh! Noch nicht vorbereitet! Oh ... zum Glück war es bloß die Zofe. Keinen Mucks machen hinter dem Vorhang. Nicht bewegen! Aber was geschähe, wenn sich die faule Helferin nun das Gesicht waschen wollte oder die Hände? Das Blut dröhnte so laut. Der Herzschlag ging wie ein Hammerwerk. Ob das junge Ding es hörte? Notfalls müsste sie dran glauben, die Entdeckung wäre der Tod. Nein, sie holte nur etwas aus einer hohen Schachtel und ging wieder hinaus in den Verkaufsraum.
So endlos viele Schachteln und in jeder lagen kostspielige Niäserien: Kunst-Blumen, Bänder, Schleifen, Borten, Federn, Spitzen, Rüschen, Girlanden, Quasten, Falbeln – Überschriften, Unterstreichungen, Anmerkungen und Fußnoten der Verführung. Als Dieb hätte man hier leichtes Spiel. Das Zeug war verdammt teuer. Billig dagegen der Vorhang, gelbe Blumen auf rotem Grund. Aber praktisch. Wie aber später, wenn es vorbei wäre ... wie dann verschwinden? Einfach hinausschlüpfen, notfalls schreien.
Draußen ertönte lautes Lachen. Es folgten geschäftige Schritte vor der Tür. Das war sie! Rasch den Korken und ... Die Tür ging auf, sie kam herein, sang vor sich hin, flötete. Na warte nur, gleich wird dir das Singen vergehen, du kleine dralle Mätresse! Sie zuckte vor Überraschung – heiß die Haut am Hals, wo schon eine Schleife saß, eine rote! Fort damit, denn die weiße wird dir besser stehen! Schon wollten ihre Arme zugreifen. Wie sie zappelte! Nur geschwind ihr die Hand vor den Mund pressen und mit der anderen den Brustkorb umfangen. Ja nicht umwenden lassen! Groß und weich sind diese Brüste – ... aber oh! Die war gar nicht geschnürt! Da wäre es wohl besser, ihr noch etwas Gift direkt an den Hals zu spritzen! Wehrt sich so heftig, die Kuh ... wird aber schon schwächer ... Rasch ihr einen Beutel über den Kopf ziehen, denn sie sieht bestimmt noch ... Vorsichtig die Tür einen Spalt weit öffnen: Nur die Rücken der Damen. Berückendes Bild – Watteaufalten, Gesäßschleifen ... Alle schauen sie zu Léonard, das ist gut! Hinaus, etwas weiter nach rechts, zu Bergé,

dem Düpierten ... Und atmen, ruhig atmen. Zusehen. Warten. Schauen. War das da draußen die Königin? Ihre Kutsche zum wenigsten war es.

Da kam der Schrei der Gehilfin. Sie hatte ihre Meisterin gefunden.

Als das Dunkel sich lichtete, sah er zuerst nur schwache Farbflecken in einem weiten Rund, dazu ertönte eine tiefe, sonore, sehr akademisch klingende Stimme:

»... seltenes Glück im Unglück, meine Herren, dass wir einmal zur rechten Zeit in meiner Vorlesung über *chirurgie des accidents* ein frisches Opfer hereinbekommen! Ich habe einen Kollegen in Paris, der nichts anderes tut, tagein, tagaus, als sich mit solchen Unglücklichen zu beschäftigen. Was hier, in dieser im Vergleich so kleinen Stadt, zum Ärger der experimentellen Medizin und der Studierenden der *chirurgie des accidents* leider nur alle drei bis vier Tage vorkommt, geschieht dort unablässig ... (seufzend) ... Ich bitte Sie, einmal von der Prominenz des Herrn abzusehen und sich das äußere Erscheinungsbild des typischen Verkehrsopfers unserer schnelllebigen Zeit einzuprägen. Solche Bilder werden Sie in jeder Gegend zu sehen bekommen, in der es Fern- und Schnellpostwege gibt. Besonders aber werden sie Ihnen erscheinen in einer größeren Stadt oder gar einer Metropole.«

Langustier konnte hören, wie Dutzende von Schreibfedern und Bleistiftspitzen aufgeregt über raues, billiges Papier fuhren. Auch wenn er die Stimme des Generalchirurgus nicht erkannt hätte, so hätte er doch spätestens anhand dieses Geräuschs darauf geschlossen, dass er gerade als Hauptakteur im Anatomischen Theater auftrat. Denn so waren sie, die Herren Studenten: Alles mussten sie mitschreiben!

»Wir nähen die Wunde mit einem neuartigen Zwirn aus Hanf, der nach meinen Vorgaben gesponnen ist – in der Caputher Garnfabrik ...«

Langustier verlor das Bewusstsein wieder, nachdem er kurz Stoßgebete zum Himmel geschickt hatte – wenn das noch länger die richtige Adresse war für so etwas. Karl Alexander, dachte er, Kochsalz und Schwefel ... Jetzt spielte er Versuchskaninchen für den Schwiegersohn. Honoré Langustier, dessen Spezialität Kaninchen nach der Art des Languedoc waren, schrie auf, als die Salzlösung gegen Wundinfektion aufgestrichen wurde. Vom anschließenden Setzen der Stiche spürte er nichts. Er verabschiedete sich, zuinnerst, erneut. Allerdings nur kurz, schon wieder näherte sich peinigend die Helle – und ein Gefühl, als hätte man ihn mit tausend Nadeln gepiesackt. Der Höllenschmerz in seiner rechten Seite ließ ihn einen lang gezogenen Klagelaut hervorbringen. So musste sich der letzte Schrei des Kaninchens anhören.
»Ein wichtiges Indiz«, kommentierte Theden diesen Laut. »Nicht immer, meine Herren, werden Ihnen so eindeutige Signale die Arbeit erleichtern. Sie kennen freilich alle die Proben, die uns zur Verfügung stehen, um Klarheit zu erlangen, in der grundlegenden Frage *lebendig oder tot*? Eine Vivisektion, also eine verfrühte, todbringende Obduktion, die Öffnung eines lebenden Körpers, ist generell zu vermeiden, wenn man es irgendwie einrichten kann. Das heißt aber nicht, dass Sie nachhelfen sollen ... (Gelächter) ... Obduktion, von lateinisch *obducere*, bezeichnet übrigens den Endpunkt des Vorganges: *etwas über etwas ziehen*. Ich habe den Herrn als Erstes daraufhin begutachtet, ob wir es mit einem letalen Fall oder mit einem *Patienten* zu tun haben. *Patient* von lateinisch *patiens*: duldend, leidend, also noch am Leben! Der Herr wurde von einer Kutsche erfasst, ein Rad erwischte ihn an der Seite. Es handelt sich zum Glück nur um eine große Platzwunde, Abschürfungen mittleren Grades und Prellungen. Die Bewusstlosigkeit rührt von der Bekanntschaft her, die der Schädel des Opfers mit dem Berliner Pflaster schloss ... Die Wunde ist a) desinfiziert und b) genäht worden. Generell sollten wir nicht sofort danach trachten, das Bewusstsein aufzurühren,

wenn eine Bewusstlosigkeit eintritt, da dem Betroffenen ein Teil der Schmerzen erspart bleibt. Das Bewusstsein kommt von selbst zurück. Und wir wollen den Patienten nicht unnötig quälen.«

Kratz, kratz, schab ... Es war unfassbar, sie schrieben alles mit!

»Monsieur Theden«, kam es krächzend aus dem Halbtoten, »ich muss Sie korrigieren, von wegen *patiens* – duldend ... Ich dulde dies keinen Moment länger! Sie haben kein Recht ... Ich wünsche sofort ...«

»Monsieur, ich freue mich, Sie noch unter den Lebenden zu wissen. Bitte sagen Sie mir: Was ist geschehen?«

Gute Frage. Was war geschehen? Er lag in der Anatomie und war vorgeführt worden wie ein überfahrener Straßenköter, das war geschehen ... Doch zuvor? Er ... hatte nicht den leisesten Schimmer ...

»Äh, helfen Sie mir – wie zur Hölle bin ich zum Engagement in diesem Theater gekommen? Ich kann mich nicht daran entsinnen, Ihnen meine Einwilli...«

»Das Opfer hat keine Erinnerung an den Vorfall und alles, was nachher kam – an den freilich überaus wichtigen Umstand, dass er sich uns aus freien Stücken zur Verfügung stellte!« Thedens Vortragsstimme hatte Langustiers gekrächzten Satz mitten durch in einzelne Teile geschnitten. Er fühlte eine unvorstellbare Trockenheit im Mund und eine dumpfe Trägheit im Hirn. Theden schlachtete aus, was er konnte:

»Diese Erscheinung, meine Herren, heißt partielle Amnesie, von griechisch *amnesia*: ohne Erinnerung. Der Patient kann sich an alles erinnern bis auf eine spezielle Lücke. In diesem Fall alles, was sich um den Zusammenstoß mit einer schlecht gelenkten Kutsche gruppieren müsste.«

Langustier erschrak. Zusammenstoß ... hatte er etwa eine fremde Kutsche gerammt, auf der Fahrt mit Rahel und der Fürstin? War er der einzige Überlebende eines fürchterlichen Kutschunglücks, das er womöglich selbst verursacht hatte? Waren die Damen tot?

In diesem Moment wurde seine Aufmerksamkeit wie die aller im Saal von lauten Rufen und Türgeräuschen abgelenkt. Langustier nahm alle Kraft zusammen, sich aufzurichten, doch das verhinderten die apokalyptischen Schmerzen. Nur den Kopf vermochte er zu wenden und die Augen aufzusperren. Im helleren Geflimmer in der Mitte seines Gesichtsfeldes tauchte eine Bahre auf. Direkt neben ihm in der Anatomie-Arena war sie abgestellt worden. Mehrere Personen waren ihr in den Hörsaal gefolgt, der von unten wie ein steiler hölzerner Trichter mit rundum laufenden Gattern aussah. Die Gatter verhinderten, dass die Studenten herabfielen.

»Keine Frauen in der Anatomie! Ich muss Sie dringend ersu…«

»Halt Sie Ihren Mund, Sie unverfrorener Tölpel! Ich lasse mir doch von einem Hausmeister nichts befehlen!«

Langustier erkannte diese Stimme, die jetzt fortfuhr:

»Monsieur Theden? Ich bin die Fürstin Daschkowa!«

»Fürstin!«, stammelte Langustier entsetzt-erfreut. Er versuchte erneut, sich aufzurichten, aber das Hauen und Stechen in der gesamten rechten Hälfte sprach dagegen.

»Bitte beweg dich nicht, Liebster!«, sagte Rahel, die mit der Daschkowa, mit Lehndorff, Bergé und dem Prinzen in Thedens Halbweltreich gekommen war. »Immer musst du im Mittelpunkt stehen … Ich bin so froh, dass du sprichst! Es sah aus, als wenn du … das ganze Blut – wie gut, dass das nur äußerlich ist! Hast du ihm das erlaubt? Dass dich diese Milchbärte in deinem Zustand anstarren?«

»Frag mich was Leichteres …«, krächzte Langustier. »Was ist überhaupt passiert? Er sagte was von Kutschunglück? Und wer ist das?«

Er sah zur Dame auf der Nachbarbahre.

»Das ist Madame Schröder …«, sagte die Daschkowa. »Was das Kutschunglück betrifft … die Berline der Königin hätte Sie und mich beinahe überrollt!«

Jetzt flimmerte es nicht nur vor seinen Augen, sondern auch in seinem Schädel. Da kamen ein paar Erinnerungsfetzen: Friedrichstraße, Ladenbummel, Carillon-Konzert vor der Parochialkirche. Danach nichts mehr.
»Liebster, es tut mir so leid, dass ich nicht bei dir blieb! Ich kam gegen den garstigen Pedell nicht an. Keine Frauen in der Chirurgie! Ich musste draußen auf dem Gang sitzen.«
Rahel hielt seine Hand und zeigte auf den alten Lippert, den Hausmeister und Haushofmeister Thedens, der die Schlüsselgewalt im Haus besaß; keinerlei Bildung, aber jede Menge zu sagen.
»Du warst keineswegs wach, als sie dich hier hineinschoben – hätte ich geahnt, dass es eine Vorlesung ist, ich hätte mich an die Bahre geklammert!«
Rahel hatte Tränen in den Augen. In ihrer Stimme klangen unterdrückte Wut und Verzweiflung. »Immerhin hat er dich gut versorgt.«
Die Studenten waren zuerst für einige Momente sprachlos erstarrt angesichts dieses unerwarteten Schauspiels. Sie tuschelten aufgeregt, einige kicherten. Dann aber wurden alle wieder still. Und sie schrieben und schrieben. Theden, der mit kurzem Lächeln die Fürstin und den Thronfolger, auch Bergé und Lehndorff begrüßt hatte, richtete seine Aufmerksamkeit auf die hereingeschobene Dame und kommentierte für die Hörer:
»Und dies hier … scheint ein Unfall ohne äußere Gewalt zu sein.«
»Was macht sie hier? Wieso kommen Sie gleichzeitig mit ihr?«, fragte Langustier die Daschkowa, die sich jetzt über ihn beugte, vor dem Blut auf Laken und Verbänden erschauernd.
»Die Kutsche, vor deren direkter Bekanntschaft Sie mich dankenswerterweise retteten, die alte Berline der Königin, war entwendet worden. In der Kutsche des Thronfolgers nahmen wir die Verfolgung des Unglücksfahrzeugs auf. Wie sind wir gefahren, Graf?«

Langustiers lädierter Geist arbeitete langsam:
»Die Berline der Kö…? Wer zur Hö…?«
»Niemand hat gesehen, wer! Aber gesehen haben ihn alle, schließlich saß er ja oben! Er sah aus wie Wurmb …«, antwortete Lehndorff. »Aber es war nicht Wurmb, unser Kutscher. Der saß beim Bier mit dem Küster, er hatte seine Arbeitskleidung auf dem Kutschbock zurückgelassen, gleich nachdem er mit Lehndorff, Adelheid von Rohr und dem Fräulein Roedern angekommen und das Gefährt abgestellt hatte. Jetzt kam er angelaufen und schrie Zeter und Mordio. Der Dieb hat Cape und Hut zur Tarnung benutzt. Der Lenker sah aus wie der Tod selbst. Sein Gesicht, im Dunkel der Kapuze unkenntlich, schien noch zusätzlich schwarz verschleiert. Des Prinzen Kutsche stand in der Klosterstraße, sodass wir rasch hinterherkamen. Das Höllengefährt klapperte erst vor bis zur Stralauer Straße. Wir hatten es noch nicht aus den Augen verloren und am Molkenmarkt fast eingeholt, aber dann schlug es einen Haken und fuhr in die Bollengasse. Der Kutscher narrte uns, indem er in die Eyergasse bog, wir aber am Berlinischen Fischmarkt standen und ihn verloren glaubten, bis er plötzlich in irrsinnigem Tempo weit rücklings in der Poststraße zu sehen war. Bis wir gewendet hatten, war er weg. Wir fuhren dennoch hinterher, Passanten nach der Kutsche der Königin fragend. So kamen wir wieder, nach etlichen Querschlägen, über den Lindencorso und die Charlottenstraße in die Jägerstraße und auf die Friedrichstraße zu. An der jenseitigen Ecke ist Leyses Schuhgeschäft, eins rechts daneben der Laden der Schröder. Hier sahen wir die alte Karosse wieder, sie hatte sich eben bis zur Mitte der Friedrichstraße geschoben, wo kurz darauf ein irrsinniger Trubel herrschte: Aus der zuvor so geschäftigen Carola Schröder war eben das geworden, was Sie hier neben sich sehen.«
Die Schreibfedern kratzten.
»Wir fanden sie in ihrem Laden, im Verkaufsraum, umringt von Kundschaft. Gefunden hatte sie ihre Gehilfin, im Hinterzimmer.

Die großen Vier waren da. Sie hatten sich vom unteren Ende der Friedrichstraße durch *tout la boutique* wieder bis zu eben diesem Punkt hochbewegt. Auch einige Hofdamen standen im Laden: die Ärenswärd, die Bianchini, die Weyer, die Platen und die Fressange. Desweiteren sah ich den Baron Silkstedt und die Bromberg. Wir entboten uns sofort, Carola Schröder hierher zu fahren. Sie war schon nicht mehr bei klarem Verstand. Es wäre unverantwortlich gewesen, bis zum Eintreffen der Polizei zu warten. Wir setzten sie in die Kutsche des Prinzen und fuhren umgehend los. Die Berline der Königin mussten wir freilich ziehen lassen ...«
»Gefahr im Verzug!«, sagte der Prinz leise.
Theden betrachtete den Hals der Dame, die schwer atmete, keuchte, sich dauernd zu verschlucken drohte. Sie hatte den irren Blick dem neben ihr gelagerten Langustier zugewendet, sodass er genau hörte, was sie sagte, kurz bevor ein letztes Schauern über ihr schönes, leichenblasses Gesicht lief. Am Hals sah er eine schwache Rötung. Theden zeichnete die Linie mit dem Finger nach. In einer Hand hielt sie, für eine Putzmacherin nicht ungewöhnlich, eine abgerissene weiße Schleife:
»Mon prince! Jetzt müssen Sie wahrlich ihrem Namen alle Ehre ma...«
Die Augen rollten ins Leere und blieben weiße Ovale ... Ein Moment fürchterlicher Stille trat ein. Bis eine der Hörsaalbänke knarrte. Theden lächelte und schloss, überaus geschäftig:
»Meine Herren, hier hätten wir nichts mehr ausrichten können! Es ist eine, sozusagen ... äh ... berufsmäßige ... Form der Atemlähmung gewesen. Die Dame scheint mit einem atemschädigenden ... giftigen ... Leim in zu enge Berührung gekommen ... Dieser Fall wird von mir noch eingehender untersucht und zu gegebener Zeit im Rahmen der *toxicologie générale* vorgestellt. Ich danke Ihnen. Bitte repetieren Sie für unser Seminar die grundlegenden Indizien des letalen Ausgangs.«

Die Zuhörer erhoben sich mit dem üblichen Lärm, wie immer am Ende der Vorlesung. Vereinzelt waren jetzt doch Anzeichen des Begreifens wahrzunehmen.
»Ungeheuerlich – habt ihr die Augenreaktion gesehen?«, fragte einer der Studenten sehr vernehmlich.
»Was für ein ... Brustkorb!«, drang es von anderer Stelle. Die Herren Studiosi zeigten keinerlei Achtung vor dem Tod, wie es schien. Aber vielleicht wäre dies auch zu viel verlangt von künftigen Feldschern.
Rahel und die Daschkowa waren dagegen voll des Entsetzens. Den Damen liefen die Tränen über die Wangen.
»O Gott! Ist sie tot?«, fragte Langustier. »Wer wird die Nächste sein? Oder *der* Nächste ...«
Es dauerte eine Weile, bis der Tumult sich gelegt und der Hörsaal sich geleert hatte.
Der Pedell kam und schob die Tote hinaus.
»Ich kann nicht fassen, dass Theden ihn hier durchgenommen hat wie ein frisches Kapitel im Lehrbuch!«, flüsterte Rahel, doch die Daschkowa, gewohnt, kein Blatt vor den Mund zu nehmen, knöpfte sich den Delinquenten an Ort und Stelle vor. Ihre Trauer über das gerade Miterlebte wurde umgemünzt in Wut:
»Sie Ungeheuer – wie können Sie, ohne seine Zustimmung?«
»Aber die hat er mir doch gegeben!«, sagte Theden mit einem entwaffnenden Lächeln.
»Ja, aber hat er es auch mitbekommen?«, fragte Rahel erbost.
»Er war ansprechbar und klar orientiert, als ich seine Platzwunde versorgte. Erst als ich die Nadel zum Nähen einstach, verschwand das Bewusstsein wieder.«
Langustier sah den Polizeipräsidenten Philippi, der sich durch den Gang auf Theden und den Thronfolger zuquälte und den Generalchirurgus leise und mit Grauen in der Stimme fragte: »Ist er ...?«
Theden war das Lächeln anzuhören, als er sagte:

»Nein, er ist nicht. Es ist eine schwere Erschütterung des Kopfes.« Und zu Rahel: »Wir werden ihn in die Charité bringen, wo man ihn besser überwachen kann.« Zu Philippi dagegen, leiser: »Aber die eingelieferte Putzmacherin ist gestorben, *coram publico*. Samandarinvergiftung durch präparierte applizierte Halsschleife. In diesem Fall ist es aber bemerkenswert, dass die Wirkung von Gift und Schnürung offenbar nicht ausreichte, um den Tod sofort herbeizuführen. Könnte sein, dass die präparierte Schleife nicht mehr genug Extrakt enthielt. Ich möchte die genauen Fundumstände ...«

Der Prinz schüttelte ungläubig den Kopf. Das helle Geriesel in Langustiers Sehnerven verdichtete sich, um dann in Dunkelheit umzuschlagen. Er sah aber noch, wie der Thronfolger sich die Hand vor die Augen hielt. Einen Moment lang spürte er Rahels Hand in der seinen. Dann war er weg.

Donnerstag, 9. Juli 1772

Die Fürstin zeigte großes Interesse, das Essen beim Prinzen von Preußen nicht unter den Tisch fallen zu lassen. Sie hatte diesem, bevor sie in der Pathologie voneinander geschieden waren, sehr ans Herz gelegt, den Kreis der Geladenen sogar noch etwas auszudehnen. Des Prinzen Gesicht, das über die Maßen gedrückt wirkte, hatte sich merklich aufgehellt, als sie ihm zuflüsterte, dass die Kosten selbstredend von ihr getragen würden. Aber sehr glücklich hatte er dennoch nicht gewirkt.
»Und Sie kommen mit, meine Teuerste«, hatte sie am folgenden Nachmittag zu Rahel gesagt. »Es dient keinem, außer Ihrem Unglück, wenn Sie hier allein sitzen und Trübsal blasen. Sie können nichts tun, nur warten. Morgen wird es ihm bestimmt schon besser gehen, davon bin ich überzeugt.«
Bis in die Abendstunden des Mittwochs hatte die treusorgende Gattin am Krankenlager in der Charité gewacht. Theden hatte Langustier eine eigene Krankenkammer zugewiesen, was eine enorme Vergünstigung war, die den Lapsus mit der Vorlesung etwas aufwog. Die normalen Patienten vegetierten in Massensälen dahin, schutzlos den üblen Odeurs und den Lautäußerungen der anderen ausgeliefert. Langustier in seinem abgesonderten Raum war in jenen unruhigen Genesungsschlaf verfallen, den Angehörige nur schwer ertragen: leise brabbelnd, mitunter wild auffahrend, ohne etwas um sich her wahrzunehmen ... zurücksinkend, greinend, jammernd, heftiger atmend, schnaufend, dass man Angst haben musste, aufgesaugt zu werden – endlich wie benommen, fast tot wirkend, indes ganz leise schnarchend.

Das Prinzenpaar, die Fürstin und Rahel, Bergé nebst Braut, Huberty, Valencia, Léonard, der blasse, großköpfige und schwarzhaarige Hofprediger Falk sowie Robert Burney labten sich an dem von Marie vorbereiteten Büfett und am weißen Champagner. Nur Graf Lehndorff hatte sich entschuldigt. Ihm waren Kutschraub und Unfall auf den Magen geschlagen.
Die Couturiers indessen lebten wie in Trance auf den Sonntag hin. Ihre Angst, der Mörder könnte es auf sie abgesehen haben, war geschwunden: Sie waren schließlich in unmittelbarer Nähe gewesen – und dennoch hatte es keinen von ihnen getroffen. Der König hatte noch einmal einen Bonus für sie angewiesen, was übelwollende Stimmen zu bösen Kommentaren verleitete: Mit jeder Toten gab's für die feinen Herren mehr Geld!
Rahel kannte die pompös leeren Räumlichkeiten des Prinzenpalais bereits, die Daschkowa dagegen zeigte sich schockiert. Warum ließ der König seinen erklärten Nachfolger derart darben? Er sollte eine Million Friedrichsdor Schulden haben, na und? Er war schließlich der Kronprinz! Andere Monarchen hätten eine solche Lappalie nicht einmal erwähnt und dazu freundlich gelächelt.
Prinz und Prinzessin, beide füllig, waren durchaus angenehme Gastgeber – wiewohl sie sehr zur hirnlosen Geschwätzigkeit neigte. Er schien von männlichem, leutseligem Charakter und sprach der Fürstin und Burney gegenüber bei Champagner und Kaviar sehr verständig von der Verfassung der verschiedenen Reiche in Europa. Burney begleitete die Konversation auf aller Wunsch mit weichem Anschlag auf dem Klavier.
Die Prinzessin von Preußen besaß jenen an sich liebenswürdigen Grad von Fleischigkeit, den die Franzosen *l'embonpoint charmant* nennen. Leider war sie sehr unansehnlich an Gesicht und Wesen, dass man kaum verstehen konnte, wie es dieser vor Lebenslust und Geist und Gefühl sprühende Prinz an ihrer Seite aushielt. Von seiner sprichwörtlichen Neigung zum schönen Geschlecht hatte die Daschkowa gehört – die schien er vom Vater

geerbt zu haben, der im Park seines Schlosses Oranienburg einst eine Statue dem Priap geweiht … Ihr Onkel Woronzow hatte ihr davon erzählt, er hatte sich mit dem verstorbenen August Wilhelm gut verstanden. Auf einmal überkam sie eine teuflische Lust, den Prinzen von Preußen auf die Probe zu stellen, und sie rechnete sich schon gute Chancen aus, wenn sie das wachsende Feuer in seinen Augen sah, während sie miteinander über die Teilung Polens, die neuen dreigeteilten Roben und die Rolle der Mode für die Liebenden sprachen. Auch Bergé und Adelheid von Rohr trugen lebhaft zu diesem Thema bei. Nur Rahel war bedrückt.

Die Prinzessin schien ohne Argwohn zu sein, was eventuelle Absichten ihres Gatten betraf. Möglicherweise aber hatten sie auch eine Abmachung getroffen. Das erleichterte manches und machte viele Ehen in diesen Kreisen überhaupt erst erträglich. So schien das einzig wirkliche Problem der prinzlichen Familie das Geld zu sein. Das war ja geradezu banal, fand die Daschkowa. Jetzt war das leicht teigige Mondgesicht der Prinzessin schon seit mehreren Minuten vor ihr aufgegangen, denn die Hoheit hatte sich in den Kopf gesetzt, dass die Fürstin verschiedene Personen einfach kennen musste, die dieser leider völlig unbekannt waren.

»Und Sie kennen den Baron Creutz wirklich nicht, Fürstin? Er war eine Zeit lang in Petersburg, zumindest hat er das gesagt.«

Die Daschkowa seufzte und tauschte einen Blick mit dem Prinzen, der diese Beharrlichkeit seiner Gemahlin kannte. Der Prinz aber hatte, so zeigte sich jetzt zu ihrem großen Verdruss, keine Lust, etwas anderes als Konversation mit ihr zu betreiben. Die toten Schönheiten schienen ihn über Gebühr zu deprimieren.

»Hat er denn seine Transmutationsversprechungen eingelöst? Hat er Ihrem Gatten das zugesicherte Gold aus Kupfer hergestellt?«, fragte sie mit halber Kraft die Prinzessin, welche verneinte.

»Nun, so halten die Scharlatane es meistens – große Worte, keine Taten. Alle wollen sie komischerweise in Sankt Petersburg gewesen sein, weiß der gütige Himmel warum. Seien Sie versichert,

Ihr Baron Creuz wird niemals den Gestaden des Darms entronnen sein … Heißt das Flüsschen, das durch Ihre Heimatstadt mäandert, wirklich so?«

Die Prinzessin nickte und lachte gluckernd. Die Fürstin ließ den Blick zum Hofprediger Falk hin aufblitzen. Wenn Langustier hier gewesen wäre, so würde er die Gelegenheit nicht verstreichen lassen, diesem Gottesmann einmal auf den Zahn zu fühlen. Daher sprach sie herausfordernd:

»Und wenn ich es recht überlege, so besteht eine gewisse, schwer erklärliche Affinität zwischen den Baronen und der Scharlatanerei, die ja vom Wort her nichts weiter bezeichnet als das Geschwätz und Marktgeschrei von Nichtskönnern. Die Bezeichnung ist in einem kleinen italienischen Städtchen namens Cerreto entstanden, wo die Männer besonders schwatzsüchtig waren. Arroganz gepaart mit Unvermögen – diese Art von Baron treibt auch gern als pietistischer Hecht unter jesutreuen Weißfischen sein Unwesen. Wer etwas zur bunten Mode sagt, ohne selbst je aus dem Schwarzweiß des Predigergewands herauszuschlüpfen, kommt mir höchst anmaßend vor.«

Allen, selbst dem Thronfolger, standen die Münder offen. Falk war herausgefordert. Ob er den Köder schlucken und seinen Lehrmeister, den Baron und ehemaligen Generalfeldstabsprediger Kellner, verteidigen würde?

»Sie sprechen mit einer geradezu apostolischen Geradheit, Fürstin! Das kann ich nur bewundern, auch wenn Ihr Götze weiblich ist und Mode heißt. Indes verkehren Sie doch absichtlich den Sinn der Worte, wenn Sie aus einem aufrechten Prediger des Herrn Jesus einen unwissenden Marktschreier und förmlich einen Widersacher der Wahrheit machen wollen – aus einem Gotteskrieger einen Satan …«

Das war geschickt. Er hatte zu verstehen gegeben, dass er verstanden … Doch er hielt den Namen des Barons aus der Fehde heraus.

»Die Haltung unseres Herrn Jesus zur Mode ist klar«, erklärte Falk. »Er lehnt sie als gleissnerisch ab. Können Sie sich Jesus in einem modischen Gewand vorstellen?«

Das war Wasser auf die Mühlen der Daschkowa:

»Natürlich! Soll ein hübscher Jüngling gewesen sein ... Weshalb sind wohl noch immer so viele Weibsbilder in ihn verschossen? Dass er nur in Sack und Asche herumlief, lässt ihn eher suspekt erscheinen. Wer nichts aus sich macht, scheint mir die ihm vom Herrn verliehenen Gaben schlecht zu nutzen.«

Wieder ein Schuss, und diesmal sogar gegen Jesus und seine heilige betschwesterliche Gefolgschaft selbst. Bergé blickte neugierig auf den Prediger, dessen Gesichtsfarbe von einem blassen Rosé in ein kräftiges Rosa wechselte. Dieser Mann sollte Adelheid und ihn trauen. Musste das eigentlich sein? Wäre das nicht vollends verlogen? Was Falk da sagte, war eine Beleidigung seines Berufsstandes und zeugte von einer geradezu universellen Ignoranz. Wenn das Gottes letztes Wort war zu seiner Profession, zu seiner Kunst – dann konnte Gott ihm gestohlen bleiben. Er sah zu seiner Adelheid. Die schien das alles nicht weiter bedenklich zu finden. Begriff sie überhaupt, was hier passierte? Er hatte schon in den letzten Tagen seine Zweifel gehabt. Jetzt fühlte er die Entfremdung wie einen Schnitt.

»Jesu Schönheit überstrahlte alle Gewandung. Der Herr gab ihm vor allem innere Schönheit. Wer Jesu nachfolgt, braucht daher ebenfalls keine schönen Kleider!«

Valencia wurde rot vor Wut, und Léonard fauchte:

»So, so ...«

Falk fuhr unbeirrt fort:

»Es ist die Anmut der Seele, die wir zu pflegen haben. Ich glaube Ihnen nicht, Fürstin, dass Sie das Äußere für wertvoller halten. Außen hui, innen pfui – sagt Baron Kellner immer ...«

Die Fürstin strahlte, während Falk sich auf die Lippen biss. Zwar war es ihm gelungen, den Herausforderungen und Versuchungen einer flammenden Gegenrede bravourös auszuweichen, er hatte es sich sogar verkniffen, den Ruf seiner Glaubensgenossinnen zu verteidigen, aber Kellner hätte er nicht zu erwähnen brauchen. Außerdem sah er, dass Bergé und die anderen ihn mit Verachtung betrachteten.

»Oh …«, griff die Daschkowa das Stichwort nahtlos auf; »… ein Baron! Der Baron! Unser Baron! *Außen hui, innen pfui* – welch ein garstiges Wort! Und so dumm: Nehmen Sie zum Beispiel des Königs schön uniformierte Soldaten – gilt des Barons Wort auch für sie? Sind sie alle innerlich verworfen? Wollte der Baron mich oder Madame Langustier, ja wollte er gar die Prinzessin der inneren Liederlichkeit zeihen? Wo wir uns äußerlich nach Kräften bemühen, Gottes Schöpfung durch schönen Stoff und schöne Form zu preisen? Hat er uns nicht Geschmack gegeben? Sind das Schöne und Gute nicht eins? Das ist gerade das, was mir am reformierten Christentum schon immer verächtlich und billig vorkam. Es verachtet Gottes Gaben. Gott gab uns Farbe, er gab uns Augen, sie zu sehen. Gott gab uns Fülle und Schönheit und die Sinne, sie wahrzunehmen. Er gab uns dies alles nicht, damit wir es verstecken oder die Augen und Sinne davor verschließen. Mag die katholische Kirche auch ihre Schwächen haben – mangelnden Sinn für die Pracht der Schöpfung kann man ihr zumindest nicht vorwerfen! Den Reformierten, Calvinisten und wie Sie sie auch immer nennen wollen, schon – schwarz und weiß, gut und schlecht, richtig und falsch, *hui* und *pfui*: welch farblose, tote Dichotomien, wo doch der lebendige Gott die Welt so bunt und prächtig erschaffen und uns dazu bestellt hat, die Vielfalt zu preisen. Ich diene nicht dem Götzen Mode, mein Herr. Ich diene auf meine Weise auch dem Herrn!«

Während die Daschkowa dies sagte, beobachtete sie genüsslich die Wirkung der Worte in Falks Gesicht. Von Natur aus bereits vehement benachteiligt durch seinen kantigen Wasserkopf, war er es nun auch noch durch die Lehre seines tristen Barons. Er schien

keine Kraft oder keinen Gedanken zur trefflichen Erwiderung mehr zu haben.
»Fürstin, über die Übel der Pracht könnte Ihnen der Baron viel mehr erzählen als ich ...«
»Darüber, mein Lieber, will ich gar nichts hören, denn es gibt nur ein Übel der Nicht-Pracht! Die Unansehnlichkeit ist das Hauptübel. Die Ärmlichkeit. Das Darben.« Hierbei hatte sie, ohne es eigentlich zu wollen, das Prinzenpaar im Blickfeld. Die zwei bissen sich auf die fleischigen Lippen. Sie schaute rasch zur Seite und setzte den Schlussakkord. Burney hörte im selben Augenblick zu spielen auf. »Innere Schönheit, innerer Reichtum – alles Quark: Selbst ein Salamander ist noch schöner gewandet als ein lutherischer Pfarrer!«
Falks Gesichtsfarbe war eine Mischung aus *blanc de jupiter, blanc d'étain, blanc de saturne, blanc de bismuthe, blanc d'espagne* ... Er neigte den Kopf gegen den Thronfolger und dessen Frau, dann flüchtig auch einmal gegen alle. Und war so schnell verschwunden wie nur je ein Geist. Die Daschkowa lachte glockenhell, die Couturiers stimmten ein. Burneys Komposition, das hatte sie nebenbei bemerkt, war noch nicht wirklich zu Ende gewesen.
»Weshalb, zum Teufel, haben Sie Ihr Spiel unterbrochen, als es gerade so schön dramatisch wurde?«, fragte sie den Komponisten.
Burney antwortete versonnen:
»Wegen der Salamander, die Sie erwähnten.«
Der Prinz sagte, mit einem spürbaren Zittern in der sonst so kraftvollen Stimme:
»Das ... müssen Sie ... uns erklären ...«

Freitag, 10. Juli 1772

Sie hatten so unterschiedlich reagiert! Sie hatten alle diese zarten Hälse. Das zog ihn scheinbar besonders an. Oder war es die helle Haut? Die Schröder hatte Sommersprossen, die Haut der Krähl war so zart gewesen, dass selbst ein Pfirsich rau dagegen erschien. Und zumindest dieses blasse Fräulein hatte nicht die geringste Kraft gehabt. Es war wie das Pflücken von Baumwolle, wie das Erwürgen eines Geistes. Die Handwerkerinnen dagegen hatten sich widerspenstiger gezeigt: die Couture-Näherin war zwar zu überrascht gewesen, die Hutmacherin zu aufgeregt, aber die Putzmacherin – hatte sich mit Krallen und Zähnen gewehrt … Im Scherz gefragt, ob er wüsste, woher die Striemen und Risse kämen, war ihm ihr Vorhandensein unangenehm gewesen, denn er verabscheute die Gewalt. Er hatte seine eigenen Fingernägel angeschaut und sich keinen Rat gewusst. Er hasste seine Schwäche, hasste seinen Leib, der so unförmig und weich und wenig streng war. Was fand er an ihnen? Was hatte er an diesen gefunden? Welche würde die Nächste sein? Der dicke Koch schien nicht mehr aufzustehen. Die Daschkowa war ein Problem. Aber ein lösbares … Nur müsste das Gift stärker werden. Die Schröder hätte glatt noch plaudern können. Zum Glück war ihr verborgen geblieben, wer sie im Dunkel des Hinterraums erwartet hatte.

Die Ähren wiegten sich, sie wisperten, lebten und sprachen. Sie rippelten, kleinen Wellen gleich, sie zitterten, walkten, flohen und rauchten gar, wenn es heiß und windstill war wie an diesem Mittag. Schloss Diedersdorf lag in den Feldern wie eine von Riesen vergessene Truhe. Der Baron von Kellner, der dem König lange Jahre als Generalfeldstabsprediger treu gedient hatte, unternahm alles, um es in seinen Besitz zu bekommen. Doch die Erben des Christian von der Marwitz, der 1754 gestorben war, hielten sich bedeckt, wollten den Familienbesitz nicht verkaufen, nur vermieten. Vielleicht war ihnen auch die Tatsache, dass der wunderliche alte Mann dort ganz allein hauste und keinerlei Familie um sich scharte, verdächtig.

»Schöner Besitz, mein Bester!«, sagte der Baron Silkstedt, als er aus der Kutsche stieg. Kellner erklärte ihm umständlich, wie es sich damit verhielt. Der schwedische Hofgarderobier nickte und hätte diese Einzelheiten gerne übersprungen. Schließlich hatten sie Wichtiges zu besprechen.

»Jeder hat sein Päckchen zu tragen. Lassen Sie uns ...«

Doch Kellner war unerbittlich.

»... beten! Genau, lieber Freund – wir sollten den Herrn um Rat fragen, wo schon der irdische versagt.«

Mit leichtem Widerstreben ließ sich Silkstedt, der große, weißhäutige Mann, der in seinem blauseidenen Habit schwitzte, über den staubigen Platz zur alten Dorfkirche geleiten. Als Kellner bemerkte, dass Silkstedts Jabot aus Spitze war, sagte er:

»Ich finde nicht, dass sich derlei ziemt, mein Freund – bedenkt, was ein kleiner Mann allein für die Spitzen an Eurer Cravate und an den Hemdärmeln an Ackerland bekäme! Oder wie lange eine zehnköpfige Familie sich für den Gegenwert Eures Gewands ernähren könnte! Wie wollt Ihr das Jesus erklären?«

Silkstedt tupfte sich den Schweiß von der Stirn und lachte.

»Lebt Ihr noch im vorvergangenen Jahrhundert? Hier draußen braucht man freilich nichts davon, hier braucht man nicht einmal Battist! Hier würde es ein alter Soldatenrock mit Häkelmanschetten aus weißer Wolle – wie ihn der König trägt – viel eher tun. Ich weiß, ich weiß, und ich wäre der Letzte, der sich auf seinen Putz etwas zugute hielte. Aber vergesst nicht, welches Amt ich

bekleide. Haben wir nicht alle den gleichen Eid auf das gedruckte Wort des Herrn, auf die Bibel geschworen und uns die Ziele gesetzt? Damals, in den Zeiten der Suche, als wir die Wunden des Herrn erforschten, auf dass er uns Weisheit schenke und Kraft verleihe für unsere unterschiedlichen Aufgaben auf Erden?«
Kellner seufzte und nickte.
Silkstedt sah auf den schmutzigen, einst schwarzen, jetzt verblichenen Predigerrock seines Glaubensbruders und schloss:
»Ich muss mit den Wölfen heulen – ich habe die beste Fürstin, die man sich wünschen kann, sie ist gnadenlos, unerbittlich, hart und beim Volk sowie ihrem eigenen Gefolge zu Recht verhasst. Sie ist in allem das genaue Gegenteil Marie Antoinettes, dieser Pariser Modepuppe, und der Erotomanin Katharina in Russland. Ich bin leider gezwungen, mich in meiner Position ein wenig herauszuputzen. Seid versichert, mein lieber Freund«, ergänzte er lächelnd, »dass ich vorm Anlegen solcher gotteslästerlichen Kleider jedes Mal tief und ausgiebig bete!«
Kellner war nicht leicht zu überzeugen. So beteten sie sich nun in der Dorfkirche so lange und so ausgiebig durch den Kellner'schen Katechismus, dass es schien, als sollte das seelische Chemisenkleid des Hofgarderobiers mit einer extrastarken Appretur für das heraufziehende Unwetter der Mode-Revue versehen werden.
»Es muss noch etwas geschehen! Alles Bisherige, so furchtbar es auch schon war, scheint diesen gotteslästerlichen Monarchen nicht von seiner Hoffahrt zu kurieren! Wenn diese Parade der Eitelkeit stattfindet, wird es Kreise in ganz Europa ziehen. Wenn der rückständigste Hof die modernsten Modeschöpfer einlädt und sich öffentlich produzieren lässt, wird die Putzsucht künftig jedes Maß übersteigen. Auch in den Ländern, wo dies bislang nicht der Fall war, da wir gegensteuerten. Wir dürfen uns noch nicht geschlagen geben!«
Silkstedt nickte.

»Der Himmel stehe uns bei!«
»Das tat er bisher, das wird er weiter tun. Vater, Sohn und Heiliger Geist. Angesichts der dreigefältelten polnischen Robe wird uns Jesu Dreifaltigkeit nicht im Stich lassen. ER wird uns den Weg weisen. Wenn wir ratlos sind, ER wird es niemals sein. Lassen Sie uns hineingehen und ein wenig über die Sache meditieren. Meine Wirtschafterin hat uns ein einfaches, gottgefälliges Huhn gebraten!«
Silkstedt atmete auf. Das klang wie eine minder schwere Verheißung. Hoffentlich hielt das Huhn, was Jesus versprach.

»Diesen Fraß kann man vergessen!«, sagte Langustier und schob den Teller angewidert von sich. »Es wird höchste Zeit, dass ich hier rauskomme.«
Er hatte die Trutzburg der Königlichen Charité, des Pest- und Siechenhauses, noch immer nicht verlassen, denn selbst wenn er es geschafft hätte aufzustehen, so hätte er sich doch nur im Tragstuhl fortbewegen können.
»Vater, ich leide mit dir, aber du musst tun, was Theden sagt. Er weiß es schließlich besser.«
»Der weiß doch gar nicht mehr, dass ich hier liege! Nur noch anderthalb Tage bis zum Moden-Fest, und ich sieche in dieser Pestburg. Ich gelte in der Stadt und bei Hofe doch bereits für tot. Der König hat mich ›bis zur völligen Wiederherstellung beurlaubt‹. Mich auch ›von allen sonstigen Pflichten entbunden‹. Das heißt, übersetzt aus dieser sehr symbolischen amtlichen Ausdrucksweise: Es ist schmerzlich, dass Sie vor mir sterben, aber Sie sind mir ja auch zehn Jahre voraus.«
»Ach, wie kommst du nur auf so etwas? Jeder freut sich, dass du bald wieder auf dem Damm sein wirst. Als Retter der Fürstin Daschkowa hast du bei Seiner Majestät einen noch größeren Stein im Brett als ohnehin schon. Du wirst einen Adlerorden verpasst kriegen, dass dir davon Schwingen wachsen …«

»Was du nicht meinst, liebe Tochter. Du willst mich doch nur trösten. Wo sind denn all die anderen? Natürlich halten sie mich nicht mehr für wichtig genug!«
Sie seufzte.
»Ich hab es dir doch erklärt: Als Rahel gestern zurückkehrte, war es ungemein spät. Ich lag schon im Bett. Heute früh hab ich sie noch nicht zu Gesicht bekommen. Die anderen, also die Fürstin und die Stoffkünstler und der Compositeur, werden ebenfalls noch auf dem Weg zurück ins Leben sein. Ich habe pro Kopf eine Flasche Champagner zum Prinzen schaffen lassen ... Verglichen mit denen bist du schon wieder *sehr* hoch oben auf dem Damm!«
Er grantelte etwas Unverständliches. Sie hatte genug und rüstete sich zum Abgang.
»Ich sorge dafür, dass sich Theden bei dir einstellt, dann frag ihn bitte einfach, ob wir dich nach Hause holen dürfen. Du weißt, dass ich die Letzte wäre, die dich länger als nötig in diesem Rattenloch sehen wollte. Ich werde mich auf dem Friedrichswerder und in Neukölln nach den kräftigsten Trägern umsehen!«
Er lachte, was höllisch weh tat. Die ganze rechte Seite brannte nach wie vor wie eine einzige lange Naht. Sie verabschiedeten sich, und als Marie fort war, es somit niemand mehr sehen konnte, aß er die versalzene Grütze doch – heißhungrig, bis er ermattet und vor innerem und äußerem Schmerz stöhnend auf dem harten Lager hinsank.
Warum flogen ihm die Dinge nicht einfach so zu wie früher? Er hatte den Eindruck, um alles, selbst um die kleinsten Gedanken und geistigen Fortschritte, neuerdings viel härter kämpfen zu müssen. Wobei der Gedanke an Gedanken, ganz gleich, welcher Art, ihm augenblicklich so fern lag, dass er nicht einmal mehr die leiseste Möglichkeit in Betracht zog, im Falle der Mode-Morde auch bloß einen halben Zoll voranzukommen.
Da klopfte es, ganz sachte, dreimal.

»Ja?«
Die grüne Ripsseide ließ ihn sofort wissen, wer das war. Vor allem aber der fehlende Knopf: Die Königin hatte ihm das Gewand des Journalisten genau beschrieben: So rege war sein Geist doch noch! Der Eintretende hatte keine Chance. Langustiers flach geschleuderter Grützeteller traf ihn mit der Sicherheit einer nachtjagenden Fledermaus – an der linken Schulter.

»So beeilen Sie sich, Messieurs!«, fauchte die Daschkowa. »Pardon, Hoheit, aber jede Sekunde, die wir säumen, kann tödlich sein!«, sagte sie zum Thronfolger, der wohl dem König auf den Thron folgen mochte, aber seine liebe Not hatte, dieser energischen Dame auf den Fersen zu bleiben. Den ganzen Morgen über hatte er nun schon diesen Anblick ertragen – er litt es nicht mehr länger! Treppauf, treppab, er immer hinterher. Erst im Hotel, dann im Großen Stall, in der Parochialkirche und jetzt in der Charité. Welch garstiger Geruch. Das ihm …
Auch Bergé und Burney, die sich den anderen angeschlossen hatten, um dem Hofküchenmeister einen Krankenbesuch zu machen, ächzten schwer.
»Wie konnten Sie ihn nur ohne Bewachung lassen, nachdem dieser Anschlag doch offenbar ihm gegolten hat?«, fragte die Daschkowa den Polizeichef Philippi, dessen unbändiger Aufwärtsdrang vom Prinzen gehemmt wurde. Er wusste nichts Vernünftiges zu antworten. Also rettete er sich ins Unverbindliche:
»Das mit dem Attentat, Fürstin, ist allein Ihre Theorie! Ich gehe nach wie vor von einem versuchten Kutschendiebstahl aus …«
Jetzt blieb sie kurz stehen, was allen Gelegenheit zum Luft- und Kraftschöpfen gab.
»Gestatten Sie, dass ich lache? Wer käme denn auf die Idee, dieses abgewrackte Vehikel zu klauen, das jeder kennt? Ein Schrotthaufen auf vier Rädern mit dem Wappen der Regierenden Königin? Sie wissen ja, was Mister Burney gesehen hat.«

Burney, hinter dem Prinzen von Preußen das Schlusslicht dieser Treppengesellschaft, nahm das Stichwort auf und repetierte:
»Das Ungetüm fuhr absichtlich auf ihn los – und wer immer es steuerte, tat es im vollen Bewusstsein und nahm seinen Tod und den der Fürstin in Kauf!«
Sie nickte wild und schloss:
»Dahinter eine bloße Diebstahlsabsicht zu vermuten, Monsieur, macht Ihrem Verstand keine Ehre!«
Philippi schluckte den Tadel wie eine Lebertran-Pille.
»Aber so sagen Sie mir doch, von wem, glauben Sie, droht ihm denn nun Gefahr?«
Sie schaute ihn ungläubig an. So viel Ignoranz konnte doch nur gespielt sein …
»Na, von dem Mann, der sich gerade am Eingangstor erkundigt hat, wo er zu finden ist – Ihnen in der Kürze der verbleibenden Zeit erklären zu wollen, was ich vermute, ist nicht möglich, daher hilft nur der beherzte Zutritt …«
Während sie die letzten Meter auf der schalen Stiege überwanden, spielte sich in ihrem Kopf ein ganzer Roman ab. Charles Lakefield, ihr verflossener Liebhaber, dem sie durch ihre Bemerkung vor der französischen Königin das Leben vergällt, hatte sich – zur Rache an ihr, an seinen Konkurrenten und an der Modewelt insgesamt – zum Ziel gesetzt, das große Fest in ein schauerliches Fanal zu verwandeln. In Gestalt eines preußischen Provinzjournalisten hatte er sich in die innersten Gemächer vorgearbeitet, hatte in Schönhausen gar der Königin von Preußen sein Märchen aufgetischt … Sie warf sich in das Langustier'sche Patientenzimmer:
»Charles, halte ein … Was immer ich dir angetan, es sollte dir nie Anlass für so viel Blutvergießen, für so viel … !?«
Man hätte sich schwerlich ein zerisseneres Gesicht denken können als das ihre, da sie nun sah, was sich im Raum abgespielt. Als Erstes bemerkte sie die bräunliche Spur auf der vormals nur

schmutzigen, einstmals vielleicht gar weiß gekalkten Wand des Krankengelasses. Grütze! Dann sah sie Langustier, der sich – wie sie im ersten Moment glaubte –, im Todeskampf auf seinem Bettstroh wälzte … Und dann sah sie einen ihr völlig unbekannten, sich die Schulter reibenden und reichlich blöde lächelnden Mann in einem sehr kleidsamen grünen Seidenrock auf einem Hocker neben dem Bett.

Langustiers vermeintlich letzte Zuckungen waren dem unerträglichen Schmerz geschuldet, den ihm selbst leichtes Lachen verursachte. Allein Molière könnte wohl die Tragikomik eines Menschen ganz erfassen, der Gefahr läuft, sich zu Tode zu lachen. Allerdings wirkte die schlagartig ins Hirn des Lachenden vordringende Wahrnehmung der Anwesenheit des Thronfolgers sowohl geist- als auch lebenserhaltend. Mit nur mehr satyrischem Grinsen, bemüht, keinen der Eingetretenen zu vergessen, ächzte er:

»Königliche Hoheit – ich fühle mich sehr geehrt! Fürstin, wie schön, Sie zu sehen! Mister Burney, welche Freude! Und Herr Polizeipräsident … mir fehlen die Worte. Gerade hatte ich noch meiner Tochter Marie geklagt, wie verlassen und abgeschoben ich mich fühle in dieser Hochburg der Siechen.«

Als er sah, dass die Ankömmlinge allesamt den grünen Mann fixierten, verkündete er:

»Darf ich vorstellen? Karl Seeacker, *Journal de Berlin*!«

»Oh!«, rief die Fürstin. »Da war ich – leider, aber auch zum Glück – ja wohl vollkommen auf dem Holzweg!«

Sie errötete leicht hinter dem Fächer, doch mehr aus Ärger über die eigene Torheit denn aus Scham. Langustier lachte, was jetzt schon besser ging, da er sich an die Schmerzen zu gewöhnen begann.

»Kein Charles, Sie können aufatmen! Herr Seeacker hat gegenüber Ihrer Majestät der Königin dennoch nicht übertrieben und in keinem Punkte gelogen. Er ist durchaus ein Ehrenmann! Er arbeitete als Schneider und entwarf Uniformen. Einer seiner Entwürfe missfiel dem König – wer vermöchte es besser nachzuempfinden als ich, der ich in des Königs Diensten stehe und schon oft den Launen seines Geschmacks ausgeliefert war, was er da empfunden haben muss! Er quittierte den Dienst und wurde Journalist. Voilá, und so landete er bei der Nachtaktion der Damen in Schönhausen. Wir waren gerade bei der spannenden Stelle, Monsieur, wo Sie in den Geheimgang abtauchten, als wir gestört wurden. Würden Sie für unsere zu spät gekommenen Zuhörer noch einmal wiederholen, wer Sie eingeladen hatte und warum? Übrigens, bevor ich es vergesse ... es gibt etwas, das Ihnen fehlt!«

Er bat Seeacker, in einer Tasche seines Rockes zu kramen. Der Journalist fand den grünen Knopf, den er im Schönhauser Küchentunnel eingebüßt hatte.

»Demoiselle Platen und Demoiselle de la Fressange waren mit der Hiobsbotschaft ins Audienzzimmer gestürzt«, begann Seeacker, »als ich aufmerkte – der Dieb konnte ja noch nicht sehr weit sein. Ich hörte ein Geräusch von unten und fand die Tür des Küchenganges angelehnt. Ich lief ein Stück hinein, doch da war nichts. Leider hatte ich kein Licht, daher kehrte ich auf halbem Weg um, es war weit vor der Eiskammer, denke ich, denn die habe ich nicht erreicht. Beim Umkehren schrammte ich meinen Knopf an der Wand ab. Der Gang war breit, doch ich sah ja fast nichts.«

»Wenn Sie kein Licht hatten, dann scheinen Sie die Laterne vergessen zu haben, die auf dem Tisch vor dem Zugang zum Stollen stand?«

»Da stand nichts.«

»Dann haben sie den Puppendieb knapp verpasst – er hat die Laterne vor Ihnen geschnappt. Sie stand am nächsten Morgen im Küchengebäude – im Stall.«

Seeacker, blond, groß, schien die Gewalt über sein kantiges Gesicht zurückgewonnen zu haben. Er strahlte wieder Entschlossenheit und Beherrschtheit aus, wozu auch der Anblick des

Thronfolgers beitrug, denn er war Armeeschneider in dessen Regiment gewesen.
Das Geschmeiß, hatte der Prinz schon im ersten Moment gedacht, als er des Journalisten ansichtig geworden war. Er erkannte in ihm jenen hartnäckigen Menschen, der ihm schon seit Wochen auf den Fersen war.
»Die Hofmeisterin Ihrer Majestät, Gräfin Kannenberg, hatte mich hinzugebeten – ich sollte helfen, durch eine Erwähnung des Interesses Ihrer Majestät an der polnischen Robe die Parallelaktion der Schweden zu unterminieren.«
»Parallelaktion?«, fragte die Daschkowa.
»Baron Silkstedts Name klingt seidiger, als der Baron gesinnt ist: Er war einst der Oberhofpietist und tut alles, um die Moden-Präsentation zu vereiteln. Ich wette, sein Freund, der Baron Kellner in Diedersdorf, wohin ich ihn verfolgte, hilft ihm – via Falk. Der Betkreis ist auch involviert.«
Er lächelte und setzte hinzu:
»Neue Mode scheint für diese Männer vom Teufel selbst entworfen. Da ist unser König viel toleranter: Er veranstaltet die Moden-Parade, um seine Weltoffenheit zu demonstrieren.«
Langustier und die Daschkowa nickten.
»O ja! Aber wer hat nun die Puppen entführt? Denn das war ja wohl ein versprengter Bestandteil dieser … Parallelaktion?«, fragte Langustier. »Sie haben mir erzählt, dass einige Fräuleins – die Bianchini, die Roedern und die Laroche – das Audienzzimmer verließen, ebenso Amalies Hofmeisterin Blaspiel, nachdem die Königin eine spitze Bemerkung gemacht hatte? Übrigens – das hätte ich ihr gar nicht zugetraut … Wie lautete sie noch mal?«
»Es ging um den Kopfputz der Damen. Wenn ich mich recht entsinne, war es eine Bemerkung, die auf die Liebhaber anspielte. Auf Köpfe, die reichlich schwer würden, wenn die Damen das Liebste an die Frisur bänden, wie es in Frankreich gerade Mode ist: *poufs aux sentiments* heißen diese Trutzburgen der Liebhabereien.

Der Thronfolger wurde rot bei dem Wort *poufs*, vor Freude, ganz sicherlich. Er fragte Seeacker:

»Sagen Sie, Sie Journalist – verzeihen Sie, Maître, aber es liegt mir zu schwer auf der Seele: Warum verfolgen Sie mich seit Wochen? Gibt es dafür auch einen Auftraggeber?«

»Königliche Hoheit müssen verzeihen«, sagte Seeacker, »aber auch ohne einen solchen liegt es sozusagen in öffentlichem Interesse, was Königliche Hoheit unternehmen ... Königliche Hoheit sind ja eine öffentliche Person.«

Der Prinz schnaubte.

»Das nehme ich Ihnen nicht ab! Das *Journal* ist keine moralische Wochenschrift, wo Berichte oder Stellungnahmen dieser Art irgendeine Verwendung fänden! Wollen Sie einen Artikel über mich schreiben? Ich ließe Sie sofort in den Flutgraben werfen, also hüten Sie sich! Wer immer es ist, der Sie mit meiner Beschattung beauftragt hat: Richten Sie ihm aus, dass er sich das Geld sparen kann. Er soll es mir direkt in die Hand abzählen, soll einfach zu mir kommen und mich selbst all das fragen, was er durch Sie so umständlich in Erfahrung bringen will.«

»Vielleicht gibt es Dinge, über die Sie – wem auch immer – gar nichts weiter zu berichten wünschten ...«, sagte Seeacker.

»Was wollen Sie damit andeuten?«, brauste der Thronfolger auf.

»Nun, es ist ein offenes Geheimnis ...«

»Wie ...?«

»Dass Hoheit sich, neben vielerlei hübschen Beschäftigungen und Neigungen Eurer Königlichen Hoheit insonderheit für die ... Alchemie begeistern! Die Berliner sind in diesen Dingen hellhörig geworden, da man aus anderen Ländern weiß, welch schwerer Schaden aus einer solchen majestätischen Lieblingsbeschäftigung einem Staat erwachsen kann.«

Der Prinz wirkte enerviert, aber auch erleichtert.

»Ach das ... das sind bloß unsichere Tritte eines Suchenden. Ich bin ja gar nicht imstande ...«, sagte er unsicher; es schien Seeacker anscheinend gar nicht um das zu gehen, was – wie er glaubte – alle Berliner am meisten interessierte: Wer seine augenblicklichen Favoritinnen waren.

»Sie wissen, wie ich über diese Liebhaberei denke, Hoheit?«, fragte mit leicht anklagendem Unterton die Fürstin, um die Antwort selbst zu geben: »Für jede Flasche Champagner wäre das Geld sinnvoller ausgegeben!«

Der Prinz zuckte zusammen wie unterm Hieb einer Reitgerte.

»Haben Königliche Hoheit eine Ahnung, was der Hofglockenist und Eurer Hoheit Alchemist Seelig für einen weiteren Nebenerwerb betreibt?«

»Nein, Fürstin, das hier auszuplaudern ...«, wandte Burney erschrocken ein.

Das Wort »ausplaudern« vergalt sie ihm durch einen Blick, der so giftig schien wie Samandarin.

»Papperlapapp! Hier geht es um höhere Belange! Er extrahiert Lurchgift für den Baron Kellner!«

Langustier spürte den Schmerz kaum mehr, als er hochfuhr:

»Wie bitte? Woher wissen Sie das?«

Polizeipräsident Philippi hatte dasselbe fragen wollen. Nun forderte er den Komponisten auf:

»Mister Burney – bitte berichten Sie, was Sie beim Carillon im Turm gesehen haben. Was immer daraus folgt: Sie dürfen der Polizei nichts verschweigen, was mit Mordfällen zu tun hat.«

»Waren es denn wirklich Morde?«, fragte der Prinz tonlos. In jener Zeitungsnotiz war nur von der Möglichkeit die Rede gewesen.

»Darf das veröffentlicht werden?«, wollte kühl der Journalist wissen.

»Natürlich nicht – bevor die Dinge nicht geklärt sind!«, sagte Philippi.

Umständlich, aber höchst anschaulich schilderte der Komponist, was er auf dem Turm und vom Turm aus gesehen hatte.

»Was hat Seelig gesagt? Wer bringt ihm die Salamander?«, fragte Langustier.
»Falk, der Hofprediger.«
»Und wird, schätze ich, auch das Extrakt an sich nehmen …?«
»Stimmt, stets das frischeste in einem Fläschchen – Seelig fragte sich nur, wie man es wohl ausprobieren würde. Ich erinnere mich, dass er etwas von ›ohnehin siechem Viechzeug‹ sagte …«
Langustier sah den Engländer nachdenklich an. Da fehlten doch noch ganz wesentliche Details.
»Ich glaube, ich bin jetzt tatsächlich auf dem Weg der Genesung. Mir fallen Dinge ein, die ich noch gar nicht weiß … Das ist ein gutes Zeichen, oder? Zu wissen, was man wissen will. Wie hat sich die Sache bei der Schröder zugetragen? Hat diese blasse Gehilfin dieses Mal etwas bemerkt?«
Philippi schüttelte den Kopf und berichtete:
»Die Fürstin und Sie, Monsieur Langustier, waren wohl bereits in Richtung Parochialkirche unterwegs, als Königin Ulrike und Prinzessin Amalie in die Friedrichstraße kamen. Die Couturiers besuchten im Beisein der hohen Damen ein paar Läden. Auch die Hofdamen zogen selbstredend noch einmal mit, und es kam, wie Augenzeugen berichteten, zu wahrhaft tumultartigen Szenen, welche allein schon beinahe ausgereicht hätten, atembedrohende Folgen bei den dafür so anfälligen adeligen Damen hervorzurufen. Die Königin und die Prinzessin fuhren ins Schloss – mit der Kutsche der Prinzessin – und die Hofdamen bummelten noch ein bisschen weiter. Desgleichen der Baron Silkstedt, der Hofprediger Falk und die Bromberg.«
»Deshalb ist sie nicht gleich gestorben!«
Langustier hatte es mit der Verve plötzlicher Erkenntnis gesagt und fügte jetzt erklärend hinzu:
»Als Bürgerstochter war sie nicht schnür-vorbelastet!«
»Das stimmt. Die Schröder entstammte einem armen Elternhaus, in dem man sich so eine kostspielige Prozedur nicht leisten konn-

te«, bestätigte der Polizeichef. »Aber das Gift scheint stark genug gewesen zu sein, den Exitus trotzdem herbeizuführen.«
»Das zu erfahren wird Baron Kellner nicht freuen«, sagte Langustier sarkastisch.
Der Prinz nahm Haltung an und sagte:
»Ich ertrag es nicht länger ... Auch bin ich verabredet. Mit meiner Tante Amalie ...«
Eine seltsame Unruhe schien ihn gepackt zu haben. Was ertrug er nicht länger? Offenbar die Gegenwart Seeackers. Oder war es die Art, wie über die tote Dame geredet wurde, die er ja – wie jeder wusste – ... geliebt hatte?
»Königliche Hoheit – ich danke Ihnen sehr für die Ehre, die Sie mir erwiesen haben!«, sagte Langustier.
Der Prinz nickte, lächelte kurz und schwach und küsste der Fürstin sehr flüchtig die Hand.
Nachdem die Hoheit sich so Hals über Kopf empfohlen hatte, setzte der Polizeichef Philippi seinen Bericht fort:
»Der Mörder überraschte Carola Schröder im Hinterraum ihres Ladens. Alle Damen sowie Falk und Silkstedt waren dort und drängten sich in dem Laden. Monsieur Bergé und seine Kollegen ebenfalls!«
»Das ist richtig«, sagte Bergé, nicht sehr erfreut über diesen Umstand. »Die Gehilfin der Dame schrie plötzlich aus dem Hintergrund. Alle wendeten sich um, dann liefen Valencia und ich nach hinten. Falk war auch dabei und kniete schon bei der am Boden Liegenden. Erst sah es wie eine gewöhnliche Ohnmacht aus. Doch die Schleife, die sie sich verzweifelt vom Hals zu zerren suchte, und die Verwünschungen, die sie ausstieß ... Zudem lag eine Art Beutel dort, der ihr scheinbar vom Täter über den Kopf gestülpt worden war, damit sie ihn nicht sehen konnte.«
»Was oder wen verwünschte sie? Und mit welchen Worten?«, fragte die Daschkowa, die sah, dass Langustier all dies über Gebühr anzustrengen begann.

»Gott, Gott und immer wieder Gott … du unbarmherziger, du liebloser, du trister …«, sagte Bergé. »Falk war kreideweiß und betete förmlich dagegen an.«
»Es muss der Kutschenräuber gewesen sein«, ergänzte Philippi und fuhr fort: »Man fand die gestohlene Kutsche übrigens in der Wilhelmstraße, ordnungsgemäß abgestellt, indes ohne Lenker, versteht sich. Wurmbs Hut und Cape lagen darin. Nichts, was uns weiterhelfen würde«, schloss er.
»Das würde ich nicht sagen, Monsieur«, ließ sich Langustier ächzend vernehmen. »Wenn eines durch dieses Attentat deutlich wurde, so dies: Der Mörder ist nicht allein – er hat einen Helfer! Der Kutsch-Attentäter saß noch in der Kutsche, als der vierte Mord geschah, wenigstens noch eine Kutschenlänge weit vom Laden der Schröder entfernt!« Langustier spürte, wie das ihm leidlich bekannte Schneegestöber in den Augenwinkeln wieder herankam. Auf keinen Fall wollte er vor der Daschkowa aufs Neue in Ohnmacht fallen.
»Bitte, entschuldigen Sie einen alten Kranken – ich muss Sie um eine Unterbrechung ersuchen! Man muss Falk verhören. Was hat er gesehen, wenn er als einer der Ersten so nahe bei der Schröder war? Auch wegen der Salamander, die er Seelig brachte; ich muss wissen, wo er sie her hatte. Und was er mit dem Gift tat.«
Er sank ermattet zurück. Die Daschkowa flüsterte ihm zu:
»Wissen Sie eigentlich schon das Neueste?«
Sie lachte leise über diesen Scherz. Wie sollte er schon davon wissen in seiner Matratzengruft? Indessen sagte er:
»Hermès de Bergé und Adelheid von Rohr werden nicht heiraten!«
»Das ist groß – woher …«, sagte sie erstaunt.
»Meine Tochter hat es mir erzählt. Es ist betrüblich für uns alle, fürwahr. Doch ich selbst kann sagen, dass ich die meiste Zeit meines Lebens unverheiratet war und es mir nicht übel bekommen ist.«

Sie schmunzelte. Die Nachricht schien sie zu erfreuen – wie sich jeder Unglückliche am Unglück anderer aufbaut.
»Betrüblich für uns alle? Ja und nein ... Nur schade um das schöne Brautkleid!«
Dieses Stichwort war es, das ihn wie der Stich mit einer Nähnadel wieder belebte!

Sonnabend, 11. Juli 1772

Das Kutschieren nach Charlottenburg hatte die Daschkowa für ihn besorgt, die Befreiung aus der Charité tags zuvor war eine Gemeinschaftsaktion von Philippi und der Fürstin gewesen. Theden hatte sich noch rasch Langustiers Wunden angesehen, ihn für die nächsten Tage verbunden und lächelnd bemerkt:
»Halten Sie die Flanke bedeckt! Heben Sie keine Zwiebel auf, lassen Sie es einen Küchenjungen machen, sonst bricht die Wunde auf wie eine Blutwurst in der Pfanne.«
Burney hatte beschlossen, zu seinem kranken Bruder nach Dresden zu fahren, und Rahel hatte sich – auf dringliches Geheiß Langustiers – nach Potsdam begeben. Sie machte sich einfach zu große Sorgen, das konnte er jetzt überhaupt nicht vertragen.
»Jetzt weiß ich, wie es sich anfühlt, so verpackt zu sein wie eine Dame!«, sagte er zur Fürstin.
Sie besichtigten die Stätte seines Wirkens. In der Küche war es allerdings noch ruhig. Sie wechselten hinüber zum Orangerieflügel des Schlosses. Durch die Kapelle und ein sich anschließendes Kabinett gelangten sie in die Saalflucht, wo die Moden-Parade vorbereitet wurde. Für die Revue war das riesige Arsenal, in dem die großen Kübelpflanzen überwinterten, wie geschaffen. Der Weg, den die Damen bei der Präsentation der Kleider nehmen würden, führte durch die säulenumstandene Trennlinie zwischen zwei großen Räumen. Das Publikum konnte somit das modische Flanieren von zwei Seiten aus verfolgen, und von jedem der rot gepolsterten goldenen Stühle hatte man, dank einer etwa zwei Schuh hohen, stegartigen Konstruktion, einen guten

Blick auf die Kleider. Gerade wurde, in der Mitte zwischen den beiden Zuschauerräumen, die Spezialbühne für das einleitende königliche Puppenspiel zusammengezimmert. Der Zimmermann schurigelte seine Gesellen:

»Weiter nach rechts mit dem oberen Abschlussbrett! Und die Senkrechte sieht von hier wie eine Schräge aus – das Ganze wie ein Kartenhaus kurz vor dem Einsturz …«

Jetzt zog der leicht erhöhte Steg mit der Bespannung aus königsblauem Baumwollstoff die Blicke der Betrachter auf sich. Cristobal Valencia kam auf sie zu und schwärmte:

»Diese *passavants* als Promenaden-Unterbau, diese *passerelle* – umwerfend! Da kann sich keine verlaufen und jeder weiß, wohin er schauen muss. Ich bin regelrecht verliebt in dieses Dekor!«

Und es schien in der Tat kein Grund vorhanden, sich über irgendetwas anderes Sorgen zu machen als über das Geschehen auf diesen Laufplanken. Eine Atmosphäre des tiefsten Friedens herrschte. Kleine Zitronen- und Oleanderbüsche verströmten einen herrlichen Sommerduft. Die Türen nach draußen waren weit geöffnet, Pfauen paradierten zwischen den Fächerpalmen auf englisch kurz gehaltenem Gras.

»So etwas gab es noch nirgends, nie je zuvor«, schwärmte der Spanier. »Es beginnt schon beim Puppenspiel! Der Spieler steht völlig aufrecht in seiner Kiste und operiert mit den Puppen über Kopf!« Dem Publikum wird es erscheinen, als agierten die Puppen frei obendrauf. Nach dem Ende des Puppentheaters trägt man die Kiste fort – und … auf einmal … sitzen sich zwei Zuschauerriegen gegenüber!«

Das wäre in der Tat frappierend! Bloß der kniehohe Steg mit dem dunkelblauen Läufer würde die Sitzenden auf beiden Seiten trennen.

»Robe um Robe rauscht knisternd darüber hin. Und hunderte Augen werden Blitze aufeinander schleudern.«

Auch die Fürstin war hellauf begeistert:

»Ob es den Zuschauern überhaupt möglich sein wird, sich auf das *defilé des mannequins* zu konzentrieren? Lebende Modepuppen: Das ist groß!«
Valencia pflichtete ihr bei:
»Die *crème de la crème* der hiesigen Damenwelt! 40 lebende Mannequins brauchen wir, denn ein Umkleiden ist in der kurzen Zeit nicht möglich. Wir konnten uns, trotz der zurückliegenden Ereignisse, des Ansturms der Anwärterinnen kaum erwehren ... Bürgerstöchter über Bürgerstöchter ... Aber die Modebegeisterten unter den Hofdamen haben es sich nicht nehmen lassen mitzutun – die Weyer, Vennwitz, Platen, Fressange, Bianchini, Ärenswärd. Sie werden im Fokus des Interesses stehen! Und sie müssen nicht bloß stehen, sie müssen *gehen*! Wir haben mit ihnen das Heben der Röcke und das Schreiten noch einmal einstudiert.«
»Erst die toten, dann die lebendigen Puppen«, spekulierte die Daschkowa. »Und dazu die Maulaffen, die mit sich selbst konfrontiert sind ... Von wem stammt die Idee mit diesem erhöhten Weg?«
Langustier räusperte sich.
»Sie ehren mich. So weit dachte ich nicht, weiß der Himmel, als ich vor Monaten, zusammen mit dem Baurat Stegemann, an den Plänen war! Als ich dem König den Vorschlag dieser Sitz- und Lauf-Ordnung unterbreitete, hatte ich nur ganz praktische Sorgen: Wie laufen meine Lakaien mit den Champagnerbouteillen am geschicktesten? Wie kommen die Zuschauer nachher am einfachsten zum Büfett?«
»Sie hatten diese grandiose Idee? Oh, das ist groß! Respekt, Monsieur! Das ist wirklich groß!«
Jetzt zeigte sich Léonard in einem *fraque d'écru*. Er hatte zuvor lange einen Pfau beobachtet und kam versonnen durch eine der Türen herein. Als er Langustier und die Daschkowa gewahrte, rückte er verlegen lächelnd an seiner riesigen schwarzen Brille und fragte:

»Was wird es morgen zu essen geben, Maître? Fürstin, Sie sehen bezaubernd aus! Welches Genie entwarf diesen traumhaften Casaquin aus grüner *ras de sicile* mit passendem Stecker, Rock und Schuhen?«
»Sie sind unglaublich? Verlangen Sie darauf eine Antwort ...« Sie schlug ihn scherzhaft mit dem Fächer: »Sie! ... Sagen Sie, wo ist ihr Kollege Bergé? Wir haben ein Attentat auf ihn und auf Sie alle vor.«
»Ach, ich dachte, das hätten andere ...«
Sie schwiegen, nun doch etwas betreten.
»Er sieht sich mit Huberty die Illuminationsvorbereitungen im Park an. Bis zur Generalprobe hier drinnen dauert es noch, die Damen werden gerade angekleidet. ... Aber, warten Sie mal ... Doch, da hinten, ich erkenne Bergé! Gerade kommt er mit Huberty durch die Kapelle!«
Wer immer an den Festlichkeiten mehr als zuschauend beteiligt sein würde, war schon in Charlottenburg eingetroffen. Es fehlten nur noch der König, die Regierende Königin, Königin Ulrike, Prinzessin Amalie, der Thronfolger und die anderen Prinzen nebst Anhängen.
Bergé und Huberty begrüßten Langustier und die Fürstin.
»Monsieur Bergé!«, begann Langustier vorsichtig. Immerhin sah es nicht danach aus, als ob der Ex-Bräutigam, so plötzlich wieder zum weltmännischen Galan geworden, vor Zerknirschung zusammenklappen würde, wenn man auf das Brautkleid zu sprechen käme.
»Was hielten Sie davon, das Brautkleid im Rahmen des Festes morgen doch noch vorführen zu lassen?«
In Bergés Gesicht arbeitete es.
»Ich habe selbst schon über diese Möglichkeit nachgedacht.«
»Man könnte es am Ende der Schau zeigen ...«, schlug die Daschkowa vor. »Es gäbe da freilich noch eine Kleinigkeit, die man ändern müsste ...«

Sie warf Langustier einen Blick zu. Der nickte.
»Sicher. Es kommt wohl darauf an, welche der Damen es vorführen wird«, sagte Bergé.
»Ich«, sagte die Daschkowa. »Aber es sind nicht nur die Änderungen an der Passform. Es bedarf, damit es den Effekt erzielt, den Monsieur Langustier und ich beabsichtigen, noch einer kleinen Zutat. Ich trage Kosten und Verantwortung und führe selbst die Nadel. Seien Sie versichert – Sie bekommen es unbeschadet zurück! ... Und ich werde Sie auch nie wieder der Langeweile zeihen in einem Artikel ...«, setzte sie im Tone der schmeichelhaftesten Überredung hinzu.
»Sie wollen dem König einen Streich spielen? Mit Billigung seines zweiten Küchenchefs? Fürstin, wenn ich wenigstens morgen ohne Furcht sein darf, dass Sie mich öffentlich der Langeweile zeihen, dann willige ich ein. Freilich bezweifle ich, dass Sie auf diese Idee kommen könnten, wenn Sie erst meine Kollektion gesehen haben!«
»Ein Streich gegen den König? Wo denken Sie hin, Monsieur? Es ist eher ein Streich gegen eine, gegen zwei ...« Sie sah Langustier um Hilfe suchend an. »Gegen alle diejenigen, die bislang dahin zu wirken trachteten, dass der Laufsteg morgen leer bleibt.«
Im Hintergrund waren Valencia, Huberty und Léonard bereits mit den ersten höfischen Mannequins auf dem Läufer, der Handwerker fortgesetztes Hämmern tapfer ignorierend.
»Meine Güte – das ist groß!«, sagte die Daschkowa.

Sonntag, 12. Juli 1772

Den ganzen Vormittag schon fuhren die Kutschen vor: Prinz und Prinzesssin Heinrich kamen mit Gefolge aus Rheinsberg, Prinz und Prinzessin Ferdinand aus Friedrichsfelde. Des Königs Schwestern und die Regierende Königin ratterten in den Hof. Langustier lehnte am Herd in der Küche und blickte in

Obst

Polnische Suppe

Kaninchenpaté am Gatower Rübchen

Kasuar-Medaillons auf Tartuffelnpüree-Tableau,
Minze, Lauch und Nüssen

Havelzander im Brunnenkressebett

Tranche vom Ochsen in Werderaner Wein
an Lapérouse-Salat
mit überbackener Knoblauchpolenta

Türkischer Coffee

Geschmolzene Sauerkirschen und Crème caramel

den Ehrenhof des Charlottenburger Schlosses. Die Krücken blieben stets in greifbarer Nähe, wiewohl er sich darin übte, sie zu vergessen. Es gelang auch schon recht gut. Nur bei längeren Überlandstrecken nahm er seine Zuflucht zu den Armstelzen.

Der Zweite Hofküchenmeister steckte den Zettel achselzuckend weg. Aufwändig war bloß die Crème caramel. Fünfzig Eier, fünf Kannen Milch – dazu ein Kilo Zucker, so viel wert wie ein Gaul. Es dauerte lange, bis sie stockte, und noch mal so lange, bis sie kalt war.

Er bereitete die ersten Kasuarbrüste vor und instruierte den Bratenmeister auf das Detaillierteste, wie er fortzufahren habe.

Ob Philippi inzwischen den Hofprediger Falk vernommen hatte? Nach den Berichten Burneys und der Daschkowa zu urteilen, schien er dem Baron Kellner ganz ergeben zu sein. Er versorgte den alchemistischen Carillonneur Seelig mit den Tierchen, aus denen dieser das Samandarin isolierte – für Versuchszwecke ... So weit, so schlecht ... Der Prediger nahm das Gift an sich, um es dem Baron zu bringen ... Doch das Gift war anscheinend mörderisch zweckentfremdet worden.

Langustier tranchierte den Ochsen und stellte sich den Hofprediger beim Abzweigen und Zweckentfremden von Gift vor.

Konnte man Gift überhaupt zweckentfremden? Wohl bloß, wenn man es dem Falschen in die Suppe träufelte ... Angesichts der Vorbereitung eines Festmahls für so viele so hohe Herrschaften, von denen zumindest zwei, der König und seine Schwester, Europas Zukunft mitbestimmten – er rechnete im Geist auch die *Couturiers* der mächtigsten Modekönigin und die Intimfreundin der russischen Kaiserin hinzu –, verursachte ihm das Salamandergift doch ein viel mulmigeres Gefühl als verrutschte Pastetenstücke. Was würde ein Fläschchen Samandarin im Topf bewirken? Lieber nicht daran denken.

Er zählte die Flaschen Werderaner Wachtelberg, die für das Schmorbad vorgesehen waren, und bemerkte stirnrunzelnd

zu dem rotnasigen Italiener, der für den Ochsen geradestehen musste:
»Mara, ich weiß, dass der Wein nach deinem Geschmack ist ... aber du musst mindestens dreißig Flaschen übrig behalten! Die Brühe wird zu fad, wenn man Wasser als Ersatz nimmt. Gib Lorbeer und Zwiebeln rein, Piment und etwas Dill. Lass es köcheln, bis das Fleisch in den roten Fluten auftaucht. Immer schön drauf achten, dass nichts anhängt!«
Falk hatte sich nach Aussage der Daschkowa als Kellnerianer erster Ordnung entpuppt. Er musste einen Helfer haben, der ihm die Salamander brachte, denn er würde schwerlich selber durch die Auen streifen. Die Tierchen konnten freilich weiß Gott woher kommen, aber verdächtig war es, dass sie in Schönhausen so selten geworden ... Der Sohn des dortigen Gärtners kam ihm glaubwürdig vor. Aber er war der Einzige, der erwiesenermaßen Salamander aufgeklaubt hatte. Langustiers Flanke stach. Wer hatte ihn angefahren? Der Helfer Falks? War es am Ende der Baron Kellner selbst gewesen? Das Schloss des Barons in Diedersdorf lag inmitten grüner Auen, salamanderreich ... Es wäre dringend geboten, dass man dort Nachforschungen anstellte. Es wäre erforderlich, sich mit der Verbindung Kellner–Silkstedt zu befassen! Es wäre ... es wäre ...
Es wäre höchste Zeit, die Polentatöpfe vom Feuer zu nehmen, denn der Maismehlbrei musste noch stocken und in anzubratende Scheiben geschnitten werden. Verflucht, das stank schon bedrohlich zum Himmel!
»Monsieur Eckert, wären Sie einmal so freundlich ... meine Seite brennt wie ... die Polenta gleich ...«
Wollte die Königin Ulrike den vormaligen Generalfeldstabsprediger vielleicht zum schwedischen Hofprediger machen? Rangen Silkstedt und Kellner und die Bromberg mit dem König um das Seelenheil von dessen Schwester? Wollte der alte Fritz Schweden vor der religiösen Verknöcherung retten? Kämpfte er,

Langustier, mit dem König gegen die schwedischen Pietisten? Es drehte sich ihm alles. Hinsetzen konnte er sich nicht. Die verdammten Krücken retteten ihn.
Für die polnische Suppe wurde der Fond von sauren Gurken mit etwas Sauerteig erhitzt, mit saurer Milch vermischt, passiert, ausgekühlt und mit gehackten Roten Beeten, Dill und Schnittlauch garniert. Zum Schluss kamen gekochte Krebsschwänze und Scheiben von harten Eiern dazu. *Et voilá!*
»Lippert! Kalt machen!«
Er musste sich sammeln, musste zur Ruhe kommen. Schon schwer genug zu ertragen, wie sie alle hinter vorgehaltener Hand über ihn lachten. Er hatte es genau gehört ...
Langustier schaute auf seine Zwiebel und kontrollierte die Menge der geschälten Tartuffeln, der geknackten Walnüsse, des geriebenen Parmesankäses, der gewürfelten Zwiebeln und zu zerdrückenden Knoblauchzehen. Die Fische wurden vorbereitet, Brunnenkresse gezupft, Zitronen ausgepresst. Die Kaninchenpastete war *prêt-à-porter* ...
Der König traf ein. Im Hof klang es, als würde der Kies umgepflügt. Klar, jetzt liefen sie alle an die Fenster, dagegen half nichts ... Die Berliner und Charlottenburger Küchenhilfen sahen den Monarchen hier nur noch selten, und die Stamm-Mannschaft stand allein an den Töpfen, grinsend. Man musste es kurz leiden, wollte man nicht als Spaßverderber dastehen. Kurz, ja – aber nicht lang!
»So, jetzt ist es genug! Keine Maulaffen mehr feilgehalten! *Vite, vite!* In einer Stunde wird aufgetragen! Wo bleiben meine Gatower Kohl-Rüben? Lasst sie nicht zu lange kochen, sonst kriegen sie einen intensiven Geruch! Schneidet sie in dicke runde Scheiben und operiert vorsichtig den Querschnitt der Karnickelpaté-Stücke heraus!«
Beim letzten Wort sah er sich im Anatomischen Theater liegen; die Seite schmerzte, ihm wurde schwarz. Draußen hatte der

König seinen Fuß auf den Kies gesetzt. Man sah es am Zusammenzucken der Wachen. Aus vielen zerknitterten bunten Stoffsäcken wurden straffe Standbilder. War da nicht noch einer neben dem Alten? Nicht nur einer ... und sie kamen herüber, direkt auf die Küchentür zu. Es waren drei: der Prinz von Preußen, der Polizeichef Philippi und ... die Fürstin Daschkowa!

Er vollendete eben den nach Jean François de Galaup, Comte de La Pérouse, benannten Lapérouse-Salat aus grünen Bohnen, Artischockenböden, gehackten Zwiebeln, saurer Sahne nebst Zitronensaft, als der König vor seiner Begleitung eintrat.

»*Messieurs!* Lassen Sie Ihnen nicht stören! Keine Sorge, wir seindt nicht hier, um sie zu verhaften. Obwohl in diesem Raum wohl keiner seindt, der mich nicht impertinent bestiehlet!«

Die Augen des Regenten waren groß wie Ochsenaugen. Die Daschkowa begrüßte Langustier mit Augenaufschlag und Nicken. Der Küchenjunge Lippert geriet unversehens in des Königs Medusenblick: Die polnische Suppe gefror ihm beinahe! Zu deren Vorkühlung hatte er in Holzkübeln Eis mit Salz vermischt. Die Töpfe wurden hineingestellt, um anschließend in strohgefüllte Kühlkisten zu wandern. Der Monarch sagte:

»Es freut mir, dass wenigstens an einem Punkte meines Königreichs noch tapfer gekämpft wird!« Leise zu Langustier: »Maître – kömbt mich einmal mit in die Bosquets, es gibt etwas zu besprechen!«

Der Prinz von Preußen probierte im Hintergrund die Crème caramel, die in etwa die Farbe seines Haares hatte. Er wirkte sehr unglücklich, aber das war Langustier schon des Öfteren aufgefallen. Ob es nicht besser wäre, wenn der Onkel seinen Neffen stärker in die Geschäfte des Staates einbezöge und ihm ein ordentliches Gehalt zahlte, statt ihn im Stande eines hochverschuldeten Hungerleiders und Müßiggängers zu halten?

»Nicht nachlassen, Messieurs!«, sagte besagter Onkel und fügte mit einem Blick auf den Prinzen hinzu, bevor sie die Küche auf der dem neuen Flügel zugewandten Seite verließen: »Mein Neveu wird sich zu den Tants retirieren! Ich bitte Sie, darauf zu sehen, dass es den Damen an nichts fehlt. Das dünkt mich eine Aufgabe ganz nach Ihrem Geschmack!«

Frühmorgens war der König aus Potsdam in Charlottenburg eingetroffen, als noch alle Gäste schliefen, um nach kurzer Inspektion der Festvorbereitungen – insonderheit der Puppenbühne und des *trottoirs des modes*, wie er den von Langustier erdachten Laufsteg nannte – nach Berlin weiterzufahren, wo er den Kasernenbau inspizierte. Inspektionen waren seine Leidenschaft, und er konnte wochenlang inspizieren. Die Daschkowa war in Seiner Majestät Begleitung im Tiergarten gewesen, wo man bei den Zelten gefrühstückt hatte, um sich dann zur Wachparade zu verfügen.

Langustier musste schwer rudern, um Schritt zu halten. Sie waren erst schweigend um den rechten Seitenflügel herumspaziert. Man hätte natürlich leicht durchs Schloss ins Parterre wechseln können, doch der Monarch verspürte nach der Kutschfahrt einen vehementen Bewegungsdrang. Die Flügeladjutanten hatten endlich ihren Befehlshaber entdeckt und holten die kleine Gruppe nun ein. Der König betraute sie mit der Flankendeckung, denn er wollte absolute Vertraulichkeit sicherstellen. Sie erreichten, Langustier schnaufend wie ein Walross, das wunderschöne Parterre, wo nun, wegen der abgeschlossenen Vorbereitungen für Illumination und Feuerwerk, niemand mehr flanieren durfte.

»Der Vogel ist ausgeflogen!«, berichtete der Polizeichef, während er auf die Rocaillen der Taquetes im riesigen farbigen Bodengemälde blickte. Als er die fragende Miene des Zweiten Hofküchenmeisters sah, fügte er hinzu: »Ich rede von Falk! Sein gemietetes Zimmer im vormals Podewils'schen Palais bei der Parochialkirche ist leer – er hat sich verdünnisiert, was für gewöhnlich nur einer tut, der Dreck am Stecken hat!«

»Seindt er unser Mann?«, fragte der Monarch, an seine drei Berater gewandt.

»Durchaus möglich«, befand Langustier. »Doch wenn er die Schröder ermordete, so war der Kutschattentäter sein Komplize. Die Mordtat an der Modistin geschah, während der Flüchtige noch auf dem Bock saß. Er kann nicht gleichzeitig am Ort des Mordes vorbeifahren und denselben begehen.«
»Wird es eine *prolongation* der *série* geben?«, wollte der Regent wissen, und sein Sonder-Kommissär orakelte:
»Wenn Falk es war, wohl nicht! Wenn nicht, dann vielleicht ...«
»Seindt Gefahr bei der *table*? Langustier, was denken Sie?«
»Ich glaube es nicht, Sire. Der Täter agierte bislang stets mit Bedacht. Immer auf die gleiche höchst artifizielle Weise. Daher wird er jetzt nicht wahllos vorgehen und den ganzen Hof durchs Essen vergiften. Das sähe ihm nicht ähnlich. Außerdem ... lege ich für meine Leute die Hand ins Feuer!«
Der Regent nickte und sagte:
»Auf Ihre Männer ist Verlass, d'accord! Mich dünkt es dennoch ratsam, die Wachen zu verstärken, bis auf jede Dame bei der Revue ein Mann kömbt!«
»Man könnte Eurer Majestät diese Freizügigkeit allüberall übel ankreiden ...«, sagte die Daschkowa.
Der König lächelte breit über diese launige Deutung seiner Wendung und fragte Philippi:
»Ihre Leute seindt hinter dem Falken her? Steht zu hoffen, dass Sie ihn noch heute finden?«
»Wir ... werden alles tun, Majestät!«, beschied ihn der Polizeichef zögerlich. »Wenn wir nur wüssten, wo wir suchen sollen ...«
»Suchen Sie in Diedersdorf«, sagte Langustier, einer Eingebung folgend. »Und bringen Sie – egal, ob Sie Falk dort finden sollten oder nicht – den Baron von Kellner hierher! Ich hege die Befürchtung, dass bei der Mode-Parade zum Wenigsten eines geschehen könnte: Die christlich-reformierte Fraktion unter Silkstedt könnte einen Eklat veranstalten.«
Der König seufzte.

»Gottlose noch seindt mir lieber, ja selbst Katholen! Je bunter, desto weniger unsinniges Moral-Geschrei! Was vor Klamots, Fürstin, glauben Sie, trägt Gott?«
»Ich glaube, Majestät, Gott trägt ein Kleid aus reinem Licht.«
Der König wechselte ins lichte Französisch:
»Eine erhabene Vorstellung, Fürstin! Möge dieser Tag kein graues oder schwarzes Ende nehmen! Mein Ziel ist ein leuchtendes Fanal nach all den Kriegen. Ich will, dass man unser Land wieder mit der Schönheit und der Eleganz verbindet! Ich habe nebenbei auch alles getan, was ich konnte, meiner Schwester Ulrike die Trauer über den Verlust ihres törichten Mannes auszutreiben. Doch mein Einfluss ist begrenzt, das merke ich jetzt. Ich habe meinen Ehrgeiz nun darein gesetzt, dass wenigstens in Schönhausen und Berlin wieder Farbe Einzug hält.«
Der König lüpfte den Hut und setzte seinen Spaziergang allein fort. Der Polizeichef strebte diensteifrig dem Schloss zu. Die Daschkowa und Langustier verweilten kurz vorm Bassin.
»Und Sie wollen es wirklich tun? Was, wenn es nichts anderes bewirkt, als dass Sie sich der Lächerlichkeit preisgeben?«, fragte Langustier, einer Gruppe Kormorane hinterherblickend, die schnellen, tiefen Fluges über dem Wasser dahinzogen. Schwarz wie Pietisten.
Sie nickte.

Gegen fünf waren die kleinen Feuertiere in den Körben ihres Paniers verstaut. Die Idee der Barone war so einfach … Aber in Fragen der Dramaturgie dachte sie etwas anders, daher würde sie warten mit dem Freisetzen bis zum Höhepunkt – der unzweifelhaft mit dem Auftritt der schönen Freundin erst erreicht wäre. In jenem Moment erst, wenn alle auf das Kleid sähen, das riesenhafte, wäre es ihr ein Leichtes, unbemerkt mit Hilfe zweier Klappen und daran geknoteter Schnüre die präparierten Reservoirs zu öffnen … Jetzt blieb noch eine Stunde bis zum Beginn der Mode-

Parade. Nebenan wurde die Freundin gerade eingekleidet, wie es schien, denn sie hörte leise Schmerzenslaute, die durch die dünne Wand kamen. Ihre Verbündete! Wie erfüllte sie dieser Gedanke mit Stolz! Zwei Kämpferinnen des Herrn waren sie! So ungleich und so einig! Ob sie hinübergehen und helfen sollte? Trotz der Abmachung, nicht zu oft zusammenzukommen?

Die Schmerzenslaute klangen doch zu süß. Sie hielt den Atem an, um besser zu hören. Sie legte das Ohr an die Wand, sie lauschte. Man vernahm selbst das Atmen … Was geschah da, direkt an der Wand? Sie ging erschrocken auf Abstand … *Er* war dort drüben, bei der Freundin! Sie spürte, trotz der eben noch gefühlten Einigkeit, den wilden Stachel des Neides. Wie verschieden waren doch ihre Kreise, trotz der Ähnlichkeit des Standes, wie unterschiedlich ihre Temperamente, trotz der Gleichheit des einen Gottes, der sie erschaffen. Warum hatte der Herr die Vielfalt zugelassen? Warum musste er die Missgunst befördern, indem er sie diese schmerzliche Ungleichheit erleben ließ? Was goss er ihr, diese zu lindern, ein? Was hatte sie, was ihr abging? Warum strafte der Herr sie so? Weshalb konnte nicht schon auf Erden jene letzte himmlische Ruhe und Eintracht herrschen, die allein gottgefällig wäre? Sie suchte sich selbst mit der einzig denkbaren Antwort zu beruhigen: Weil der Herr erst alle Seelen prüfen musste – weil er erst mit weisem Bedacht alle diejenigen ausscheiden musste, die nicht guten Willens waren! Sie selbst fühlte sich sicher … Aber wie verhielt es sich bei der Freundin drüben? Diente sie dem Herrn, indem sie sich der Wollust hingab? Gehorchte sie etwa den Geboten des Herrn, indem sie sich dem Götzen der Mode andiente – und solche bunten, frivol geschnittenen Kleider trug, die ihren üppigen Leib wie eine Einladung für die männliche Wollust erscheinen ließen? Sie lächelte weise.

Sie waren beide Soldatinnen des Herrn, Spione des Herrn Jesus, Agenten der guten Sache, Verkörperungen des Guten. Die Freundin agierte gerissen im Dienste des Herrn Jesus, sicher gerissener als sie. Die andere beherrschte weit mehr Tricks der Verstellung, kannte alle Mittel des Überredens und keine Skrupel ... Die andere lenkte den Mann nebenan in ihren Armen sanft und süß auf die Pfade, die der Herr beim Gebet ihr vorgezeichnet. Das hatte sie ihr immer wieder versichert, wenn sie schwankend wurde im Glauben, wenn ihr Vertrauen in die Richtigkeit des gemeinsamen Tuns schwand und die Zweifel überhand nehmen wollten oder – wie nun erneut – der Neid sie quälte. Das Liebesspiel nebenan kündete von einem Feuer, das sie und ihr Freund nie erlebten ... Wenn sie einander beilagen, so hatte sie das Gefühl, in kalter Asche gewendet zu werden. Sie hatte all die kleinen lebenden Symbole des Feuers unter ihrem Rock ... und begehrte doch auch diese andere, verrückte Art des Feuers so sehr. Das Verlangen und die Sehnsucht brannten, der Neid ... wie sie bezwingen? »O Herr«, betete sie, »erlöse mich von meinem Unglauben. Nimm die Verwirrung aus meiner Seele, lass mich wieder ganz in dich vertrauen! Schenk mir die Gelassenheit, die Welt so zu ertragen wie sie ist ... und nimm die Vermessenheit von mir, sie so zu wollen, wie sie nicht ist ...«

Aber die Wege des Herrn waren unergründlich, und so auch war sein Ratschluss. Die Freundin hatte es ihr verkündet, und sie hatte es akzeptiert, wie man alles akzeptieren musste, was der Herr befahl. Sie dachte an ihren eigenen sanften und bleichen Freund, den Prediger, für den sie die Salamander sammelte. Nie konnte er sich ihr gegenüber so vergessen wie *jener* da drüben ... Eine wilde Wehmut überkam sie. Wie schön war selbst der Zorn des Herrn, wie schön war selbst seine Widersprüchlichkeit! Zu klein war ihr Geist, den göttlichen Sinn hinter allem zu erfassen ... Die Geräusche im angrenzenden Raum wurden lauter. Einige letzte Schreie, dann war es still nebenan. Bis sie die Stimmen hörte ... diese gottlosen Stimmen:

»Sie sind so stark, mein Freund! Ganz anders als der bleiche Priester, der überdies hölzern und lieblos war wie sein Vorbild und Lehrer, der Baron ... Ich habe die beiden nur für Sie ertragen, das dürfen Sie nicht vergessen! Verknöchert und verbiestert waren diese schwarzen Krähen – der Prediger und der Baron –, wie meine kleine, schwache, leblose Freundin vom Hof der Königin. Aber im Gegensatz zu ihr, der Braven, Törichten, Aufrechten, Ehrbaren, waren sie so verlogen und bigott! Lüstern und doch nicht fähig zur wahren Lust. Oh, wie liebe ich es, mit ihnen zu spielen! Mit all den Leblosen, den Lieblosen. Es ist wie das Spiel mit bleichen Puppen! Als kleines Mädchen empfand ich eine wilde Lust, meine Puppen mit Nadeln zu stechen ... Aber gleichwie – wenn es nur der höheren Sache dient, mag es mir recht sein ... Ein farbiger, kräftiger Gott, ein Gott mit Brokat und Gold – nicht der matte Baumwoll-Linnen-Gott der Betschwestern – hat uns erschaffen! Es wird nicht mehr lange dauern, bis der alte gottlose Mann in Potsdam das Zeitliche segnet. Dann wird ein Ring sich schließen und eine Ära der Indifferenz zu Ende gehen. Eine neue Zeit wird heraufkommen, in der man der Verpuppungen und Verstellungen nicht länger bedarf. Dann werdet auch Ihr, mein Freund, über Euch hinauswachsen und dem alten, strengen und reinen Glauben zum Sieg verhelfen. Und alle, die heute noch zweifeln an Eurer Kraft, an Eurem Durchsetzungsvermögen, eines Besseren belehren. Wir sind uns so ähnlich und doch so verschieden: zweierlei Haut, die aufeinander reagiert wie das *agens* und *reagens* im Labor; Lust und Liebe sind eins, das Geschwätz der Pfaffen und Betschwestern sei uns bloß wie das Knistern in der Liegestatt. Ich bekomme nicht genug von Euch ... Nie aber würde ich jenen bleichen Prediger ein zweites Mal ertragen. Wenn Ihr ihn Eures Wohlwollens versichern wollt, auf dass er den Goldmacher weiter unterm Turm duldet, so müsst Ihr es inskünftig auf andere Weise tun.«

Sie hörte es und wollte es nicht hören. Sie verstand die Worte und wollte sie nicht verstehen. Vom Sinn verstand sie nur: Verrat! Missbrauch! Gottlosigkeit! Verworfenheit! Etwas zersprang in ihr. Es war ihr, als habe Gott sich gerade selbst getötet. Was für ein Gott war das, der Kreaturen wie die da drüben erschaffen konnte? Ihr hatte sie vertraut!

Sie hatte sie wie eine Freundin geliebt! War dieser Gott noch der ihre? Der sie so hintergehen konnte ... Das war nicht länger Strafe, war nicht erträgliche Pein, sondern Heimtücke und Hinterlist. Was sollte sie noch den Anordnungen dieses Götzen der Falschheit folgen? Was hatte sie getan? Alles war falsch. Der Herrgott war gestorben ... Alle sollten sie sterben ... Das All wollte sie töten ...

Sie sprang zur Tür. Alles würde zerplatzen. Sie sehnte sich nach dem Feuer, und sei es nun gar jenes in der erzkatholischen Hölle. Es gelüstete sie so lebhaft nach der Hölle Feuerofen ... nach dem Wasser der Spree ... oder ... Es kam ihr noch ein anderer, rettender Gedanke ... Sie blickte auf den Korb ihres Reifrocks und hörte, wie drüben wieder die Lust laut wurde. Ein so teuflischer Gedanke kam ihr, dass sie selbst einen kleinen Schrei des schwärzesten Entzückens ausstieß.

Vorsichtig schlich sie hinüber und nutzte die Verzückung der Freundin und ihres Beischläfers auf ihre Weise.

Langustier und der Puppenspieler verstanden sich prächtig, und dies nicht nur, weil sie beide – jeder in seinem Fach – echte Künstler waren. Der Hofküchenmeister hatte zwei flache, funkelnde Gläser und eine Flasche Champagner in der Hand, die er jetzt vorsichtig öffnete. Sie standen an der Puppenbühne im noch leeren Saal, wo nur die Lakaien und Küchenhilfen emsig beschäftigt waren.

»Ihr denkt, sie liebt mich noch immer?«, fragte Albino unsicher, den sein falsches Haar und sein falscher Bart juckten.

»Seien Sie dessen gewiss ... Ich habe noch nie eine so verzweifelte Liebende gesehen«, sagte Langustier, während er dem Gegenüber schwappend einschenkte.

»Aber … wird es nicht doch ein zu großer Schreck für sie sein, wenn sie öffentlich mit meiner Gegenwart konfrontiert wird? Ist es nicht ein Quell der künftigen Ablehnung?«
»Nein, Monsieur, das kann ich nicht finden. Ein bisschen Strafe hat sie schon verdient. Sie will sich sogar schon selbst strafen, indem sie sich der Gefahr aussetzt, aller Welt *ridicule* zu erscheinen! Wir haben nämlich vor …«
In diesem Moment legte Albino den Finger auf die Lippen.
»Wer hat denn den eingeladen?«, flüsterte er noch.
Langustier erstickte seine Rede mit Champagner, denn der Journalist Seeacker kam auf sie zu. Ganz klar – der König brauchte die Presse für seinen Mode-Coup!
»Ich bin sehr gespannt auf den Abend!«, sagte Seeacker.
»Das sind wir wohl alle«, sagte Albino.
»Hören Sie, Monsieur …«, wandte sich Seeacker an Langustier. »In der Charité war ich zu stark angeschlagen durch Ihren Grützeteller, dass ich am Ende vergaß, Ihnen etwas zu sagen, was mir zuvor durch den Kopf gegangen, als ich mich dem Prinzen gegenübersah. Jetzt hat mir eine höhere Instanz, wenn Sie mich verstehen, befohlen, zu sagen, was zu sagen ist.«
Er blickte unschlüssig zu Albino, dann flüsterte er Langustier ins Ohr:
»Der Prinz und die Hutmacherin Chevalier – ich sah höchst zufällig im *Sandkrug* in Wannsee, auf dem Weg nach Potsdam, wie die beiden … nun ja, sehr einvernehmlich miteinander taten, im Schilf … Er hat sie förmlich durchgeknetet … Carola Schröder war auch seine Geliebte, das war ein offenes Geheimnis …«
Langustier verschluckte sich am Champagner.
»Wie kommen Sie auf die Idee, mir das zu erzählen?«
»Nun, es gibt da einen Onkel, der sich gern über seinen Neveu berichten lässt. Glauben Sie mir – Journalismus ernährt seinen Mann nicht … Ich war in Schönhausen auf derselben Spur, doch ich kam zu keinem Ergebnis. Es scheint dort auch eine Dame ge-

geben zu haben, die dem Prinzen hörig war. Nun ist es keineswegs so, dass der König ihm die Frauen austreiben will. Aber er hätte gerne, dass es bei einer Einzigen bliebe, wenigstens nach außen hin. Die Bianchini soll eine Apanage von 30 000 Friedrichsdor im Jahre erhalten. Aber dafür soll der Prinz sich zusammennehmen. Der König hasst nichts mehr als die schrankenlose öffentliche Vielweiberei bei Prinzen von Geblüt, denn sie schadet dem Ansehen seines Königreichs. Was immer Sie damit anfangen – es komme nicht über Ihre Lippen, von wem Sie das haben! Sonst schreibe ich etwas Abfälliges über Ihre Kaninchen-Spezialität ...«

Langustier hatte begriffen. Er nickte.

»Das Pseudonym, das er sich zugelegt hat, ist *der Ausdauernde* ...«, sagte Seeacker noch. »Vielleicht hilft Ihnen das. Die Bianchini hat es mir erzählt und ... bestätigt, dass er seinem Namen alle Ehre macht. Sie war es übrigens, die mir mein Gehalt auch ein wenig aufbesserte, für eine Zweitfertigung meiner Dossiers. Ich glaube, sie wollte damit dem Prinzen eine gewisse Sicherheit gegen seinen Onkel verschaffen. Es machte freilich kein gutes Bild, wenn diese Art der Bespitzelung publik würde.«

Seeacker lehnte den angebotenen Champagner ab und empfahl sich.

»Es ist mir lieber, wenn ich hier nicht allzu lange gesehen werde. Bei der Präsentation bin ich wieder da.«

Er entschwand eilends durch eine der offenen Fenster-Türen.

»Hilfreiche Einflüsterungen?«, fragte Albino verwundert.

Langustier wiegte den Kopf, ohne sich zu erklären. Vielmehr sagte er:

»Sie müssen mir eine Frage beantworten, Monsieur. Wir wissen wohl einiges voneinander, aber dies wissen Sie vielleicht nicht ...«

Er zeigte dem verblüfften Albino das königliche Permissschreiben.

»Als Sie im Neuen Palais waren – kurz vor dem Essen, haben Sie da gesehen, dass der Hutmacherin ein Zettel überreicht wurde, von einem der Lakaien, worauf sie hinausging?«
Albino überlegte kurz.
»Ja, eigenartig. Ich kann Ihnen auch sagen, von wem er kam: von Baron Silkstedt.«
»Groß!«, entfuhr es Langustier. »Ganz groß ist das … Auch wenn es mir überhaupt nicht in den Kram passt.«

Die Daschkowa wurde gerade angekleidet, als Langustier zu ihr kam.
»Wie wäre es, wenn Sie mir auch einmal das Ausgekleidetwerden der Dame von Welt vorführten?«, sagte er leichthin.
»Monsieur, Sie sind *monstreux*! Ich erzähle es Ihrer Frau!«
Die Fürstin blickte kurz hinter der Trennwand hervor, fest eingepackt in ein weißes Schnürmieder, und lächelte. Das Lächeln erstarb jedoch und wich lodernder Neugier, als sie seinen versonnenen Gesichtsausdruck bemerkte. Er sagte:
»Wissen Sie, was ich gerade erhalten habe? Eine Mitteilung von einem Agenten des Königs … Seine Majestät bespitzelt den eigenen Neffen: Seeacker ist ein Spion, der den Prinzen verfolgt!«
»Ach?!«
»Aber es geht Seiner Majestät nicht um die Goldmacherei.«
Sie schmunzelte.
»Sie merken auch alles, mein Lieber! Na gut, ich schreibe es Ihrer … Havarie zugute. Es geht freilich um die Affären, die viel mehr Geld kosten als ein bisschen Laborarbeit.«
»Das passt hinten und vorne nicht!«
»Ach, Sie! Was Sie da sagen, trifft vor allem auf das hier an mir zu … Wenn hier nicht etwas mehr Luft gegeben wird, kann man mich in unserem speziellen Brautkleid ohnmächtig über die Laufbahn schleifen! Es war eine ziemliche Arbeit, die hier erkennbar hinzukriegen …«

Sie zeigte sich und er war kurz sprachlos.
»Das ist Ihnen sehr gut gelungen, Fürstin! Das Kleid ist ein Traum!«
»Oder ein Alptraum, wie man will«, sagte die Daschkowa. »Kommt wohl ganz darauf an, wer es sieht … Mir gefällt es, denn dieser herrliche Akkord – weiß-schwarz-gelb – ist wahrhaft groß, und diese geschwungenen Figuren sind sehr *à la chinoise*! Wie kleine Drachen! Sie sind, Monsieur, nicht nur ein großer Künstler am Herd, sondern auch ein Maler, ja vielleicht gar ein verhinderter Couturier … Aber Sie haben noch etwas auf dem Herzen, das sehe ich Ihnen an. Heraus damit!«
»Seeacker hat mir noch etwas gesteckt«, sagte er. »Aber ich will erst ganz sicher sein, bevor ich meine Schlüsse ziehe. Wie würden Sie *Der Standhafte* auf Französisch sagen?«
»*Le Constant*«, erwiderte sie spontan und stutzte: »*Le C*? Sie meinen, unser unbekannter Krähl'scher Liebhaber … war der Prinz von Preußen?«
»Ja! Erinnern Sie sich an die vermeintliche Abschiedsbotschaft der Christiane von Krähl?«
»Warten Sie, das war so seltsam, daher hab ich es behalten: ›Verzeiht, ich kann nicht mehr – C.‹«
»Das war keine Abschiedsbotschaft – das war überhaupt keine Botschaft.«
»Wie meinen Sie das?«, fragte sie.
»Das sollte für die Empfängerin so klingen wie: ›Es ist aus, ich kann dich nicht mehr besuchen!‹ Es machte sie für den Moment unachtsam. Der erste, nächste Gedanke, den sie wird haben fassen können, war ihr letzter – da saß ihr schon die Giftschleife am Hals! Bedenken Sie zudem, dass die beiden Billetts – das bei der Krähl und das bei der Chevalier gefundene – auf dem gleichen Papier und mit der gleichen Tinte geschrieben waren.«
»Warten Sie …«, sagte sie, »das bedeutet, die beiden Botschaften waren nur Mittel zum Zweck? Sie kamen von …«

»… einer Person, die um die Beziehung der beiden Damen zum Prinzen wusste«, ergänzte er vorsichtig.
»Um die Beziehung der Schröder zum Prinzen dagegen wissen alle …«
»Und um die der Bianchini …«
»Haben die beiden Liebhaber der Näherin nicht von einem dritten berichtet?«
»Ja, jetzt wo Sie es sagen, Fürstin!«
In seinem Kopf arbeitete es wieder.
»Was ist zu tun? Bleibt es dabei?«, fragte sie und blickte an sich hinunter.
»Selbstredend!«, beschied er sie. »Sie werden unser Spezialkleid unter dem Cape versteckt halten und tunlichst auf ein Zeichen von mir warten, bevor Sie es enthüllen! Bitte merken Sie zudem genau auf, ob bei der Anprobe etwas Seltsames passiert! Sie wissen ja, was verdächtig ist: weiße Halsschleifen, sofern sie nicht schon am Hals einer Lebenden sitzen … Ich weiß freilich – bei 39 anderen Debütantinnen ist das eine Aufgabe, gegen die es Kinderei genannt zu werden verdient, endlos einen Fels zu bewegen, wie Sysiphus es tat.«
»Ich werde mein Augenmerk vor allem auf die Bianchini richten. Sollten wir sie nicht warnen?«
»Nein, das könnte den Täter verschrecken … oder erst recht animieren … Ich weiß nicht, was wir uns weniger wünschen sollten …«

Elisabeth Christine, Königin von Preußen, schwebte herein wie auf einer Wolke. Sie betrat den vorderen Saal in einer *robe à la polonaise* aus schwarzgrüner Glanzseide mit karmesinroten Chrysanthemen. Vor ihr erhob sich die Puppenbühne. Atemlose Stille trat ein und die versammelten hohen und niederen Herrschaften machten dem Titel des folgenden Puppen-Stücks des Königs alle Ehre: *Die Maulaffen* bestaunten über die Maßen ihren Schick, denn was ihre Hofdamen nach den Irritationen jener Nacht nicht mehr zuwege gebracht, war ihr nun wie durch Zauberhand doch noch zuteil geworden. Diese vollendete Robe für die kleine Gala war die Gabe eines Unbekannten … Es war ihr wie im Traum – das Kleid war genau das, was sie sich sehnlichst gewünscht hatte! Woher hatte der Anonymus bloß ihre Maße? Ihre Damen, die erklärtermaßen von nichts wussten, hatten fast nichts ändern müssen.

Auf dem Kopf saß ihr eine mit Brillantspangen befestigte *couronne à la reine* – ein alles andere als kleiner, zeltlagerförmiger, laubfroschgrüner Hut mit majestätisch nach allen Himmelsrichtungen sich wiegenden orangenen Paradiesvogelfedern, den noch die Hutmacherin Marie Antoinettes für sie entworfen. Cecilie von Platen, Louise de la Fressange und Gertrude von Weyer hatten lange darüber gebrütet, wie man dieses Meisterwerk auf das Kleid abstimmen könnte. Ihre Hofmeisterin Amalie Gräfin Kannenberg hatte die glorreiche Idee mit dem schwarzen Tüll gehabt! Eva von Vennwitz, ihre Kammerzofe, hatte ihn einmal in großer Bahn darumgelegt, und er dämpfte die Farben auf das Allerschicklichste. Zwei je fünfteilige Brillantohrgehänge und eine schwarze Samthalsschleife mit einem Saphir in der Mitte waren ihr einziger Schmuck.

Die Puppen-Revue rauschte vorüber wie im Traum. Die Königin, völlig gefangen im eigenen Zauber, hörte gerade noch mit halbem Bewusstsein die letzten Worte. Seltsamerweise waren es fünf und nicht vier Modepuppen … Albino schien noch eine aus eigenem Fundus hinzugefügt zu haben. Jetzt intonierte er, die Figürchen dazu auf und nieder bewegend:

»Und so geloben wir, in allem den Regeln der Mode zu folgen, ihr beständig und treu ergeben zu sein und in allem den Annehmlichkeiten und dem Zauber der Neuheit nachzugeben, um die Wertschätzung aller Maulaffen von Europa zu gewinnen!«

Sie hörte den Applaus für den aus dem Kasten gekommenen

Albino, gekleidet wie üblich in italienisch-spanischer Manier des sechzehnten Jahrhunderts. Der Puppenspieler verbeugte sich ausdauernd vor der Regierenden Königin, bis sie ihm endlich ein Lächeln schenkte.

»Bravo!«, rief ihre Schwester Viktoria. Das kleine Stück war eine Posse gewesen, aber nicht so schlimm, wie man erwartet hatte. Elisabeth Christine fürchtete sich dennoch. Als ihr Lehndorff erklärt hatte, wie die Veranstaltung ablaufen würde, waren ihre einzigen Gedanken die an Abfahrt und Rückzug gewesen. Doch das herrliche Kleid hatte sie die Fluchtgedanken vergessen lassen ... Nun war es zu spät. Sie verfluchte ihre Zögerlichkeit, ihre Bedenken, ihre Erziehung und die Eitelkeit, die ihr das Davonlaufen verboten. Wie gerne hätte sie sich den Anblick ihrer verhassten Schwägerinnen erspart. Ihr Mann würde ihr diesen Stich zufügen, denn von ihm war das alles hier. Er hatte auch die Sitzordnung bei dieser eigenartigen Kleider-Revue entworfen.

Als die Puppenbühne weggetragen wurde, sah sie sich über den kniehohen Laufsteg hinweg Auge in Auge mit Schwägerin Ulrike, Königin von Schweden, und mit der Krähe Amalie. Der Blick in den anderen Teil der Orangerie war wie der Blick in einen Zerrspiegel. Bis auf den Prinzen und die Prinzessin von Preußen, die neben Amalie Platz gefunden hatten, sah Elisabeth Christine nur unliebsame Gesichter. Die Schwedenkönigin wurde von der garstigen Bromberg und dem schwammigen Silkstedt flankiert. Links von der Schwägerin war deren Kammerherr Nolcken platziert, ein Junge, der so zimperlich tat, dass man ihm den Spitznamen *Fräulein Nolcken* gegeben hatte. Elisabeth Christine schauderte. Neben ihr selbst saßen immerhin liebe Verbündete – im Anschluss an ihre Schwester Viktoria zur Rechten Prinzessin Heinrich nebst Prinz, und auf der anderen Seite die Gräfin Kannenberg, Graf Lehndorff und Nathalie von Roedern.

Die Königinnen fixierten einander mit der Eisigkeit des Alters. Sie kreuzten die Blicke wie Klingen. Doch plötzlich stutzte Elisabeth Christine, denn in den Augen Ulrikes standen Tränen ... Die Königin von Preußen durchpulste Triumph! Ihr Gegenüber trug ein stumpfgraues, mit Schwarz garniertes Tuchkleid ...

Jetzt schoben sich die Couturiers durchs Bild. Bergé und Valencia trugen prunkvolle Tuch-Habits in der neuesten, von Marie Antoinette angegebenen Modefarbe – *puce*: flohfarben. Im Schnitt aber waren diese Galaröcke uralt ... Léonard und Huberty waren in ebenfalls flohfarbene, allerdings todschicke Habits *à la française* gekleidet.

Da blickten alle Zuschauer unwillkürlich zur Tür. Von den Garderoben her, wo alle vierzig Damen auf ihren Auftritt warteten, schlenderte ein Herr aus dem Hintergrund heran. Jetzt trat er auf das leicht erhöhte *trottoir des modes*, von den Lichtern aus den seitlich aufgestellten Talgkästen angestrahlt, und die zweimal hundert Augenpaare, die aus beiden Sälen auf den Mittelgang gerichtet waren, sahen einen vollendet geschneiderten Habit *à la française.* Der lange Rock aus dunkelblauer, changierender Taftseide war an den Rändern mit kunstvollsten und prächtigsten floralen Stickereien verziert; für die flächenfüllenden Randkompositionen hatten die Schneider Gaze und Tüll appliziert und zuvor farbig unterlegt. Die vier Couturiers wendeten sich langsam um, ihr Gemeinschaftswerk zu betrachten.

Der besondere Effekt der phantasievollen Blütenpracht lag in der Wiederholung einzelner Motive auf der weißseidenen Schoßweste, die mit Gold- und Silberrocaillen durchwirkt war.

Alle Zuschauer waren sprachlos, denn dieser Herr in ecrufarbenen Culottes, silberweißen Perlstrümpfen, hohen schwarzen Pumps mit dezenten elliptischen Silberschnallen, der jetzt seinen schwarzen Dreispitz mit feinster Silberstickerei und einer frischen grauen Kranichfeder lüftete, war niemand anders als der König von Preußen!

Elisabeth Christine erschrak zu Tode, als er vor ihr stehen blieb. Würde er nun für einen Skandal sorgen? Er aber schwenkte den

Hut, verbeugte sich höchst spanisch, blickte ihr ernst ins Gesicht und sagte:

»Madame sehen bezaubernd aus! Ich sehe, Madame tragen die Robe, die mich ein großer Couturier vor Sie gemakt. Mögen Madame ein wenig mit mich auf und ab spazieren?«

Sie war zu verblüfft, um überhaupt etwas zu entgegnen. Er wartete ihre Antwort nicht ab, sondern winkte zwei Lakaien heran, die ein Treppchen vor ihr an den Steg stellten.

Alles drehte sich ihr, sie schritt an seiner Seite, zwischen den voll besetzten Sälen, und konnte auf seine galanten Fragen kaum etwas Vernünftiges hervorbringen. Sie bemerkte nur bewundernde Blicke und hörte die immer lauter werdenden Bravo-Rufe. Sie sah ihn an ihrer Seite und konnte kaum die Tränen hindern, die ihr vor Rührung kommen wollten. Die Tränen der Wut und wildesten Zerknirschung, die sich in ihre Freude stehlen wollten, drängte sie zurück. Als der kleine öffentliche Spaziergang auf dem Laufsteg zu Ende ging, hatte sie sich völlig in der Gewalt. Sicher – das war teuflisches Theater, denn er wusste genau, wie sie sich dies gewünscht hatte, im wirklichen Leben, zweiunddreißig Jahre lang seither. Doch zugleich spürte sie, dass dies nun einmal seine Art war, sich zu entschuldigen. Für die *vielle vache* zumindest hatte er es damit getan ... Sie konnte es indes überhaupt noch nicht begreifen: Von ihm also war das Kleid, das sie so stolz am Leibe trug? Es war fast wie eine Umarmung in der Öffentlichkeit.

»Madame, ich danke Ihnen für diese Schritte an meiner Seite ...«, waren seine Worte zum Abschied.

Als sie wieder auf ihrem Stuhl saß und mit ansah, wie er mit seiner Schwester vom Steg herab bloß einige Worte wechselte, fragte Elisabeth Christine ihre Hofmeisterin:

»Sagt, Gräfin – ist dies eben wirklich geschehen?«

»Ja, Majestät! Und bald wird es *tout Berlin* wissen! Dafür wird der Journalist sorgen! Majestät sind die schickste Berlinerin! Haben Majestät auch gesehen, dass die Prinzessin Amalie ein ebenso garstiges tuchenes graues Fledermauskleid trägt wie die … Schwedenpriesterin? Die Motte Silkstedt scheint in der bunten Kleiderkiste gewütet und alles zerfressen zu haben bis auf die Nonnenhabits.«

»Das meine ich nicht, Gräfin. Sind wir wirklich einmal nebeneinander gegangen, er und ich? Hat er wirklich einmal mit mir gesprochen, als ob ich seine Frau wäre …?«

Der Monarch hatte sich, nach den Worten an die Schwester – die sich in großer Röte und in offenbarer Verlegenheit kaum genügend Luft zufächeln konnte – zu den vier Couturiers gesellt und verkündete nun laut und auf Französisch, mit einer dem Anlass entsprechend gedämpften Kommandostimme:

»Für gewöhnlich, Messieurs, Dames, sehen die Paraden und Manöver, denen ich beiwohne, sehr kriegerisch aus, ohne es doch zu sein! Eine sehr kluge Dame, die mit ihrem Auftritt den Beschluss machen wird, hat mich über die Mode Erhellendes berichtet. Die Mode, so friedlich sie auch tut – wenn sie nicht Uniform ist, ist sie Krieg! Die Damen in den schönen Roben kämpfen alle gegeneinander. Doch wir müssen hier und heute kein Blutvergießen befürchten … Der *trottoir des modes* ist kein Schlachtfeld. Wenn die Damen ihre Waffen präsentieren, so töten sie mit Stoffen und mit Blicken. Die Stiche und Hiebe haben andere zuvor für sie geführt oder ausführen lassen …«

Hier wandte er sich zu den Couturiers – und sie verneigten sich nach beiden Seiten, während der König aufrecht blieb und den Hut erhaben schwenkte.

»Die Opfer, welche die Siegerinnen hinterlassen«, zu seiner Frau mit höfischer Verbeugung, »kleiden sich entweder fürderhin mehr à la mode«, zu seinen Schwestern Ulrike und Amalie mit süffisantem Lächeln, »oder sie fliegen ihnen als Liebhaber an den Hals! *Triparti* dünkt mich ein willkommener Schnitt, nicht nur für den Tanz, sondern auch in der Politik: Die *tripartage* Polonias

wird noch im August durch die Königin von Ungarn besiegelt werden! *Messieurs, dames – beaucoup de plaisir!*«
Unter Vivat-Rufen begab sich der Monarch zu den Musikern, die sich vor seiner ungewohnten Erscheinung verneigten. Die ersten Töne einer Quantz'schen Sonate erklangen. Der König spielte nur das erste Thema, dann übernahm der Altmeister selbst den Flötenpart.
Der Gute ist jetzt auch schon 75 Jahre alt, dachte Langustier, der in einem Habit aus auberginenfarbener Moiré-Seide neben dem Büfett an eine Säule gelehnt stand. Die Krücken waren in der Küche geblieben. Er schwankte bisweilen, doch er hatte beschlossen, sie an diesem Abend nicht mehr zu benötigen.
Alles sprach Erfolg! Wenn da nicht die unruhigen Blicke gewesen wären, mit denen der Baron Silkstedt umher sah. Langustier freute sich über den Erfolg der Königin. Immerhin hatten die beiden anderen alten Damen – Amalie und Ulrike – bei aller angeborenen Despotie Großmut genug bewiesen, die Mitglieder ihrer Hofstaaten nach ihrer Fasson selig sein und an der Schau teilnehmen zu lassen.
Der Regent hatte auf seinem Sessel Platz genommen, um all den hübschen Damen die Parade abzunehmen. Er hatte von seiner Warte auf dem Orchesterpodium unzweifelhaft den besten Blick von allen, denn die Aktricen liefen schräg auf ihn zu, um dann zu wenden und den ganzen Weg zurückzuschreiten, dabei ihren jeweiligen Nachfolgerinnen begegnend. Eine jede machte überdies den Weg zweimal hintereinander, sodass auf dem Steg ein laufendes Auf und Ab herrschte. Die Couturiers, die sich wie Flaneure zu ihren Geschöpfen gesellten und mal mit, mal gegen den Strom bewegten, hatten mit ihnen verschiedene Gangarten und Gruppierungen einstudiert.
Vera von Ärenswärd, eine scheue Schlanke, machte den Anfang mit einer im Schritte der stillen Verachtung vorgetragenen flohfarbenen *robe à la française* aus chinesischem Satin mit ro-

ten, weißen und muskatbraunen Paradiesvogel-Stickereien. Die Ärenswärd blickte zu Boden, ignorierte sowohl das Publikum als auch die großen Vier und hantierte abwesend mit ihrem korallenroten Fächer. Sie brauchte sich nicht zu verstellen, denn genau so hätte man sie auch im Schlosspark oder auf dem Weg zum Ballsaal sehen können. Louise de la Fressange und Cecile von Platen setzten gleich darauf weitere Höhepunkte mit zwei Springröcken aus meergrünem Seidendamast: Die in Ton gehaltenen Schoßjacken und die zum Knie hinaufreichenden Stiefel aus weichestem Kalbsleder entlockten den Zuschauern Ausrufe des Entzückens. An den *poufs aux sentiments* schienen sich grün schillernde Schmetterlinge wie zu kurzem Verweilen niedergelassen zu haben ... Die beiden Bürgermädchen, die nun folgten, in ein scheinbar höchst angeregtes Gespräch vertieft und den Gruß der Modemacher mit gespielter Arroganz übersehend, glänzten goldgelb in Kapuzen-Mantelets aus Seidensatin. Die fußfreien Röcke aus gleichem Stoff zeigten vornehme Verzierungen aus kleinen, in zart geschwungenen Girlanden und Wellenranken aufgestickten Perlen und Streublümchen. Und es folgte eine nach der anderen in immer neuen Kreationen.

Antonia di Bianchini beendete mit wohlbedachtem Schritt und einstudiertem Rockraffen, durch das die weißen Wildlederschuhe aufblitzten, in einer hell-beigen Gala-Robe *à la française* die Sektion der *grand parure* oder großen Hofgala mit einem symbolischen Ausfegen.

Unter Jubelrufen mussten die Couturiers vom Steg hinabspringen, denn die *parniers à coudes*, welche Jupe und Manteau dieser Lyonaiser Seidenrobe flankierten, waren nicht nur ultrahoch, sondern so überbreit, dass die großen Vier neben der Trägerin keinen Platz mehr hatten. Die Putzmacherin Carola Schröder hatte diese Robe noch reich garniert, mit Volants, die in doppelter und abgeschrägter Stufung die Spitzenmanschetten einrahmten und in angemessener Größe auf dem Rücken wiederkehrten. In

höchst malerischem Arrangement schlängelten sich schmale und zur Weite des Saums hin breiter werdende Falbeln im offenen Durchblick auf der Jupe.
Die Röte auf den Wangen der Damen nahm zu, die Herren waren nicht minder enthusiasmiert. Von allen Seiten kamen die Laute der Bewunderung und des Entzückens über das Feuerwerk aus Farben und Reflexen auf dem Laufsteg: *parure*, also bürgerliche Fest-Kleider, aufgelockert durch bequeme *negligés* für Straße und Reise. Man reckte die Hälse, schwenkte Lorgnons und kleine Operngläser an Stielen, sprach laut und freudig über jede neue Erscheinung. In beiden Sälen war die Begeisterung nahezu einhellig. Nur die mausgraue Fraktion verging fast vor Wut, Entrüstung, Zerknirschung.Die Blicke des Barons Silkstedt gingen immer häufiger und seltsam fragend, wie es Langustier vorkam, hinüber auf die Seite der Regierenden Königin. Doch zu wem genau, das konnte er nicht sehen. Die verwitwete Prinzessin August Wilhelm, Prinzessin Viktoria oder die Mutter des Prinzen von Preußen verdeckten die Sicht. Er wollte wohl sehen, wer da saß, aber da merkte er zu seinem Leidwesen, dass er vollkommen steif und alle Glieder nahezu eingeschlafen waren.
Zum Glück erschien nun Eva von Vennwitz, die Kammerzofe der Königin, und eröffnete den abschließenden Reigen der modernsten Roben *à la polonaise*. Nach dem Vorbild polnischer Tanzkleider war schon vor etwa sieben Jahren dieses leichte Kleid entstanden. Fußfreiheit und Kleinheit des Paniers gaben der Trägerin eine ungemeine, nur vom Springrock übertroffene Bewegungsfreiheit. Markenzeichen war der hinten mittels kleiner Schnüre hochgeraffte Manteau. Je nachdem ob ein oder zwei Aufhängungspunkte gewählt wurden, resultierten optisch zwei oder drei Partien am verlängerten Rücken. Die Dreiervariante wurde nun scherzhaft auf die bevorstehende Teilung Polens bezogen …
Das Fräulein von Vennwitz strahlte hinüber zum Regenten, denn das helle Blau des Grundes ihrer Robe, *bleu-morant*, war des Kö-

nigs erklärte Lieblingsfarbe. Aus den bunten Blumengestecken von Manteau und Jupe waren einzelne Rosen, Narzissen und Zweige mit Mohnkapseln herausgepickt und auf die Seide der spitzen Schuhe mit geschweiftem, halb hohem Absatz übertragen.

Langustier schritt ein wenig zur Seite und nach vorn, um den Adressaten der Silkstedt'schen Blicke zu sehen: Es war das Fräulein von Roedern. Unausgesetzt wiegte sie den Oberkörper vor und zurück. Der Baron hatte wohl daran Anstoß genommen, es irgendwann aber aufgegeben, seine Entrüstung zu zeigen. Die Königin schien von alledem nichts zu bemerken, sie war völlig gefangen vom Defilée der Roben. Noch eine ganze Reihe weiterer prächtig gekleideter Damen schritt über die Laufbühne. Dann nahte unwiderruflich das Ende.

Gertrude von Weyer und die Daschkowa traten gemeinsam auf – die Weyer trug eine dick wattierte, feuerrote Winterrobe *à l'anglaise* – Signal an alle blutgierigen Feinde Preußens, sich warm anzuziehen, dachte Langustier amüsiert – und die Daschkowa das umgearbeitete Brautkleid ... allerdings noch versteckt unter einem alles verhüllenden, dünnen schwarzen Cape, sodass es zunächst wirkte, als trüge die Fürstin, schon von Natur aus nicht schmächtig, doch nun ganz offenbar in anderen Umständen, eine *robe à la levantine*.

Sie nahmen den langen Weg zum Ende des Steges in Anbetracht der Fülle ihrer Gewandungen nur einmal, um auf dem Weg zurück in die Mitte den Einmarsch aller Mannequins mitzuverfolgen, die ihnen entgegenkamen und schließlich pünktlich zum Beschluss die volle Länge des Parcours und die Breite der Orangerie einnahmen.

»Das ist groß!«

Die Daschkowa musste es laut herausschreien, dem neben ihr stehenden Puppenspieler ins Ohr, denn der Applaus brandete in hohen Wellen von hinten und von vorn. Albino trug falsche

Koteletten, wie sie jetzt sah. Die Schweißperlen hatten den Klebstoff aufgelöst, sodass die Kunsthaarstreifen, von oben beginnend, nach unten weglappten. Auch das schwarze Neapolitaner-Haar war falsch, genau wie sein Bärtchen. Gehörte wohl alles zum Kostüm, dachte sie und entsann sich, dass er in Potsdam, im Neuen Palais, genauso ausgesehen hatte ... die Extravaganz eines Schaustellers? Warum nur waren es plötzlich fünf Mode-Puppen gewesen? Im Kopf der Fürstin arbeitete es. Bislang vier Morde ... jetzt fünf Puppen ... ? Wer war dieser Albino? Er machte Anstalten, die Verkleidung abzunehmen, während der König in ungedämpftem Kommandoton auf Französisch verkündete:

»Messieurs, Dames – ich bin in der glücklichen Lage, Ihnen einen fünften Meister zu präsentieren ... und ich meine ausnahmsweise einmal nicht meinen Hofküchenmeister, den ich bei dieser Gelegenheit aber nicht unerwähnt lassen möchte, denn er hat das Gelingen unserer *fête des modes* trotz widriger Umstände befördert ...«

Die Daschkowa sah, dass sich Langustier, den Beifall wie Fliegen zu verscheuchen trachtend, langsam durch die Reihen des Publikums zum Zentrum vorarbeitete. Die Stimme des Königs drang nicht recht in ihr Bewusstsein. Sie blickte in die griesgrämigen Gesichter der schwedischen Königin und ihrer Schwester Amalie, deren Händeklatschen mechanisch wirkte, und hörte den Monarchen sagen:

»Und ich darf die Dame neben ihm nur bitten, sich zu wappnen, denn sein Erscheinen eröffnet gleichsam den *ball en masque* durch eine vorzeitige Enthüllung ...«

Wo war der Baron Silkstedt? Da stand nur die Blaspiel, die Hofmeisterin Amalies, zwar grau und verfallen neben der Bromberg, aber ganz und gar verzückt applaudierend – das verschleierte schwarze Lager hatte durchaus seine weißen Schafe, das hatten schon die Ärenswärd und die Bianchini durch ihre Auftritte bewiesen. Des Königs Worte, in seinem auf Effekt gedrechselten Französisch, drangen wieder in ihr Ohr:

»… der somit wieder unter denen ist, die Europens Mode mitbestimmen! Ich danke ihm für sein Erscheinen und die Freude, die er meiner Gattin mit der *robe à la démembrement polonaise* bereitet hat!«

Die Daschkowa sah keinen Puppenspieler mehr neben sich. Stattdessen stand da … Charles Lakefield!

Aller Augen waren auf sie gerichtet. Die Damen auf dem Laufsteg hatten sich, so gut es ging, näher herangeschoben, um die eigenartige Szene mitzuverfolgen. Ein Großteil war, dank der hilfreichen Unterstützung von Lakaien und Treppchen, in die beiden Saalhälften hinabgestiegen und richtete von dort das Augenmerk nach oben. Wer war dieser hübsche Herr? Ein fünfter Couturier? Warum zeigte die Daschkowa alle Anzeichen einer Ohnmacht?

Oh – jetzt fiel ihr Cape! Was, zum Himmel, trug sie da? Ein Kleid für den Maskenball! Große Salamander auf kreideweißer Seide – grotesk, himmlisch! Bergé, Valencia, Huberty und Léonard waren wie vor den Kopf geschlagen.

Vom Grotesken zum Schrecklichen war es nur ein letzter Schritt. So also fühlte sich die Atemnot an! Sie rang tatsächlich nach Luft und griff sich instinktiv an den Hals, um die Schleife, die sie dort sicher wähnte, zu entfernen. Noch einmal kam ihr die Theorie in den Sinn, die sie so lange umgetrieben.

Ganz falsch jedoch lag sie, auch diesmal … Da war kein Tod, da war das Leben wieder! Tränen stahlen sich in ihre Augen. Was geschah denn nur? Wie sollte sie jemals eine andere werden … wenn nicht durch ihn? Ihre Irrfahrt hatte ein Ende. Mit weichem Timbre fragte sie:

»So waren Sie hier, mein flüchtiger Geliebter, während ich Sie in London suchte?«

Mühsam bezwang sie die sich anschleichende *impuissance*. Nein, jetzt nur keine Ohnmacht vor versammeltem Publikum! Sie vernahm die Stimme des Wiedergefundenen:

»Sie nennen mich Ihren Geliebten? Wiewohl Sie mich öffentlich hinrichteten, vor der französischen Königin, die all Ihre Silben für bares Silber nimmt?«
Jekaterina Fürstin Daschkowa errötete.
»Können Sie mir je verzeihen? Was Sie hier geschaffen haben ... ist wirklich groß!«
Sie blickten auf die Königin von Preußen, als sei sie auch nur eine Puppe, mit einer Lakefield'schen Kreation bekleidet.

So also fühlte es sich an ... Verwunderung stand auf ihrem Gesicht, aus dem alle Farbe wich. Das Blut verschwand, es zog sich zurück. Ganz leicht, ganz sanft, ganz zwanglos geschah es, aber so rasch. So unwiderruflich. Als wisse der Kopf schon, was kommen würde: nichts! Im Handumdrehen ... Das hatte sie sich anders vorgestellt. Ganz anders ... Für Bedauern war es zu spät. So viel hatte sie falsch gemacht, so viel Leid durch ihre Verurteilungen und Exekutionen verursacht. Welchen Illusionen war sie gefolgt, welchen Irrlehren aufgesessen? War es nun die Gesellschaft selbst, die all dies verursacht? Oder war es Gott? An den zu glauben für sie endgültig Vergangenheit war! Alle hatten sie verraten, alle nur benutzt. Was immer sie selbst nun auch erwartete – die andere dort, noch so sicher und des Sieges gewiss, wie sie droben stand, inmitten der Hoffahrt, deren ungeheuchelter Teil sie war ... Man würde über sie richten, würde ihr den Kopf abschlagen oder sie hängen und ihren geschundenen Leib, der durch Falschheit zu so viel Lust und falscher Pracht gekommen, übers kotige Pflaster schleifen und verscharren wie Aas ... Diese Rache nun war, trotz allem, so süß ... Und Wolken, grüne Bäume, dunkles Wasser ... Das sollte alles gewesen sein für sie? O Gott, das war wirklich keine Meisterleistung ... es war eher ... *ridicule* ... lachhaft ... lächerlich ... zum Lachen ...

»Und wer erschuf dies Brautkleid?«, fragte Charles Lakefield die Daschkowa. »Es sieht eigenartig aus, vor allem an Ihnen, Fürstin, – doch es gefällt mir außerordentlich!«
Er betrachtete sie höchst interessiert.
»Sie wissen ja«, sprach er weiter, »dass ich die Einfachheit liebe und mich schwer tue mit dem Affront gegen die Konvention. Weiß ist für mich nun einmal die Farbe der Braut – aber so ein Brautkleid! Wahrlich, das gab es noch nie! Welch teuflische Applikationen: Salamander! Je suis enchanté, Madame! Der Salamander steht für das ewige Leben, die Auferstehung. Ist unsere Liebe damit wiederauferstanden, darf ich es so deuten?«
Die Daschkowa lächelte. Was die anderen dachten, war ihr jetzt völlig egal. Sie hatte Langustier nicht gesehen und auch kein Zeichen empfangen. Was geschehen war, war geschehen – ihr Herz floss über vor Freude.
»Würden Sie mich in diesem Kleid heiraten, Charles?«
»O nein, Fürstin! Vorher müssen Sie die Salamander wieder abnehmen!«
Sie küssten einander. Der Saal tobte!
»Das seindt wie der Schluss einer opera comique!«, rief triumphierend der König, offensichtlich froh, dass alles ein so schönes Ende nahm. Alle Widerwärtigkeiten waren seinem Hause an diesem Abend ferngeblieben. Wann hatte er, im wirklichen Leben, solche Szenen mitangesehen? Amüsiert blickte er über die Schulter und erkannte seinen Zweiten Hofküchenmeister in einen höchst eigenartigen Dialog mit einer Hofdame seiner Gattin begriffen. Die Hofdame, gekleidet in Pietistengrau, das er gehofft, mit seiner Parade wenigstens den Schwestern auszutreiben, war als Einzige in der ersten Reihe sitzen geblieben, wo doch alle anderen sich erhoben hatten.
Die Dame, vor der Langustier aufrecht stand, da er sich nicht bücken konnte, trug eine weiße Halsschleife, die überhaupt nicht zu ihrem grauen Betschwesternhabit passte. Rasch waren der

König und die Daschkowa über herangeschobene Treppchen an Langustiers Seite. Alle übrigen standen unschlüssig und wie gebannt. Da bahnte sich der Polizeichef mit zwei Männern den Weg durch den Saal: Philippi mit Anselm Falk und dem Baron Kellner.
»Nathalie!«, rief Falk, stürzte auf die leblos Sitzende zu und fiel vor ihr auf die Knie.
Langustier schüttelte langsam den Kopf. Nathalie von Roedern war tot.
Der König blickte Philippi fragend an und deutete auf Falk. Doch der Polizeichef sagte: »Er war es in diesem Fall wohl nicht.«
»Er war es in keinem der Fälle!«, sagte Langustier und straffte sich. (Viel straffer allerdings ging nicht.) »Falk war nur ein unbedarfter Helfer, dem die eigene Rolle gar nicht zu Bewusstsein kam. So ging es auch dem Carillonneur Seelig, der gleich zwei Auftraggebern als williger Laborant diente: dem Baron Kellner und dem Neffen Eurer Majestät ...«
Der Regent schnaubte.
»Ich weiß, doch sprechen wir nicht von meinem Neveu!«
Langustier sah zur Daschkowa und wusste für einen Moment nicht, was sagen.
»Nennen wir ihn also *Le Constant*«, sagte er, ohne lange die Folgen zu bedenken.
Der Prinz von Preußen, der von Natur aus einen kräftigen Teint besaß, sah nun aus wie weiß geschminkt.
»Monsieur, wie kommen Sie dazu ...«
»Ich bitte um Vergebung, Hoheit – ohne diese Chiffre, mit der alle Mordopfer Sie bezeichneten, wird sich schwerlich jener Theatervorhang öffnen, den Ihr Onkel mich bat zu lüften. Ich werde mich bemühen, den Part Eurer Hoheit in dieser Tragödie nicht zu übertreiben, doch nicht von Hoheit in diesem Zusammenhang zu sprechen und Hoheit ganz aus dem Spiel zu lassen, hieße, das Leichentuch über den Fall zu ziehen – *obducere*, ohne Aufdeckung.«

Der König machte große Augen.
»*Continuez, Monsieur! Sans égard pour lui et pour moi …*«
Langustier sah zur Bianchini hin, deren Blick zwischen dem Kleid der Daschkowa, dem Thronfolger und der toten Freundin wild hin und her irrte.
»Diese Dame hier«, sagte Langustier und deutete auf Nathalie von Roedern, »war höchst naturliebend. Nun ist dies gottgefällig, denn Gott ist in der Natur so präsent und augenfällig wie nirgends sonst. Nicht jede Gott- und Naturliebe indes äußert sich gleich … Nathalie von Roedern war eine eifrige Sammlerin von Salamandern!«
Ein Raunen kroch durch den Saal.
»Mon dieu!«, sagten König und Prinz unisono.
»In Schönhausen brauchte sie die so hübschen und so giftigen Geschöpfe beim morgendlichen Spaziergang nur vorsichtig mit schützendem Handschuh aufzulesen und in die so überaus praktischen, aufnahmefreudigen Körbchen ihres Reifrockes zu verfrachten. Sie hat ihre Ausbeute bei Gelegenheit morgendlicher Stelldicheins dem Herrn Pastor Falk, ihrem Geliebten, überantwortet …«
»Woher wollen Sie das wissen!«, fuhr Falk auf.
Langustier hielt zwei mehrfach gefaltete Blätter in der Hand, die er den verkrampften Fingern der toten Nathalie von Roedern entwunden hatte.
»Sie schreibt es in ihrem Brief. Das hier ist zur Abwechslung einmal ein richtiger Abschiedsbrief, denn was man bei zweien der Toten fand, waren nur Irreführungen, für die Opfer und für uns … Sie berichtet, dass Monsieur Falk diese Tiere in treuer Pflichterfüllung, quasi im Dienste des Herrn, an den Carillonneur Seelig weiterreichte, der ihnen – nach dem von Theden publizierten Verfahren das in ihnen enthaltene Gift, genannt Samandarin, extrahierte. Auch wenn es der Auftraggeber dieser Experimente, Baron Kellner, in Abrede stellen wird, da er die Giftwirkung der

Tiere offiziell leugnet – mit dem Salamandergift sind vier Morde und ein ... Selbstmord verübt worden!«
»Was unterstehen Sie sich ...?«, sagte Falk. »Wollen Sie sagen, dass ich oder der Baron ...«
»Hören Sie einfach nur zu!«, zischte die Fürstin.
Langustier stand nun auf dem Laufsteg, was ihm in beiden Saalhälften Gehör verschaffte. Auch konnte er selbst so besser sehen, was vor sich ging. Der König bat ihn, mit Blick auf Kellner und Falk:
»Bitte lösen Sie mich diese Schleife von einem Rätsel. Was hatten der alte und der junge Predicus damit zu schaffen?«
Da gellten Schreie durch die Orangerie, und mit einem Mal krabbelten unzählige leibhaftige Feuersalamander zwischen den Füßen der Damen und Herren herum. Mit einem Geräusch, das nur echte Seide hervorbringt, sank Antonia di Bianchini in Ohnmacht. Die Daschkowa nahm sich ihrer hilfreich an und war bemüht, ihr das Atmen zu erleichtern.
»Bewahren Sie Ruhe!«, rief Langustier. »Die Tierchen sind völlig harmlos, solange man sie nicht eben mit bloßen Händen anfasst!«
Während behandschuhte Lakaien die Ausreißer umgehend einsammelten, untersuchten Langustier und die Fürstin die Korbtaschen des Paniers der grauen *robe à la française* des toten Fräuleins von Roedern, in denen sich die Tiere zuvor befunden hatten. Von einer nun nicht mehr gestrafften Schnur ausgelöst, hatten sich Klappen geöffnet.
Der Baron Kellner intonierte wie abwesend mit der Stentorstimme des ehemaligen Generalfeldstabspredigers:
»O lieber Gott, lieber Herr Jesus! Wir stehen in Abscheu! Bist, Jesu, du dafür gestorben? O ihr Inspirierten – in die der Heilige Geist gefahren, merkt auf dieses Treiben! Haltet Euch rein, auf dass der liebe Gott Euch zu sich nimmt, wie er Jesus zu sich genommen, und schlagt die Entgleisten, wo Ihr sie trefft ...«

Er schien nicht mehr recht bei Trost zu sein.
»Sie haben das Wichtigste vergessen«, sagte Langustier: »Auf dass Gottes Wille geschehe und *sein* Reich komme! In Ewigkeit, Amen!«
Er blickte dem Baron Silkstedt ins Gesicht, der tonlos jede Silbe mitgesprochen hatte.
»Ihre Pläne sind nur zum Teil aufgegangen, meine Herren!«, sagte Langustier. Auf die tote Nathalie von Roedern deutend, fuhr er fort: »Diese bedauernswerte Dame hat Ihnen willig zugearbeitet, und sie war, bis zur Inszenierung des eigenen Endes, eine willige Dienerin im Gefolge des Herrn. Den Abschluss des pietistischen Kreuzzugs gegen die herrschende Putzsucht hat sie indes verpatzt: Mit dem Freisetzen der Salamander sollte sie die Mode-Revue sprengen. Ich sah Sie, Baron Silkstedt, schon zu Anfang den Einsatz ihrer Soldatin mit Blicken geradezu einfordern. Es ist aber etwas dazwischen gekommen, von dem Sie nichts ahnen konnten.«
Er blickte auf die Bianchini, die eben wieder zu Bewusstsein gelangte.
»Nathalie von Roedern, die höchst ungleiche Freundin dieser Dame dort, war mehr als eine unwissende Helferin, die Salamander sammelte. Sie hat bis zum Ende nicht begriffen, wer sie benutzte – sie glaubte tatsächlich, verblendet, wie sie war, in den Trägerinnen und Zuträgerinnen der neuesten Mode den Teufel selbst zu bekämpfen! Und sie tat dies sehr handgreiflich … mit vergifteten Halsschleifen. Der höchst profane Sinn des in ihren Augen so heiligen, gottesdienstliches Tuns blieb ihr indes völlig verborgen, denn er betraf etwas, das sie nicht kannte: besinnungslose Liebe, rasende Leidenschaft und … flammende Eifersucht!«
Entsetzen erfüllte den Raum wie Stick-Gas. Schreckensrufe ertönten. Man tuschelte aufgeregt. Die Roedern und die Bianchini?
Die Bianchini sah Langustier wutentbrannt an. Auf ihren kreidigen Wangen standen rote Flecken. Herausfordernd fragte er sie:

»Was haben Sie Nathalie von Roedern vorgeflunkert? Dass sie ihre Seele schneller reinigen würde, wenn sie gegen die Götzen der Mode und ihre Auswüchse vorginge? Dass sie dereinst in gottgefälligem weißestem Linnen an Jesu rechter Seite säße? Wie haben Sie ihr die Wollust erklärt, der Sie selbst mit Haut und Haaren ergeben sind? Die Lust, der Sie all Ihr Leben unterwarfen? Und die jene Eifersucht in Ihnen wachsen ließ, welche …«
Langustier sah zum Prinzen von Preußen, der mit jedem Wort weiter in sich zusammenfiel.
»Sagen Sie, Madame, dass das nicht wahr ist!«, brachte der Prinz jetzt gegen seine Geliebte hervor.
Antonia di Bianchinis Schnürbrust hob und senkte sich bedrohlich, trotz oder gerade wegen der Enge, in die all jene Fülle gepresst war. Langustier sagte:
»Sie erfuhren von all den Amouren Ihres Geliebten – zwangsläufig, denn der Volksmund ist in solchen Dingen sehr gesprächig. Wo es nicht offenkundig war, konnten Sie auf die Erkenntnisse eines findigen Zuträgers zurückgreifen. In Schönhausen hatte selbiger ironischerweise keine Erkenntnisse gewonnen – da hätten Sie ihm weiterhelfen können. In Bezug auf Christiane von Krähl wussten Sie mehr als er. Und auch die Damen Philippine d'Arnault und Jaqueline de Chevalier waren …«
Der König und sein Neffe waren blass geworden. Langustier setzte hinzu:
»Ich habe geschworen, keine Namen zu nennen, da ich sonst in der Presse übel verleumdet würde … Sie, Signorina di Bianchini, wussten um Seiner Hoheit Liebschaft mit der Couture-Näherin ebenso wie um seine Affäre mit der Hutmacherin. Die Begeisterung des Fräuleins von Krähl über das Kleid, das die Hoheit ihr geschenkt, war ja nicht zu übersehen. Die hoheitliche Liebelei mit der Putzmacherin war Stadtgespräch.«
Die Bianchini atmete schwer. Der Prinz verging schier vor Scham.

»Wie wollen Sie das beweisen?«, fragte er schwach. »Bei Madame Schröder … war …«
Langustier ergänzte:
»… war die Signorina im Laden! Sie war auch in Schönhausen und in Potsdam jeweils am Ort des Geschehens! In Schönhausen hatte sie gar noch die Dreistigkeit, ihre Wut über eine Bemerkung Ihrer Majestät an den Puppen auszulassen. Antonia di Bianchini war es, die selbige durch den Tunnel in die Kutsche des inkognito daselbst in Ihrer Majestät Garderobe Maß nehmenden Mister Lakefield beförderte. Und sie war, das Ergebnis beweist es – auch im *König von Portugal*. Die getäuschte Freundin Roedern half ihr beim Ankleiden der Couture-Näherin Philippine d'Arnault ebenso wie bei deren schauerlicher Drapierung auf dem Wäscheboden. Zu zweit konnten sie die Leblose fortbewegen. Allein hätte die Dame dort es nicht geschafft.«
Antonia di Bianchinis Robe wogte.
»Lüge!«, schrie sie. »Was für dreiste Lügengeschichten sind das!«
Langustier sah unbeeindruckt auf die Blätter in seiner Hand und wandte sich an den Baron Silkstedt:
»Wer gab Ihnen im Neuen Palais das Billett für die kurz darauf ermordete Hutmacherin?«
Der Baron erblasste und brachte leise heraus:
»Antonia di Bianchini … Sie sagte, es hätte ihr selbst jemand für Madame de Chevalier weitergereicht und ich möge bitte ein Gleiches tun.«
Langustier setzte seine dicke schwarze Brille auf und sagte:
»Sie und Baron Kellner kennen sich aus gemeinsamer pietistischer Vorgeschichte. Antonia di Bianchini schrieb folgende Worte an Nathalie von Roedern – diese hatte das Blatt hier neben ihrem Abschiedsbrief in der Hand.«
Er hatte seine Brille aufgesetzt und las einige Sätze aus den Papieren in seiner Hand laut vor:

»›Schlagen wir sie, wo wir sie treffen!‹, sagt der Baron Kellner in seiner Schrift. ›Es gibt so viel zu tun, es sind der Putzsüchtigen, der Mode-Besessenen so viele! Ich will Sie, geliebte Freundin, für immer an meiner Seite wissen. Holen Sie heute die Salamandertinktur – Ihr Freund Falk wird den Turm in der Parochialkirche aufgeschlossen haben, wenn Sie in die Kirche kommen. Sie haben genügend Zeit, um die Tinktur an sich zu nehmen, dafür werde ich sorgen. Vertrauen Sie mir, aber hüten Sie sich davor, von irgendwem gesehen zu werden. Je weniger Bescheid wissen, desto besser für jeden von uns! Wir sind Soldatinnen des Herrn …‹«
Langustier blickte auf.
»Das haben Sie, Demoiselle Bianchini, geschrieben – auf Papier von Smyth & Son mit Wassermarke, Tinte: türkis, wie bei den Nachrichten an die Demoiselles Krähl und Chevalier. Da allerdings haben Sie den verschnörkelten Duktus der Schrift des Prinzen nachgeahmt. Nicht übertrieben, aber deutlich, etwa so, als ob er Druckbuchstaben probierte.«
»Sie hat was … ?«, flüsterte entgeistert der Prinz, seiner Geliebten zugewandt.
Der Baron Kellner war feuerrot geworden. Was hatte die Teufelin noch getan und der Roedern mitgeteilt? Einmal, in einem schwachen Moment, hatte sie auch ihn zu Handlungen verführt, über die er nun den Deckmantel des allertiefsten Schweigens von einem gnädigen Gott herabflehte.
»Was Sie sich alles ausgedacht haben … Im Neuen Palais war Nathalie gar nicht anwesend! Wie soll ich dort die Chevalier allein zu Tode gebracht haben?«, zürnte die Bianchini.
Langustier schmunzelte diabolisch.
»Was im Einzelnen passiert ist, mag Ihnen der Prinz erzählt haben. Doch Sie müssen mich nicht für dümmer halten, als ich bin, was die Reihenfolge der Geschehnisse betrifft, die für alle übrigen, im angrenzenden Marmorsaal auf das Essen Wartenden unsichtbar blieben!«

Langustier machte eine Pause und ließ eine Welle des Schmerzes ins Leere laufen.

»Sicher – die Beseitigung Jaqueline de Chevaliers war eine Höchstleistung! Sie vollbrachten dies allein! Mit sehr schmalen Paniers konnten sie sehr wohl auf den breiten Leiterstufen bis in die nötige Höhe steigen, um selbst mit einem kleinen Messer, welches ja nur gehörig scharf zu sein brauchte, den Kronleuchter über der bereits Vergifteten zum Absturz zu bringen. Wie haben Sie die Rivalin nur so trefflich platziert, bevor Sie ihr die Schleife umlegten. Was haben Sie ihr zuvor gesagt, um ihr die Schleife umlegen zu können? Dass es sich um ein Geschenk des Prinzen handele? Haben Sie ihr angedeutet, dass es eine Kette sei und sie gebeten, erst vor dem Spiegel an der Wand die Augen zu öffnen? Haben Sie gesagt, dass der Prinz Ihnen diese Demutsgeste auferlegte? Eine Rivalin zu schmücken? Oder wusste sie gar nichts von Ihrer Rolle im Bett des Prinzen?«

»Monsieur! Vergessen Sie sich nicht!«, brauste der Prinz auf. Für Antonia di Bianchini indes war dieses Stichwort eine letzte Lockerung. Sie schrie:

»Diese aufgeblasene Hutmacherin! Die kleine Näherin, dieses törichte Ding! Die Putzmacherin und auch die dumme Krähl – sie alle wollten haben, was ich habe! Sie alle begehrten, was allein *mein* ist!«

»Was *mein* ist …«, wiederholte Langustier langsam. Dann fuhr er fort:

»Nicht Demoiselle di Bianchini hat mich mit der Kutsche attackiert, freilich nicht. Das hat das Fräulein Roedern besorgt, die dazu weit mehr Geschick mitbrachte. Sie war die Tochter eines Gestütsbesitzers und kannte sich mit Pferden und Kutschen bestens aus.«

Er wedelte mit dem Brief.

»Doch leider übersah diese Dame hier eine Winzigkeit: die dünnen Wände des hiesigen Obergeschosses. Nathalie von Roedern hörte alles mit, was nebenan zwischen ihrer vermeintlichen Freundin und deren Liebhaber gesprochen wurde. Natalie von Roedern, offenen Ohres an der Wand, waren mit einem Mal die Augen geöffnet. Sie fasste einen letzten Entschluss.«

Er las vor:

»Dies ist für dich, Ehrlose: Schande über dich, Schlange! Es ist mir nicht leid um das, was ich getan. Doch dass ich es für dich tat, und für einen Gott, der es nicht wert war, das ertrage ich nicht länger – ich hoffe sehr, die Polizei oder jener Unglückliche, den ich in deinem Auftrag verwundet, findet mein Abschiedsgeschenk in deinen *poches* ...«

Die Bianchini begriff und wühlte wie von Sinnen in den Korbtaschen ihrer Robe, bis sie plötzlich einen Flakon in der Hand hielt. Die Daschkowa sprang zu ihr und entwand ihr das Fläschchen. Antonia di Bianchini schob sich wie eine Furie gegen Langustier und den Prinzen vor. Alle anderen wichen zurück. Das schwarze Haar, noch eben zu einem kunstvollen kleinen Turm aufgebaut, hatte sich gelöst und umschleierte ihr Haupt.

»Eifersucht – *jalousie* ... Das sind so taube Bezeichnungen für das, was ich empfand! Im Grunde gibt es dafür kein Wort! Einen Mann zu lieben, der es wahrlich verdient, geliebt zu werden, ob seines Standes, ob seiner Noblesse, ob seiner Zukunft ... Und sich von ihm so verraten zu finden, so sehr als eine unter vielen ...«

Sie brach in Tränen der Wut aus und schleuderte dem fahlen Prinzen ihren korallenroten Fächer vor die Stiefel.

»Eure Hoheit sind krank! Jeder weiß um Eure Krankheit, es ist die Unersättlichkeit im fleischlichen Begehren, es ist die krankhafte Wollust ... Wo ich Euch schon nicht heilen konnte, so war es eine große Lust, Euch die Freude mit den anderen zu verderben ... Eurer Zügellosigkeit bliebe am Ende nur ich selbst als Ausweg! Wie stieg meine Lust bei dem Gedanken, dass mit jeder toten falschen Schlange mein Wert für Sie, mein Prinz, stieg! Die höchste Lust war mir die Gewissheit, sie alle zu töten ... ALLE!«

Sie sank vor Erschöpfung zusammen: »ALLE! ALLE!«
Der Prinz indes hielt stand. Er hatte sich nichts vorzuwerfen. Niemand hatte ihm etwas vorzuwerfen. Er war der Prinz von Preußen. Das da vor ihm war eine Verrückte, die für eine Liaison mit ihm über Leichen gegangen war. Er würde die Schmach überstehen. Er hatte schon so viele Demütigungen überstanden. Er würde seinem Namen alle Ehre machen. *Le Constant* …
Vor der Willenlosen stehend, konnte er dennoch nicht verhindern, dass ihm die Tränen über die Wangen liefen. Während die Wachen ihren Dienst taten und Antonia di Bianchini ergriffen und andere die tote Nathalie von Roedern hinaustrugen, musste er all seine Kraft zusammennehmen, um an der Seite seiner Frau aufrecht den Raum zu verlassen. In den Sälen herrschte Schweigen.
Die Daschkowa trat neben Langustier:
»Wieso waren Sie so schnell bei der Roedern? Ich sah Sie nicht, da ich … abgelenkt war … Übrigens würde ich Ihnen gern auch meinen Fächer vor die Füße schleudern – vor Freude. Sie wussten von Charles' Anwesenheit! Sie sind ein dicker Teufel!«
Er schmunzelte.
»Ich freue mich, dass diese List zum Ziel führte! Was die Roedern betrifft, so sah ich Silkstedts Blicke schon während der Schau. Und am Ende bemerkte ich die Reaktion auf unsere Couture-Schöpfung.«
Er sah auf das Salamanderkleid.
»Wenn wir nicht wüssten, dass sie es ohnehin vorgehabt, könnte man glatt meinen, wir beide hätten das Fräulein umgebracht …«, sagte sie.
Der König war herangekommen und zog den Hut vor seinem zweiten Küchenchef. Er klatschte in die Hände, da sich in seinem Staate nichts wirklich rührte ohne seinen Befehl, und die Musiker, die aus Neugier unter den übrigen Gästen standen und genauso gestarrt hatten, um keine Minute der Oper zu verpassen, nahmen rasch ihre Positionen auf dem Podest wieder ein. Mit-

tels herbeigebrachter Treppchen konnten die letzten Mannequins endlich vom Laufsteg-Dasein erlöst und durch hereingetragene kleine Pomeranzenbäumchen ersetzt werden.
Der Monarch nahm seine Flöte, setzte an und spielte, von den Streichern auf das Vortrefflichste eingeführt, das Allegro Scherzando seines Concertos g-dur. Die schwedische Königin und die Prinzessin Amalie verließen unter dem Vorwand, über Gebühr ermüdet zu sein, samt Tross den Raum. Dagegen eröffnete die Regierende Königin höchstselbst mit ihrem Kammerherrn Graf Lehndorff den Ball. Langustier hatte sich eine Larve über die Augen gestreift und wollte eben der Daschkowa die Hand zum Tanz reichen … doch diese war längst mit Charles Lakefield auf dem Parkett.
»Ein schönes Paar …«, sagte Huberty.
Valencia, Léonard und Bergé nickten vereint.
»*En avant!*«, sagte Langustier, dessen Schmerzen wie weggezaubert schienen, und so mischten auch sie sich unter die Tanzenden.

Historische Stichworte

Carillon

Das Carillon in der Berliner Parochialkirche erklang fast ohne Unterbrechung unter Generationen von Carillonneuren oder Hofglockenisten von 1717 bis zur Zerstörung des Turms am 24. Mai 1944. Johann Gottfried Seelig tat von 1772 an Glockenspielerdienst. 1782 musste er »wegen fragwürdigen Benehmens« seinen Abschied nehmen. Alchemistische Experimente könnten den Ausschlag gegegen haben, wahrscheinlich aber war Trunkenheit am Carillon der Grund. (Jeffery Bossin: Die Carillons von Berlin und Potsdam. Berlin 1991.)

Charles Burney

Der berühmte Musikwissenschaftler Doktor Charles Burney, der 1772 in Berlin und Potsdam war, hat das Parochialkirchencarillon mit keiner Silbe erwähnt, nur eine automatische Notenschreibmaschine an der Berliner Akademie. (Charles Burney: Tagebuch einer musikalischen Reise [...]. Wilhelmshaven 1980, S. 428). Auch hatte Charles Burney, soweit bekannt, keinen Bruder namens Robert.

Charité

Das 1710 errichtete Pesthaus der Königlichen Charité war zunächst Armenhaus und Hospital, später Krankenhaus. Durch den großen Johann Theodor Eller wurde die Charité zur medizinischen Lehrstätte. Das seit 1713 existierende *theatrum anatomicum* – erst im alten, dann im neuen Gebäude des Großen Stalles – hatte im Rahmen des *Obercollegium medicum* die Funktion eines Hörsaales. (Vgl.: Der reale Nutz. Angewandte Wissenschaften in Preußen im 18. Jahrhundert. Katalog zur Ausstellung in der Staatsbibliothek zu Berlin, Berlin 2001.)

Die Daschkowa
Die historische Fürstin Jekaterina Daschkowa wurde 1743 in Sankt Petersburg als dritte Tochter des Grafen Roman Woronzow, eines Senatsmitglieds, geboren. Schon früh hatte sie die diplomatischen Schriften ihres Onkels, des Vize-Kanzlers Michail Woronzow, gelesen und pflegte bereits als junges Mädchen Beziehungen zur späteren Kaiserin, deren ergebenste Anhängerin sie bald wurde. Ende 1761, nach dem Machtantritt des Kaisers Peter III., beteiligte sie sich am Staatsstreich. Nach der Umwälzung nahmen andere Personen die führenden Positionen ein. Die Beziehung der Kaiserin zur darüber enttäuschten Daschkowa wurde kühler. Erst bereiste sie Russland, von 1769–1772 die Schweiz, Frankreich, England und Deutschland. Sie wurde an mehreren Höfen empfangen, wobei ihr der literarische und wissenschaftliche Ruf behilflich war, den sie durch Studien und Publikationen erworben hatte. In Paris knüpfte sie enge Freundschaft mit Diderot und Voltaire. Sie gab nie ein Modemagazin heraus.

Die Regierende Königin
Königin Elisabeth Christine von Preußen (1715–1797) war die älteste Tochter Herzog Ferdinand Albrechts II. von Braunschweig-Bevern und seiner Gemahlin Antoinette Amalie von Braunschweig-Wolfenbüttel. Ihrer Verlobung mit dem preußischen Kronprinzen Friedrich waren politische Überlegungen vorausgegangen. »Man will mich mit Stockschlägen verliebt machen«, klagte Friedrich. Elisabeth Christine war von Anfang an eingeschüchtert, denn sie wusste, welch hohe Erwartungen sie zu erfüllen hatte. 1733 wurde in Salzdahlum bei Braunschweig Hochzeit gehalten, die erste von dreien zwischen den Häusern

Hohenzollern und Braunschweig-Bevern (Elisabeth Christines Bruder Karl heiratete am 2. Juli 1733 Friedrichs Schwester Philippine Charlotte, deren jüngerer Bruder August Wilhelm 1742 Elisabeth Christines Schwester Luise Amalie). Das Auftreten der Kronprinzessin, die Friedrich anhimmelte und ob seiner Bildung und Klugkeit bewunderte, wurde in der Rheinsberger Zeit sicherer. Doch die Idylle endete 1740 mit Regierungsantritt und Krieg. Der König lebte fortan getrennt von seiner Gemahlin, die nicht zur Soldatenbraut taugte. Sie erhielt Schloss Schönhausen als Sommersitz; später wurde es ihre ständige Residenz. Ihre Hobbies waren Malen, Verfassen religiös-moralischer Erbauungsschriften, Gartenarbeit, Molkerei, Armenpflege. Friedrich traf sie nur noch bei offiziellen Anlässen und gesellschaftlichen Ereignissen. Ihr Hof stand im Ruf der Langeweile, an dem freilich der selbst so überaus kurzweilige Graf Lehndorff in hundert Bänden Tagebuch nicht wenig mitgestrickt hat. Heute verfügt die Königin über eine treue und wachsende Verehrergemeinde, die sie buchstäblich *auf den Schultern trägt*, ihr Andenken hochhält und wiederbelebt: www.elisabeth-christine.de

Eine Robe anlegen
Auf den Kostümgeschichte-Internetseiten www.marquise.de kann man sich bis hin zum Schnittmuster in authentische Kostümgeschichte vertiefen. Ohne »La Couturière Parisienne« hätte Langustier nie erfahren, wie die Fürstin ihre Robe anlegt. *Nos meilleurs remerciements, madame!* Als Quellen für die Artikel des Glossars im vorliegenden Anhang dienten aber, dies sei ausdrücklich betont: Jacques Wilhelm: Modenschau der Jahrhunderte. Paris, Hamburg 1954. – Erika Thiel: Geschichte des Kostüms. Berlin 1960. – Wilhelm Hornbostel [Hg.]: Voilà. Glanzstücke historischer Moden 1750–1960. München 1991. Zur Einführung in die Geschichte der Haute Couture wird empfohlen: Rudolf Kinzel: Die Modemacher. München 1991.

Entwässerungsschacht
Bei den Kolonnaden zwischen den beiden Communs wurden um 1768 Drainageschächte niedergebracht, da die Gegend zur Bauzeit des Neuen Palais sehr sumpfig war. Vorm Eingang zur heutigen Uni-Cafeteria sieht man entsprechende Mauerreste. Die Schächte waren klein und natürlich niemals Kühlschrankersatz.

Friedrich II. Ende Juni – Anfang Juli 1772
»Juli
[…] 24 | Der König nach Charlottenburg – von da nach Berlin, wo er im Thiergarten die daselbst aufmarschirte Wachparade besieht, alsdann nimmt er in der Stadt den Casernenbau in Augenschein und kehrt nach Charlottenburg zurück. Darauf wird hier das Geburtsfest der Königin von Schweden gefeiert, welche sich nebst ihrer Tochter, so wie auch die regierende Königin und mehrere Prinzen und Prinzessinnen des Königlichen Hauses, daselbst eingefunden haben. Mittags war große Tafel, abends französisches Schauspiel in der Orangerie, nach dessen Beendigung Ball en Domino und Illumination des Schloßgartens.
[…] In diesem Jahr kam der durch seine Wiedererfindung des den Alten bekannt gewesenen Punischen (auch Eleodorischen genannten) Wachses berühmte Maler Calau aus Sachsen nach Berlin. Der König kaufte ihm fünf mit diesem Wachs gemalte Stücke für seine Gallerie in Sanssouci ab, und ernannte ihn zum Hofmaler.« (Karl Heinrich Siegfried Rödenbeck: Tagebuch oder Geschichtskalender aus Friedrich's des Großen Regentenleben. 3 Bde. Bad Honnef 1982, Bd. 3, S. 62f.)

Friedrich Wilhelm, Prinz von Preußen
Der älteste Sohn August Wilhelms von Preußen (1722–1758), des jüngeren Bruders von Friedrich dem Großen, wurde aufgrund der Kinderlosigkeit des Königs nach seines Vaters Tod preußischer Thronfolger. Friedrich II. änderte die Anrede für Thronerben

dahingehend, dass nur noch der älteste Sohn eines amtierenden Königs den Titel »Kronprinz von Preußen« tragen durfte. Indirekte Abkömmlinge des regierenden Monarchen hießen »Prinz von Preußen«, eine Regelung, die bis zum Ende der preußischen Monarchie im Jahr 1918 Bestand hatte. 1760 erließ Friedrich II. auch überaus detaillierte Anweisungen zur Erziehung des Neffen. Friedrich Wilhelm war ihm nicht unsympathisch, weil er in den letzten Jahren des Siebenjährigen Kriegs einige Tapferkeit bewies. Doch der Neffe verlotterte zusehends und hieß im Volksmund schnell »der dicke Lüderjahn«. 1774 wurde dem englischen Gesandten Harris über ihn berichtet, er habe allein in Berlin 300 000 Taler Schulden und ebenso viel im Ausland, sodass er »nicht einmal seine Wäscherin bezahlen« könne. Er habe »alles mit Mädchen durchgebracht; er habe unter anderem eine, die ihn jährlich 30 000 Taler koste, und auf ebensoviel belaufe sich das Geld, das er brauche, um die Spione seines Onkels zu gewinnen.« 1775 schreibt Harris: »Es ist unmöglich, die Geldverlegenheit des Prinzen zu schildern. Sein Kredit ist ganz erschöpft, und dies in Verbindung mit dem Zustande von Unterwürfigkeit, in dem er sich befindet, drückt seinen Geist schon merklich nieder [...]« (Karl Eduard Vehse: Preußens Könige privat. Berliner Hofgeschichten. Hamburg 1851; hier: Auswahlausgabe Köln 2006, S. 239). Nach einer unglücklich verlaufenen, da in beiderseitige Untreue mündenden Ehe mit der Prinzessin Elisabeth Christine Ulrike von Braunschweig-Wolfenbüttel wurde Friedrich Wilhelm mit Friederike Luise von Hessen-Darmstadt verheiratet, die für Nachwuchs im preußischen Königshaus sorgte. Sie musste die zahllosen Geliebten ihres Gatten kommentarlos ertragen. Wilhelmine Enke etwa, die *schöne Wilhelmine*, war die Tochter eines Musikers, die der Prinz 1764 kennengelernt hatte. Ab 1769 galt sie als Friedrich Wilhelms vom König gebilligte Haupt-Mätresse mit 30 000 Talern Apanage. Sie bekam fünf Kinder vom Thronfolger. Friedrich Wilhelm trat noch in seiner Prinzenzeit dem pseudofreimaurerischen Orden der Gold- und Rosenkreuzer bei. Die Lehren dieses Ordens waren schwer durchschaubar und basierten auf einem Gemisch aus Bibeltexten, Theosophie, Mystizismus, Alchemie und Kabbalistik. Seine Mitglieder fühlten sich von Gott beauftragt, Millionen von Seelen vor dem »Bösen« zu retten. Zwei der führenden Ordensvertreter waren Johann Christoph von Wöllner und Johann Rudolf von Bischoffswerder, die unter Friedrich Wilhelm II. wichtige Staatsämter in Preußen bekleideten. Mit dem Religionsedikt von 1788 endete in Preußen die Phase der Religionsfreiheit. Andere Restriktionen folgten. Wöllner und Bischoffswerder lenkten den König über spiritistische Sitzungen wie eine Marionette. Zeitweise beteiligte sich auch Wilhelmine Encke an diesem Spuk, um ihre eigene Position zu festigen.

Glossar der wichtigsten Mode-Begriffe

Caraco ⁓ Frauenschoßjacke

Casaquin ⁓ Schoßjacke des *négligés*; manchmal mit Watteau-Falte

Changeant ⁓ Schillereffekt im feinen, dichten Gewebe

Chemise(nkleid) ⁓ hemdartiges Kleid, Unterkleid

Chiffon ⁓ hauchdünne Seide mit Leinwandbindung

Considérations ⁓ seitlich über den Hüften umgebundene Polster, über die der Rock fällt

Couturier ⁓ Schneider

Culotte ⁓ Kniehose

Falbel ⁓ Besatz von dicht gefälteltem Stoff, Spitzen oder golddurchwirktem Flor an Rock und Ärmelrändern der Damenkleidung; der Name entstand 1690, als Monsieur de Langleé in Paris dagegen wettete, er könne im Laden einer Pariser Medinette alles kaufen. Er fragte nach ›Falbalas‹ – diese Lautfolge war ihm gerade so zugeflogen … Die schlaue Medinette dachte kurz nach und hielt das hoch, was seither so heißt!

Fichu ☙ Dreiecktuch, das um Schulter und Brust geschlungen und auf dem Rücken gebunden wird

Frack ☙ Herrenrock mit schmalem Rücken und weit zurückgeschnittenen schmalen langen Schößen; entstanden aus bürgerlichem (engl.) Tuchrock und Militärrock

Frisé ☙ nicht aufgeschnittene Noppe im Kettsamt

Grand Parure ☙ Hof-Gala-Kleidung zu Zeremonien, Hochzeiten, Taufen und anderen großen Festivitäten. Sie war aufwendig und unbequem, es konnte stundenlang dauern, bis man angekleidet war.

Habit ☙ Herrenanzug

Halber Panier ☙ kniekurzer Reifrock, Springrock oder »Hänschen« für das Negligé, zum Tanz, ab ca. 1750; zwei Reifen und zwei Hüftbügel aus Fischbein formen das Oval, das im Rockinneren und rückwärts mit Seidenschleifen zusammengehalten wird.

Haute Couture ☙ hohe Schneiderkunst; im modernen Sinne existiert sie erst seit Mitte des 19. Jahrhunderts. Sie wurde erfunden von Charles Frederick Worth, einem Engländer in Paris, der als erstes Mannequin seine Lebensgefährtin Marie einsetzte und 1858 sein Couture-Haus in der Rue de la Paix 7 eröffnete. Die Preise für seine Kleider waren astronomisch. Das hat sich über Chanel bis Yves Saint Laurent nicht geändert – der indessen ebnete mit den Rive-Gauche-Boutiquen dem *prêt-à-porter* den Weg und machte hohe Kleiderkunst auch den oberen Hunderttausend erschwinglich, den Second-Hand-Handel mit Haute Couture einmal außer Acht gelassen.

Jabot ☙ Brustkrause, am Kragen festgemachte Garnitur aus Spitzenfalten

Jupe ☙ unterm offenen Manteau der Damenrobe getragener langer Rock

Justeaucorps ☙ um 1640 ein Frauenmieder mit Schoß; ab 1655 ein eng anliegender, knielanger Soldatenleibrock bäuerlicher Provenienz; ursprünglich kragenlos und kurzärmelig über dem eigentlichen Obergewand *pourpoint* getragen; 1672 wird der Justeaucorps zum langärmeligen alleinigen Obergewand, und wirkt formprägend für die späteren Männerröcke; 1755 beginnt die Bezeichnung ungebräuchlich zu werden.

Kontusch ❧ von den Schultern lose herabfallender Mantel

Kopfputz *à la belle-poule* ❧ außergewöhnliche französische Haartracht zu Ehren der siegreichen nordamerikanischen Fregatte *La Belle Poule* im Freiheitskrieg

Korsett ❧ Mieder zur Schnürung des Oberkörpers, das die Taille eng halten soll

Lampas ❧ spezielle Art von Damast; *ras de sicile* war eine besondere Bindungstechnik des Lampas aus Lyon

Manteau ❧ mantelartiges Überkleid, auch mit Schleppe, getragen zur Jupe, dem langen Rock

Moden-Schauen ❧ Haute-Couture-Präsentationen auf dem Laufsteg – mit lebenden Mannequins – veranstaltete zuerst das Pariser *Maison Worth* im 19. Jahrhundert. Das festliche Hofleben im 18. Jahrhundert war indes eine einzige, ständige Modenschau.

Moiré ❧ Ripsgewebe mit changierender Wasserlinienzeichnung der Oberfläche, hervorgerufen durch ein spezielles Prägeverfahren

Négligé ❧ bequeme Haus-, Straßen- und Besuchstoilette, Reisebekleidung (abweichend vom heutigen Sprachgebrauch, in dem nur noch Hauskleid, Unterbekleidung oder Morgenmantel so genannt werden)

Panier ❧ siehe Reifrock

Parure ❧ kleine Gala, die Bürger bei Festen trugen

Perücken ❧ waren bis ins letzte Drittel des 18. Jahrhunderts nicht so verbreitet, wie immer wieder dargestellt. Das Echthaar stammte nicht immer von Gesunden, daher waren Perücken auch Krankheitsquell und Hygienerisiko. Gepudert wurden sie mit Mehl; ihre Verwendung nahm um 1770 einen Aufschwung, als die Frisuren plötzlich in die Höhe und Breite gingen und das eigene Haar der Damen für die Turmaufbauten nicht mehr genügte (siehe *pouf*).

Planchette ≈ brettharte, V-förmige Versteifung vorne am Schnürmieder

Polnische Kontusch ≈ 1773 kurzzeitig Mode (angeblich unter Anspielung auf die polnische Teilung so genannt); Kapuzenmäntelchen, das über einem fußfreien Rock getragen wurde; die optische Dreiteilung war horizontal: Kapuze, Manteljacke, Rock

Pouf ≈ im Winter 1774 von Marie Antoinettes Coiffeur Léonard geprägter Ausdruck für den hohen Haaraufbau; ursprünglich war ein Pouf das mit Rosshaar gepolsterte Kissen, das er seiner Kundin auf dem Scheitel befestigte, um darüber den Haarturm aufzubauen. Dieser konnte den Kopf um mehrere Kopflängen überragen. Fremdes Haar und Gaze wurden mit eingeschlungen, einmal soll Léonard 14 Ellen, d. h. ca. 7–10 Meter Gaze untergebracht haben; *poufs aux sentiments* hießen die Poufs, die sich auf geliebte Gegenstände bezogen.

Prêt-à-porter ≈ Kleidung, fertig zum Tragen; im 20. Jahrhundert in Konfektionsgrößen gefertigte höherwertige Designermode, in kleiner Stückzahl in Warenhäusern angeboten; erster belegter Versuch 1770 von Dartigalongue in Paris (wieder aufgegeben)

Putzmacherin ≈ Modistin, *midinette, marchande des modes*, handelt mit allen Teilen des Aufputzes und stellt sie z. T. selbst her, etwa Schleifen, die unterhalb des Decolletés, an der Taille oder an den Ärmeln getragen und als Ausdrucksmittel benutzt wurden; »Putz« konnte im Ganzen teurer sein als ein Kleid; die *midinette* übte starken Einfluss auf die Mode aus. Berühmte Putzmacherinnen im 18. Jahrhundert waren etwa Bertin und Eloffe in Paris.

Redingote ≈ ursprünglich ein ca. 1765 aus dem *roquelor* in England hervorgegangener leichter Wettermantel, der als Reitmantel (*ridingcoat*) von Damen und Herren getragen wurde; ab 1770 auch auf dem europäischen Festland, dort verballhornt Redingote

genannt; bald schon aus edleren Stoffen und häufig (vor allem in Frankreich) als Ersatz für den Herrenrock verwendet.
Reifrock ~ Panier; durch Holz-, Draht- oder Fischbeinreifen in Form aufgestülpter Unterrock; weitet sich ab ca. 1725, erst kegel- dann tonnenförmig, ab ca. 1740 oval, seitlich ausgedehnt, durch zusätzliche Polster an den Hüften. Im letzten Drittel des 18. Jahrhunderts, bis etwa 1786, waren *paniers* der *grand parure* so ausladend breit, dass Hof-Damen nur seitlich durch die Türen kamen. Beim *panier à coudes* waren die Flankenpolster so hoch, dass die Damen bequem die Ellenbogen auf den Erhöhungen wie auf Armlehnen ruhen lassen konnten. Beim Négligé dagegen kamen um 1760 halbe Paniers in Mode, die nur noch bis in Kniehöhe reichten und unten in einem breiten Volant, einer Fältelung, endeten; danach wurde der Reifrock ganz durch die tournürenartigen *considérations* abgelöst.
Rips ~ Gewebe mit hervortretenden Längs- oder Querrippen, hervorgerufen durch divergierende Garnstärken
Robe ~ Damenkleid
Robe à l'anglaise ~ nach englischer Fasson ohne Reifrock, ab 1770; der Manteau ist nicht mehr durchgehend, er setzt ohne Rückenfalte in der Taille am Schnürmieder an
Robe à la circassienne ~ nach kaukasischer Art (die *Tscherkessin* waren ein dortiger Volksstamm) – in der Form wie die *robe à la polonaise*, mit kurzen Ärmeln
Robe à la française ~ bestehend aus Manteau mit großer Rückenfalte, Jupe, Schnürmieder und Stecker; in den Dreißigerjahren des 18. Jahrhunderts Bestandteil der *parure*; 1740–1786 als *grand parure* mit dem *panier à coudes* getragen
Robe à la levantine ~ nach morgenländischer Art wie ein Umstandskleid; rücklings Quetschfalte, vorn auch mit Agraffen oder Schleifen geschlossen; zum Reifrock als Negligé
Robe à la polonaise ~ nach dem Vorbild polnischer Tanzkleider; gehörte bis 1789 zur parure; zu Schnürmieder und fußfreiem

Rock über dem halben Panier getragen; Rock nicht bodenlang; hinten mittels kleiner Schnüre hochgeraffter Überrock; die fußfreien Röcke lenkten den Blick auf das Schuhwerk, da gerade eine neue Mode kostbar gestalteter Schuhe und Pantöffelchen aufkam; die Bezeichnung ist – aufgrund der dreiteiligen Raffung – erst später scherzhaft auf die polnische Dreiteilung bezogen worden.
Robe à la turque (auch: *à la sultane* und *à la musulmane*) ☙ besondere Schnittweise des Manteau: vorn am Miederausschnitt befestigt, schräg zur Seitennaht eng über das Mieder gearbeitet und von der Taillennaht abwärts mit gefältelter Rockbahn in einer Schleppe auslaufend; 1740–1786; als *grand parure* 1779
Roquelor ☙ um 1720 entstandener, nach dem Herzog von Roquelaure benannter, knöchellanger, durchgehend geknöpfter, weiter Reisemantel mit Ärmeln und Stehkragen
Spitzen ☙ wertvollster handgearbeiteter Besatz für Manschetten und Kragen; nahezu unbezahlbar (etwa ein Landgut) … durch Abnähen ausgezogener Fäden aus Geweben mit der Nadel etwa: Reticella-Spitzen, Relief-Spitzen, Venezianer-Spitzen … (die Herstellung dauerte sehr sehr sehr lange … daher die hohen Preise)
Springrock ☙ siehe halber Panier
Stecker ☙ vorn das Mieder ausfüllender, dreieckiger Hartkarton mit Stoffüberzug
Taft ☙ Gewebe mit Leinwandbindung
Taille ☙ Kleideroberteil (heute nur noch Gürtellinie)
Watteaufalte ☙ fasziniert vom Faltenkleid, malte Antoine Watteau sehr gern die später nach ihm benannten, tiefen eingelegten Falten vom Halsausschnitt zum Rocksaum im frei fallenden Rücken des Manteaus, vor allem bei der *robe à la française.*

Höfische Mode à la second hand

»[Der] Adel [war] durch den ständigen Modewandel zu immer neuen Kleidungsstücken gezwungen und verkaufte zunehmend seine abgetragene Mode auf einem sich ausbildenden Gebrauchtwarenmarkt, um sich die neue Mode zu refinanzieren.« (Beatrice Hermanns: [...] Die höfische Mode im Frankreich des 18. Jahrhunderts, in: historicum.net, URL: http://www.historicum.net/no_cache/persistent/artikel/2835/15.06.2008)

König »in« und/oder »von« Preußen

Der Brandenburger Kurfürst Friedrich III. wollte viel lieber König Friedrich I. heißen. Doch er musste lange grübeln, bis er – im Schloss Schönhausen an der Panke soll es gewesen sein – die Lösung fand: Wenn er auch in Brandenburg bloß Kurfürst sein durfte, so konnte er doch woanders König sein. Daher setzte er sich 1701 in Königsberg die Krone auf – im weit entfernten Preußen. Zurück in seinem Kurfürstentum, nannte er sich fortan »König *in* Preußen«, mit Betonung auf dem *in* ... So waren auch die brandenburgischen Marken fortan Ländereien des »Königs in Preußen«. Als 1772 die Landverbindung Brandenburg-Westpreußen-Ostpreußen hergestellt war, nannte der *König in Preußen* sich in *König von Preußen* um ... mit Betonung auf dem *von*: endlich! Jetzt war alles echt und ungebrochen preußisch. Das erscheint uns Normalmenschen wie Haarspalterei, doch es ist etwas, worauf Könige, Juristen, Historiker und versierte Laien *un*glaublich viel Wert legen, mit Betonung auf dem *un* ...

Königs Geschmack

Friedrich II. baute, musizierte und dichtete von einem gewissen Punkt an immer gleich. Er schätzte bis zuletzt die gleichen Maler, Bildhauer, Kunsthandwerker, Architekten, Komponisten, Musiker, Inneneinrichter – durchweg fähige Leute, aber nicht immer die Besten. Er sah und hörte die gleichen Opern, las die gleichen Philosophen. Was er einmal angenommen und für gut befunden hatte, behielt er sein ganzes Leben lang bei. Das Urteil über das ästhetische *nunc stans* in Berlin wurde etwa vom reisenden Komponisten und Musiktheoretiker Charles Burney formuliert, der

1772 schrieb: »Bei alledem aber steht hier der Geschmack [...] auf einem festen und unbeweglichen Punkte.« (Charles Burney: Tagebuch einer musikalischen Reise [...]. Wilhelmshaven 1980, S. 437.)

Modejournale im 18. Jahrhundert
»Die ersten illustrierten Modejournale erschienen in Paris in den siebziger Jahren des 18. Jahrhunderts: die *Galérie des Modes* und der *Courrier des Modes*. [...] Der *Courrier* brachte in einem Jahr allein 3744 neue Modefrisuren, geschaffen von den rund 600 Damen-Coiffeuren, die es damals in Paris gab.« Das erste deutsche Modejournal wurde 1786 von Friedrich Justin Bertuch in Weimar gegründet und nannte sich *Journal des Luxus und der Moden*. Die modische Vorbildrolle von Paris wurde nach der Französischen Revolution zeitweilig von London übernommen, wo 1794 die *Gallery of Fashion* zu erscheinen begann. (Jörn Göres [Hg.]: Heimliche Verführung. Ausstellungskatalog des Kippenberg-Museums Düsseldorf 1978, S. 5–8.)

Preußische Sappho
Anna Luise Karsch, die »Karschin«, 1722 bei Schwiebus geboren, bezauberte eine Zeit lang die Berliner Salons durch ihre Stehgreifpoesie. Der König hielt das in Privataudienz gegebene Versprechen, für sie zu sorgen, nicht ein. Erst Friedrichs Neffe und Nachfolger, Friedrich Wilhelm II., schenkte ihr ein kleines Haus und eine Rente, doch sie starb schon kurz darauf 1791. Die erste Strophe des Stuck-Unglücks-Gedichts stammt nicht von ihr, sondern aus einer Danziger Reimsammlung von 1775. In Polen hatten nach der »Teilung« Spottgedichte auf den König von Preußen Konjunktur. ([Anonym:] »Auf den König von Preussen, als in Potsdam über die Mahlzeit ein Theil von der Gipsdecke in dessen Speise-Zimmer herunter fiehl«, zit. n.: Jürgen Ziechmann: Fridericianische Miniaturen. Band III, S. 279.)

Puppen aus Frankreich
Als Sendbotinnen des Pariser Modegeschmacks fungierten ursprünglich zwei lebensgroße hölzerne Gliederpuppen, die seit 1650 im Hotel Rambouillet in der Rue Saint Honoré in Paris jährlich von Hofdamen (darunter die berühmte Schriftstellerin Madelaine de Scudery) nach der gerade herrschenden Mode angekleidet und frisiert wurden. In Anlehnung an die griechische Sagengestalt Pandora (die Allesspendende) wurden sie als große und kleine Pandora bezeichnet. Die große Pandora trug die *grande parure*, die kleine die *parure* und das *négligé*. Von diesen beiden Musterpuppen, die eine regelrechte Rundreise an die europäischen Höfe antraten – wofür sie sogar mit eigenen Pässen ausgestattet waren –, konnten überall leicht Kleiderkopien hergestellt werden. Im 18. Jahrhundert wurde das Interesse an der französischen Mode zu groß, als dass zwei Paradepuppen noch gereicht hätten. Damit man überall schneller *up to date* war, wurden kleine Modepuppen aus Wachs hergestellt und per Post auch an bürgerliche Salonbetreiberinnen in ganz Europa verschickt. Sie wurden vermehrt von den Putzmacherinnen hergestellt und waren später aus Porzellan.

Samandarin
»Alle Lurche besitzen Schleimdrüsen in ihrer Haut. Während man früher annahm, dass der Schleim das Austrocknen der Haut verhindern solle, weiß man heute, daß er in der Hauptsache das Festsetzen schädlicher Mikroorganismen wie Bakterien und Pilze verhindert [...]. Die antibiotische Wirkung beruht auf bestimmten chemischen Bestandteilen, die den Hautüberzug giftig machen. [...] Trotzdem passieren Unfälle mit Menschen äußerst selten. Das hängt wohl mit der verborgenen [...] Lebensweise der Tiere zusammen und dem Abscheu, einen Lurch in die Hand zu nehmen. [...] Die Giftmengen, über die ein einzelnes Tier verfügt, sind erheblich. So besitzt ein [...] Feuersalamander, [...]

bei etwa 30 g Körpergewicht [...] 20 mg Samandarin [...]«, ein Alkaloid, das bei Inkorporierung in den Magen- und Darmtrakt Muskelkrämpfe und bei tödlicher Dosis Atemlähmung hervorruft. (Klaus von der Dunk: Gifttiere in aller Welt. Augsburg 1983, S. 108) Die im Roman beschriebene Anreicherung ist fiktiv, und eine alkoholische äußerliche Applikation könnte wohl nur im Falle einer besonderen Empfindlichkeit oder Allergie tödlich sein ... indessen bei geschnürten adeligen Fräuleins? Glücklicherweise sind sowohl die Schnürbrust als auch die Alchemie inzwischen weitgehend aus der Mode gekommen.

Schönhauser Küchenstollen
Die Königin liebte ihr Lust-Schlösschen Schönhausen und tat alles zu seiner Verschönerung und zur Verbesserung der Bewirtung ihrer Gäste. Nach dem Siebenjährigen Krieg und dem Wüten der russischen Husaren und Kosaken wurde renoviert und erweitert. Vis-à-vis des Kastellanhauses entstand um 1770 ein Küchen-, Kellerei- und Stall-Gebäude. »Ein unterirdischer Gang führte vom Schloß zur Küche, von dort aus zum Eiskeller« (Christa Gloger: Ein Spaziergang durch den Schloßpark Niederschönhausen. Berlin 1943, zitiert nach Dirk Finkemeier u. Elke Röllig: Vom *petit palais* zum Gästehaus. Pankow 1998, S. 82.). Das Stall- und Küchengebäude wurde 1919 beim Straßenbahnausbau im Schlossstraßenbogen abgerissen. Die Eiskate verschwand 1966/67 bei Anlage des »Gräsergartens« im Zuge einer von vielen Parkneugestaltungen im Auftrag der Regierung der DDR. Mitte der Achtziger entfernte man das Kastellanhaus.

Ulrike von Schweden
Luise Ulrike von Preußen (1720–1782), die fünfte von sechs Schwestern Friedrichs II., kam nach achtundzwanzigjähriger Abwesenheit erstmals 1771 wieder in ihre preußische Heimat und wurde während eines achtmonatigen Aufenthalts mit Aufmerk-

samkeiten überschüttet. Sie wohnte vor allem im Berliner Schloss, auch kurz in Charlottenburg und im Neuen Palais in Potsdam. Ihr Gefolge war derart zusammengewürfelt, dass man einen eigenen Schauerroman daraus stricken könnte (vgl. Karl Eduard Schmidt-Lötzen (Hg./Übs.): Dreißig Jahre am Hofe Friedrichs des Großen. Aus den Tagebüchern des Reichsgrafen Ernst Ahasverus Heinrich Lehndorff [...]. Nachträge, Bd. II., Gotha 1913.).

Foto: Tanja Nittka

TOM WOLF

Geboren 1964 in Bad Homburg, studierte Literaturwissenschaft und Philosophie in Mainz, Bamberg, Marburg und Tübingen. Von 2000 bis 2010 lebte er als freier Schriftsteller in Berlin, wo er seine erfolgreichen PreußenKrimis um den preußischen Hofküchenmeister Honoré Langustier zu schreiben begann. Seit 2011 lebt und schreibt er in Putlitz, der ältesten Stadt in der Prignitz. Tom Wolf wurde im Jahr 2005 mit dem Berliner Literaturpreis »Krimifuchs« ausgezeichnet und war von Februar bis Juni 2006 »Stadtschreiber zu Rheinsberg«.

Im berlin.krimi.verlag erschienen sind bislang die Honoré-Langustier-Bände »Königsblau – Mord nach jeder Fasson« (auch als Hörbuch); »Purpurrot – Tödliche Passion«; »Rabenschwarz – Zepter und Mordio«; »Schwefelgelb – Mörderische Kälte« (auch als Hörbuch); »Smaragdgrün – Teuflische Pläne«; »Silbergrau – Blutige Spiele«; »Goldblond – Verheerende Torheit«; »Muskatbraun – Zerstreute Gesellschaft«; »Kreideweiß – Tödliche Schreie« und »Kristallklar – Mord à la carte« sowie die Gerardine-de-Lalande-Krimis »Der rote Salon« und »Die letzte Bastion«.

Besuchen Sie den Autor im Internet: www.doktor-wolf.de

Alle Preußenkrimis von Tom Wolf:

1740
Königsblau – Mord nach jeder Fasson
ISBN 978-3-89809-009-4

1743
Silbergrau – Blutige Spiele
ISBN 978-3-89809-028-5

1746
Muskatbraun – Zerstreute Gesellschaft
ISBN 978-3-89809-504-4

1750
Purpurrot – Tödliche Passion
ISBN 978-3-89809-013-1

1757
Schwefelgelb – Mörderische Kälte
ISBN 978-3-89809-019-3

1759
Smaragdgrün – Teuflische Pläne
ISBN 978-3-89809-026-1

1766
Rabenschwarz – Zepter und Mordio
ISBN 978-3-89809-018-6

1772
Kreideweiß – Letzte Schreie
ISBN 978-3-89809-512-9

1778
Goldblond – Verheerende Torheit
ISBN 978-3-89809-501-3

1786
Kristallklar – Mord à la carte
ISBN 978-3-89809-514-3

Alle Krimis ca. 272 Seiten, je 9,95 € [D]

berlin.krimi.verlag im www.bebraverlag.de